KB065099

세계 속의
지역어문학·문화 연구의
전망과 지평

지역어와 문화가치 학술총서 12

세계 속의 지역어문학 · 문화 연구의 전망과 지평

전남대학교 대학원 국어국문학과 BK21플러스
지역어 기반 문화가치 창출 인재 양성 사업단

보고사
BOGOSA

서문

'전남대학교 대학원 국어국문학과 BK21플러스 지역어 기반 문화가치 창출 인재 양성 사업단'은 2013년 9월에 출범한 이래, 지역어와 지역문화의 가치를 발굴하고 문화 원천으로서 지역어의 위상 제고, 미래지향형 문화가치 창출, 융복합 문화 인재 양성을 위해 다양한 학술 활동을 하고 있다. 특히, 세계 속의 지역어문학·문화 연구의 플랫폼 역할을 수행하고자 다양한 해외 학술 교류 프로그램을 진행하였으며, 그 결과 우리 사업단은 지난 7년 동안 일곱 차례 국제학술대회를 개최하였다.

지난 2020년 1월에 〈세계 속의 지역어문학·문화 연구의 현황과 과제〉라는 주제로 9개국의 해외 연구자들을 초청한 국제학술대회를 주최하여, 각국의 지역어문학·문화 연구의 동향을 살펴보는 귀중한 자리를 마련한 바 있다. 이번에 사업단에서 출간하는 학술총서 『세계 속의 지역어문학·문화 연구의 전망과 지평』이 바로 지난 국제학술대회의 빛나는 결실로서, 중국 중앙민족대학에서 한국어문학을 전공하는 교수와 대학원생들을 비롯하여 일본에서 연구하고 있는 신진학자 및 전남대에서 학위를 수여하고 베트남에 있는 대학에서 자리를 잡은 동학의 연구로 일궈낸 성과를 담았다. 그 이외에도 국내학자의 발표 논문 3편도 함께 실어 세계 속에서 지역어문학·문화 연구의 성과들을 조망해 볼 수 있는 내용으로 구성되어 있다.

총서는 4부로 구성되어 있다. 1부는 중앙민족대학 교수와 대학원생들의 논문으로 엮었다. 조선족 작가들의 문학세계와 조선족 작가와 한국 작가의 비교연구 및 한국어번역본을 토대로 한 연구를 통해 중국에서의 한국 문학에 대한 관심과 이해를 심화시킬 수 있기를 바란다. 아울러 중국에서의 한국학에 대한 인식과 변화를 기대한다.

2부는 해외학자 논문이다. 18세기 소라이 학파의 등장으로 나타난 한일 문화 교류 양상을 살핀 연구로 조선과 일본의 평화적 관계를 맺을 수 있는 가능성에 대해 바라보고 있다. 이 또한 일본과 조선의 문화적 양상에 대한 인식의 변화를 바란다.

3부는 국내학자 논문으로 엮었다. 문학에 드러난 지역성의 문제와 언어로서 지역어의 연구 현황 등을 소개하고 방언의 개념을 다시 정의하는 등의 연구 현황을 제시하였다. 이를 통해 지역어의 위상과 가치를 발견할 수 있는 계기가 되기를 기대한다.

4부는 해외 공동 연구로 진행되었다. 베트남과 한국의 언어 비교를 통한 어휘 선택의 오류를 제시하며, 언어의 차이에서 오는 번역 능력 효과 등을 기대해볼 수 있을 것이다.

2부와 4부는 한 편으로 구성되어 있지만, 하나로 묶지 못한 이유는 각각의 논문들의 성격이 같지 않기 때문에 하나로 묶기에는 다소 어려움이 있어 4부로 나눠 제시하였다.

열두 번째 지역어와 문화가치 관련 학술총서를 간행하면서, 코로나19사태로 인해 제7회 국제학술대회의 발표문을 다 보완하지 못한 원고들이 있어 이 총서에 싣지 못하는 아쉬움이 남는다.

이 총서는 지난 7년의 연구 성과들을 마무리하는 작업으로, 묵묵히 자신의 일에 최선을 다한 우리 사업단 구성원들의 노고로 만들어진 것이다. 이 자리를 빌려 사업단 참여교수들의 관심과 격려, 헌신에 감사하고, 특히 사업단의 국제화를 위해 노력한 정민구 학술연구교수에게도 고마움을 전한다. 그밖에도 학술연구와 사업 진행에서 묵묵히 자신의 일에 최선을 다한 5명의 학술연구원들과 행정간사에게도 깊은 고마운 마음을 전한다. 무엇보다도 우리 사업단을 믿으면서 학문의 길에 매진하고 있는 여러 참여대학원생들에게도 고마움과 격려의 마음을 전한다. 끝으로 우리 사업단의 연구 성과를 잘 보듬고 다듬어 편집해주신 보고사 식구들께도 깊이 감사드린다.

2020년 8월 14일
전남대학교 대학원 국어국문학과 BK21플러스
지역어 기반 문화가치 창출 인재 양성 사업단
단장 신해진

차례

제2부
세계 속의 지역어문학·문화 연구의 전망과 지평 – 일본

제3부
세계 속의 지역어문학·문화 연구의 전망과 지평 – 한국

제4부

세계 속의 지역어문학·문화 연구의 전망과 지평 – 베트남(공동연구)

제1부

—

세계 속의 지역어문학·문화 연구의 전망과 지평 – 중국

《中国朝鲜语方言地图集》绘制初探
《중국 조선어 방언지도집》 제작에 관한 기초적 연구

金青龙

국문초록

방언지도는 방언학의 구성부분으로 지리언어학의 중요한 내용이다. 중국 내에서 조선어 방언지도 제작에 관한 연구는 별로 없다. 본고는 지리언어학 이론을 바탕으로 중국 조선어 방언지도집 작성에 관한 기초적 연구를 시도한다. 전례없는 규모의 방언조사를 통해《중국 조선어 방언지도집》 제작을 완성하는 것은 의미깊은 작업이다.

이 같은 작업은 공시적인 시각으로 보면 조선어의 방언과 표준어의 비교 연구를 추진하고 통시적인 시각으로 보면 조선어 발달사 연구에 도움이 되며 언어정책 연구의 시각으로 보면 정부 관련 부서의 언어정책 제정에 근거를 제공하며 문화유산 연구의 시각으로 보면 중국내 소수민족 언어 자원 보호에 이바지 할 뿐 아니라 한반도와의 문화교류에도 기여하며 문화 전승의 시각으로 보면 도시화의 영향으로 날로 사라져 가는 중국 조선족들의 민족 전통문화의 계승발전에 기여한다.

[핵심어] 조선어 방언(Korean dialects), 방언지도(dialect maps), 지리언어학(dialect geography)

1. 引言

绘制方言地图越来越受到方言学研究者们的青睐，是方言地理学的重要内容和研究方法。方言地图就是用地图的形式一目了然地标示出特定区域内的方言分布以及方言特征的地理分布情况。绘制方言地图是语言学研究中的一种重要研究手段，在描写、展示和保存大面积地区、众多不同方言现象的面貌和分布状况方面，发挥着不可替代的作用。关于方言地图的重要性，布龙菲尔德曾说：我们盼望有个地理区域中每个通行形式的描述，但是这个描述没有比利用一幅地图的形式更好的了。[1] 贺登崧(2012)指出，制作方言地图是为方言间作比较、为方言演变的历史研究提供可靠的材料。[2] 由此我们能够确定语言的和文化的地理界线，也能够进而研究语言和文化相互影响的问题。

绘制方言地图由来已久，汉语方言地图的研究及绘制工作也开展顺利并得到越来越多的关注。但是包括朝鲜语在内的少数民族语言的方言地图绘制研究尚属初步阶段。本文尝试以方言地理学理论为基础，初步探究中国朝鲜语方言地图集的绘制问题。

1 项梦冰、曹晖. 汉语方言地理学-入门与实践[M]. 北京:中国文史出版社, 2005, p.30.

2 贺登崧, 石汝杰、岩田礼(译). 汉语方言地理学[M]. 上海:上海教育出版社, 2012, p.20.

2. 国内外方言地图集回顾

自19世纪后期以来，世界上的许多国家，包括：法国、德国、意大利、瑞士、美国、英国、加拿大、日本、韩国、泰国等等都投入巨大人力物力，调查、编写、出版了本国的方言地图集。国外最具代表性的方言地图集有：吉叶龙(J.Gillieron)的《法国语言地图集》(1902~1910年)，芮德(F.wrede)等的《德国语言地图集》(1926~1956年)，雅伯尔格(K. Jaberg)、俅德(J.Jud)的《意大利瑞士语言地图集》(1928~1940年)，还有日本国立国语研究所的《日本言语地图》(1966~1974年)和《方言文法全国地图》(1989~2006年)，大韩民国学术院的《韩国语言地图集》(1993年)等。

中国汉语方言的地图绘制工作起步较早，也积累了一些研究成果。中国最早的方言地图是1934年上海申报馆出版的《中华民国新地图》中的"语言区域图"；此后，赵元任先生主持了多次大规模的方言调查，并首次在《湖北方言调查报告》里收入了66幅方言地图，这可以说是我国最早的汉语方言特征图。[3] 20世纪40年代，贺登崧先生把西方的地理语言学介绍到了中国，在大同、宣化等地进行方言调查，并在1945年-1958年其间发表了多篇附有方言地图的研究论文。

解放后，中国许多方言调查报告、方言志和方言研究论著都附有多幅方言地图，说明方言分区或方言特征的地理分布，如《关中方音调查报告》(1954年)、《昌黎方言志》(1960年)、《江苏省和上海市方言概况》(1960年)、《河北方言概况》(1961年)等。不过，长期以来始终未有人实现编写全国汉语方言地图的梦想。直到20世纪80年代，中国社

3 曹志耘、老枝新芽．中国地理语言学研究展望[J]．语言教学与研究，2002，(3)：1~6.

会科学院和澳大利亚人文科学院共同编写出版了《中国语言地图集》(1987年), 包括总图5幅, 汉语方言图16幅, 少数民族语言图14幅, 共35幅地图。[4] 这是第一部汉语方言和中国少数民族语言的分布和分区地图集, 具有开创意义。在此基础上, 根据最近20多年来中国汉语方言和少数民族语言调查研究的最新成果编制完成了《中国语言地图集》(第二版)(2012年), 本地图集包含79幅大型彩色语言地图, 其中A类图是5幅中国语言总图, B类图是36幅汉语方言分区图和分省区汉语方言分布图, C类图是38幅中国少数民族语言分类图和分省区少数民族语言分布图。[5] 20世纪90年代以来, 岩田礼先生等日本学者致力于汉语方言地图的编写工作, 从1992年至2007年, 以研究成果报告书的形式印行了《汉语方言地图(稿)》等6种地图集, 每种收有几十幅汉语方言特征分布图, 均根据已发表的方言材料编写而成。日本版的汉语方言地图集为编写汉语方言特征图作出了有益的探索和重要的贡献, 不过由于材料所限, 难以全面系统地反映汉语方言的基本面貌。进入21世纪, 曹志耘的《汉语方言地图集》(2008年)等多部专门的语言/方言地图集, 陆续出版。

相比汉语方言地图集的研究及绘制工作, 有关中国少数民族语言/方言地图集的研究尚处于初创阶段。第一部少数民族语言地图集是金有景的《中国拉祜语方言地图集》(1992年), 并且是唯一一部针对一种少数民族语言绘制的方言地图集。中国社会科学院的《中国语言

4 中国社会科学院、澳大利亚人文科学院. 中国语言地图集[M]. 香港:香港朗文(远东)有限公司, 1987.

5 中国社会科学院语言研究所、中国社会科学院民族学与人类学研究所、香港城市大学语言资讯科学研究中心. 中国语言地图集(第二版)[M]. 北京:商务印书馆, 2012.

地图集》(少数民族语言卷)从宏观上表现了我国少数民族语言分布特征及各民族语言的基本特征，对朝鲜语的表述也仅限于此。在我国，包括朝鲜语在内的各少数民族语言的方言地图集研究尚属待开发的处女地。

3. 中国朝鲜语方言研究现状及绘制方言地图的重要性

1) 中国朝鲜语方言研究现状

关于中国朝鲜语方言的研究，由于相关研究人员极其有限，其学术成果也不是很多。 在上世纪80年代初曾经有过两次大规模的方言调查，一次是由中国社会科学院组织的，一次是由延边大学组织的，分别出版了《朝鲜语方言调查报告》(1990年)和《中国朝鲜语实态调查报告》(1985年)。另外，有关朝鲜语方言的专著主要有：黄大华的《东海岸方言研究》(1986年)、《朝鲜语东西方言比较研究》(1998年)、《朝鲜语方言研究》(1999年)、《1960年代六镇方言研究(资料篇)》(2011年)、《西北方言的亲属语研究》(合著，2009年)；全学锡的《朝鲜语方言学》(1997年)、《咸境道方言的音调研究》(1998年)；韩振乾的《六镇方言研究》(2003年)；蔡玉子的《中国延边地区朝鲜语的音韵研究》(2005)； 吴仙花的《延边方言研究》(2015年)等。相关领域主要论文有：赵习、宣德五的《朝鲜语六镇话的方言特点》(1986年)； 宣德五的《朝鲜语中北方言的特点》(1996年)；全学锡的《六镇方言的音韵论特点–以分布在图们江以北的六镇方言为例》(1996年)、 《延边方言》(1998年)； 金德模的《方言使用及其规范》(2000年)； 黄大华的《浅析黄海道方言的元音'ㅐ(ε)'倒置现象》(2001年)、

《浅析黄海道方言的元音变异-以元音'ㅏ(a)'为例》(2002年)、《浅析黄海道方言的元音变异-以元音'ㅓ(ʌ)'为例》(2003年)、《浅析黄海道方言的直言法阶称》(2005年)、《浅析黄海道方言的疑问法阶称》(2005年)、《浅析黄海道方言的元音'ㅡ(ɯ)'的变异》(2005年); 黄大华、吴丽娜的《浅析黄海道方言的命令法、劝诱法阶称》(2006年); 张成日的《关于西北方言的元音和谐现象考察》(2007年)、《关于西北方言的辅音同化现象考察》(2009年); 金琪钟的《中国朝鲜语的方言词汇规范化工作》(2011年)等。

韩国有大批学者在做方言的研究, 朝鲜半岛的方言资源丰富、成果颇丰。方言地图研究也硕果累累, 如大韩民国学术院的《韩国语言地图集》(1993年); 李翊燮等的《韩国语言地图》(2008年); 金景淑的《韩国方言的地理分布和变化》(2015年); 安贵南等的《闻庆方言的地理语言学》(2016年)等。但专门研究中国朝鲜族方言的不多, 集中在少数学者及中国留学人员的学位论文上。有关研究如下：郭忠九的《延边地区的咸北吉州、明川地域方言调查研究-词汇, 语法, 音韵, 声调调查资料》(1997年); 崔明玉的《中国延边地区的朝鲜语研究》(2000年); 崔明玉、郭忠九等的《咸镜北道北部地域语研究》(2002年); 蔡玉子的《中国延边地区朝鲜语的音韵体系及音韵现象》(博士学位论文, 2002年); 金顺姬的《延边图们地区朝鲜语的口盖音化和元音变化》(硕士学位论文, 2004年)等。 在韩国, 对中国朝鲜族的方言研究是中韩建交以后开始的, 从题目就可以一目了然, 研究主要集中在延边地区的方言, 大部分研究集中在语音学领域。

2) 绘制《中国朝鲜语方言地图集》的重要性

绘制《中国朝鲜语方言地图集》具有非常重要的意义, 可从学术价值和应用价值两方面探究其重要性。

首先从学术价值上来看，第一、是为东北地区绘制第一部布点细密的少数民族语言方言地图集，填补方言地理学空白。《中国朝鲜语方言地图集》将系统展示朝鲜语方言的语言特征及其地理分布，反映由特殊的语言接触导致的不同寻常的演变，以及一些特殊的语言演变现象，进一步挖掘中国朝鲜语中蕴藏的丰富语言学资源，提升研究水平、开拓新的研究领域。第二、是为中国朝鲜语发展史研究构建坚实的基础。可通过密集布点和恰当的地图条目，细微地反映方言差异、演变方式及其与人口迁移的关系，构成平面的朝鲜语方言史和朝鲜族人口流动史，为构建中国朝鲜语发展史打下坚实的基础。语言特征地图和文献记载相互参校，能够回答现代朝鲜语方言与中世朝鲜语方言的关系这一难题，勾勒出近现代朝鲜语方言形成和变化的历史。第三、是为语言理论研究提供新材料和新视角。《中国朝鲜语方言地图集》可以在反映语言事实的同时，最大限度地展示演变过程的细节，为归纳和解释语言演变规律提供直接证据，从而为语言接触理论、语法化理论、语音学及音系学理论、社会语言学理论提供更加鲜活的语料和新的研究视角，推动中国少数民族语言学理论的发展。

其次从应用价值上来看，第一、是为“一带一路”发展战略的实施和丝绸之路沿线文化建设服务。中国东三省被定位是我国“一带一路”发展战略中向北开放的重要窗口。东北地区蕴藏着极为丰富的文化遗产。随着“一带一路”战略的逐步实施，这些地区的文化建设已经提上重要的议事日程。《中国朝鲜语方言地图集》本身即是丝绸之路经济带文化建设的重要成果。方言调查条目中一些反映朝鲜族民间文艺、民俗特点的方言词语，为非物质文化遗产保护提供导引，服务于“一带一路”发展战略和东北地区的少数民族文化建设。第二、是为语言资源保护工程和语言规划提供支持。近年来，语言资源保护日益受到学界和政府的重视。财政部、教育部已经启动“中国语言资源保护”国家工程，其中包括民族语言和汉语方言的保护。绘制朝鲜语方言地图集本身即是朝鲜语方言保护的最佳途径之一，同时还可作为有关部门制定少数民族语言规划和保护民族语言资源的参考。第三、能够提升中国朝鲜语方言研究水平，加强本土朝鲜语方言人才培养。朝鲜语方言地图集的地点调查、语料分类和处理、数据储存、地图绘制等，是一个复杂的系统工程，研究过程中将产生一大批阶段性成果。待地图集出版后，还将派生出众多研究课题，开拓新的研究领域，能够大幅提升朝鲜语方言学及语言学研究水平，从整体上推进朝鲜语方言研究，必将培养出一批本土的方言调查研究人才。

4.《中国朝鲜语方言地图集》的绘制

1) 朝鲜语方言调查及地图布点

朝鲜语是跨境语言。中国朝鲜族大致是通过17世纪、19世纪后半叶以及1910年代和1920年∽1945年的四次移民过程完成了从朝鲜半岛到中国的移居。[6] 朝鲜语方言也随之转移到中国。现在中国朝鲜语

6 黄有福．中国朝鲜族移民史研究[J]．中央民族学院学报，1993，(4)：56~61.

方言主要分布在中国东北三省及内蒙古部分地区。

方言地图的类型一般分为描写性地图(descriptive maps)和解释性地图(interpretive maps)。《中国朝鲜语方言地图集》主要以描写性地图为主，但势必需要交叉部分必要的解释性地图。

方言地图的布点尺度可分为宏观尺度、中观尺度和微观尺度的布点。[7] 布点稀疏的方言地图是为提供宏观的景象，而布点细密的方言地图是为提供微观的画面，考察方言特征分布。《中国朝鲜语方言地图集》将以每个朝鲜族自治乡为1个调查点，以地理均衡为基本原则，并结合已知的朝鲜语方言特点，确定调查布点。

目前，国内设有朝鲜族自治州和朝鲜族自治县各一个，分别是吉林省延边朝鲜族自治州和吉林省白山市长白朝鲜族自治县。延边朝鲜族自治州的八个县市[8]各设2个调查点(县城/市区1个，农村1个)；白山市长白朝鲜族自治县设2个调查点(县城1个，农村1个)。其余每个朝鲜族自治乡镇设1个调查点，并增设部分具有代表性的方言岛为调查点。如图1所示，吉林省除了延边朝鲜族自治州8个县市以及长白朝鲜族自治县以外，还有11个朝鲜族自治乡镇[9]以及6个方言岛[10]，共设35个

---

7 此三种不同的布点尺度可定义如下。(1)宏观尺度的布点：至少每个地级行政单位一个点，可以略多；或每个省级行政单位一个点；上限为每个大方言一个点。(2)中观尺度的布点：至少每个县级行政单位一个点，可以略多。(3)微观尺度的布点：至少每个乡镇一个点，下限为每个自然村一个点。

8 延吉市、图们市、敦化市、龙井市、珲春市、和龙市、汪清县、安图县等八个县市。

9 吉林省朝鲜族乡镇：柳河县姜家店朝鲜族乡、柳河县三源浦朝鲜族乡、辉南县楼街朝鲜族乡、集安市凉水朝鲜族乡、梅河口市小杨满族朝鲜族乡、通化县金斗朝鲜族满族乡、通化县大泉源朝鲜族满族乡、蛟河市乌林朝鲜族乡、榆树市延和朝鲜族乡、梅河口市花园朝鲜族乡、吉林市土城子满族朝鲜族乡。

10 吉林省方言岛：图们市凉水镇亭岩村、汪清县天桥岭镇东新村、汪清县汪清镇东振

调查点；黑龙江省有22个朝鲜族乡镇[11]，设22个调查点；辽宁省有9个朝鲜族自治乡镇[12]，另有2个朝鲜族传统聚居地西海农场和达道湾镇[13]，以及2个方言岛，共设13个调查点；内蒙古有1个朝鲜族自治乡镇，另加1个朝鲜族传统居住村落，共设2个调查点[14]。因此，中国朝鲜语方言调查点计划设置72个调查点。每个调查点选定一位被调查人，被调查人要求为70岁以上的以朝鲜语为母语的朝鲜族男性。[15]

村、安图县三道乡、安图县永庆乡、吉林市蛟河市天北乡。

11 黑龙江省朝鲜族乡镇：五常市民乐朝鲜族乡、依兰县迎兰朝鲜族乡、尚志市鱼池朝鲜族乡、尚志市河东朝鲜族乡、海林市海南朝鲜族乡、海林市新安朝鲜族乡、宁安市江南朝鲜族满族乡、宁安市卧龙朝鲜族乡、东宁市三岔口朝鲜族乡、密山市和平朝鲜族乡、鸡西市城子河区永丰朝鲜族乡、鸡东县鸡林朝鲜族乡、鸡东县明德朝鲜族乡、桦川县星火朝鲜族乡、汤原县汤旺朝鲜族乡、萝北县东明朝鲜族乡、铁力市年丰朝鲜族乡、勃利县杏树朝鲜族乡、勃利县吉兴朝鲜族满族乡、北安市主星朝鲜族乡、双鸭山市友谊县成富朝鲜族满族乡、绥化市北林区兴和朝鲜族乡。

12 辽宁省朝鲜族乡镇：沈阳市东陵区浑河站朝鲜族乡、沈阳市于洪区大兴朝鲜族乡、沈阳市沈北新区石佛寺朝鲜族锡伯族乡、桓仁满族自治县拐磨子朝鲜族镇、桓仁满族自治县雅河朝鲜族乡、盘锦市大洼区荣兴朝鲜族乡、宽甸满族自治县下露河朝鲜族乡、抚顺市顺城区前甸朝鲜族镇、开原市八宝屯满族锡伯族朝鲜族镇。

13 位于营口市盖州市西海和鞍山市千山区。

14 内蒙古的2个方言调查点为呼伦贝尔市阿荣旗新发朝鲜族乡和乌兰浩特市乌兰哈达镇三合村。

15 如没有合适人选可适当调整被调查人性别、年龄等要求。

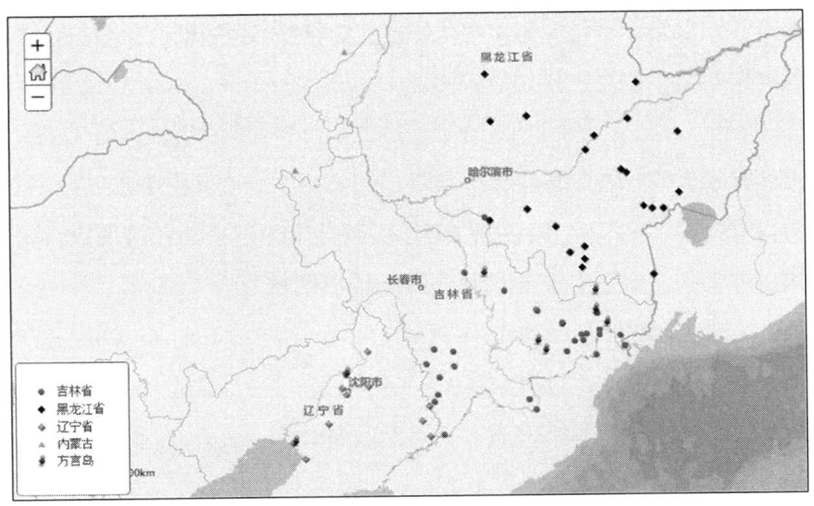

〈图1〉中国朝鲜语方言调查点分布图

同时，精心选择确定671个条目制定方言调查手册。其中001~553为词汇条目，词汇条目中503~553为社会方言词汇即汉语借用词汇等，反映了中国朝鲜语独有的语言现象； 554~578是语音条目， 共24个；579~671是语法条目，共92个条目，包括曲用条目、活用条目和句式条目。结合原有方言资料和田野调查基础上绘制100余幅方言特征地图。包括：语言总图5幅、语音特征图20余幅、词汇特征图70-80幅、语法特征图10余幅。

2) 方言地图绘制软件工具

电脑软件技术的发展给绘制方言地图工作带来了极大方便， 特别是GIS软件的应用为方言地图的精细化绘制带来了革命性变化。

大多数方言学者的制图水平停留在使用Photoshop、CorelDRAW

等图形图像处理软件来制作地理底图、处理方言资料的图形等。以往朝鲜语语言地图多使用SEAL7.0(System of Exhibition and Analysis of Linguistic Data)进行制图。SEAL7.0是日本新舄大学(Niigata University)福岛秩子先生开发的地图绘制软件, 可以在WORD状态下绘制地图, 并且支持英、日、汉、朝四种文字, 所以被广泛用来绘制日语和朝鲜语语言地图。但是它达不到地图的高精密化制图。

目前, 比较普遍的GIS软件有MapInfo、Intergraph、SuperMap、GeoStar 等商业软件以及GRASS、Quantum GIS、uDig、Mapbuilder、SharpMap 等开源和免费软件。比如国产SuperMap商业软件或者GRASS(Geographic Resources Analysis Support System, 地理资源分析支持系统)免费软件以及Arc GIS Online都是比较理想的朝鲜语方言地图制图工具。

5. 结语

我国目前尚未绘制过中国朝鲜语方言地图集。 通过以较大规模方言调查为基础, 最终绘制成《中国朝鲜语方言地图集》是一项具有历史意义的工作。

本课题从共时研究角度, 促进朝鲜语方言与本语言之间的比较研究; 从历时研究角度, 促进朝鲜语发展史研究; 从政策研究角度, 为政府有关部门制定语言政策提供依据; 从文化遗产研究角度, 既保护了少数民族语言资源, 又为"一带一路"沿线的文化建设作出贡献; 从文化传承角度, 使城市化背景下的中国朝鲜族継承和发扬传统民族文化中的精髓。

【基金项目】本文系国家社科基金重点项目“中国朝鲜语方言地图集”
(项目编号 ： 16AYY017)的阶段性成果之一。

参考文献

项梦冰、曹晖. 汉语方言地理学-入门与实践[M]. 北京:中国文史出版社, 2005.
贺登崧, 石汝杰、岩田礼(译). 汉语方言地理学[M]. 上海:上海教育出版社, 2012.
曹志耘、老枝新芽. 中国地理语言学研究展望[J]. 语言教学与研究, 2002, (3): 1~6.
中国社会科学院、澳大利亚人文科学院. 中国语言地图集[M]. 香港:香港朗文(远东)有限公司, 1987.
中国社会科学院语言研究所、中国社会科学院民族学与人类学研究所、香港城市大学语言资讯科学研究中心. 中国语言地图集(第二版)[M]. 北京:商务印书馆, 2012.
黄有福. 中国朝鲜族移民史研究[J]. 中央民族学院学报, 1993, (4): 56~61.

허련순 소설의 저층서사전략 연구

장편소설을 중심으로

배뢰민

1. 머리말

21세기에 들어서면서 중국사회의 변화에 따라 중국작가들은 사회하층에서 생활하는 사람들을 주목하고 작품에 담기 시작했다. 따라서 저층문학이 새로운 형태의 문학사조로 나타나기 시작했다. 중국 주류문단 작가들의 저층문학은 주로 도시화 속에서 사회하층에 머물고 있는 저층을 그렸는가 하면, 허련순은 중국 조선족 작가로서 노무일군으로 한국에서 고된 삶을 살아가고 있는 조선족 동포들을 그려냈다. 이민과정을 겪은 허련순 소설 속의 저층인물들은 사회하층으로서의 냉대와 외국인으로서의 불평등을 동시에 겪게 되면서 이러한 이중성을 지니고 있다.

조선족 작가 허련순은 1950년대에 출생한 작가로서 '문화대혁명', '개혁개방', '중한수교' 등 역사의 흐름 속에서 조선족 사회의 변화와 본인의 문학을 결부시키고 있다. 특히 허련순은 급변하는 사회에서 살아가는 저층인물들의 삶과 내면세계에 초점을 두고 여성작가의 섬세한 관찰력과 통찰력으로 그들의 삶의 현장을 밟으면서 저층인물들의 고달픔과 좌절, 방황을 쓰고 있다.

본고는 허련순의 장편소설 『바람꽃』, 『누가 나비의 집을 보았을까』, 『중국색시』, 『춤 추는 꼭두』를 연구대상으로 하여 허련순 장편소설에서 전개되는 저층세계를 분석하면서 작가의 저층서사전략을 논의해 보고자 한다.

2. 저층서사와 허련순의 장편소설 창작

중국 주류문단에서 '저층문학'이란 2004년 『天涯』 잡지에 처음으로 등장하면서 큰 화두를 일으킨 새 시기의 문학사조이다. 저층문학이란 개념은 근년에 제기되었지만 저층서사는 중국문학에 잠재되어 있던 한 가지 서사방식이고 근년에 사회의 변화에 따라 다시 문단에서 주목을 받고 있다. '저층서사'란 작품에서 저층을 그려내는 서사방식을 가리킨다. '저층'이란 개념은 사회학에서 빌려온 것이다. 중국에서 말하는 '저층'은 시장경제제도를 도입하면서 나타난 사회의 '불평등'을 반영한 개념이다. 이 개념은 물질적, 문화적, 권력적 자원에서 밀려난 '최하층'의 사람들을 가리킨다. 육학예(陆学艺)는 『당대중국사회계층연구보고』(當代中國社會階層研究報告)에서 조직권력자원, 경제자원, 문화자원 등 세 가지 자원에 대한 점유 정도에 따라 중국사회계층을 10대 계층으로 나누었으며 '저층'은 그중 이러한 자원을 적게 점유하거나 아예 점유하지 못한 사람들을 가리킨다고 한다.[1] 문학 범주에서 저층에 대한 논의도 많이 이루어졌다. 이운뢰(李云雷)는 저층이란 범위에는 사회적 구조에서 가장 하층의 지위에 있는, 우리가 익숙한 농민, 노동자, 농민공들이 포함된다고 한다.[2] 남범(南帆)은 저층은 억압을 받는 계층으로서 역사적인 시각에서 보아야 한다[3]고 한다. 여러 논의를 포괄해서 보면 우리는 저층이란 주로 경제적인 측면에서 어려움을 겪고 있고 사회적인 지위가 낮은 계층을 가리킨다고 정의할 수 있다.

개혁개방 이후의 사회 격변 속에서 조선족문단도 다양하게 발전하면서 여러 가지 창작 경향이 나타나게 된다. 1990년대 상반기까지 조선족문단의 소설창작의 기본 흐름에서 '이민을 소재로 한 작품'은 중요한 창작 경향이었다.[4] 허련순은 최초로 이민 주제를 다룬 작가로서 '디아스포라' 작가로 평가를 받는다. 이는 창작 주제의 원인 뿐만 아니라 허련순과의 경력과도 밀접한 관련이 있다. 허련순은 조선족작가 가운데서 한국을 다녀온 초기의 작가일 뿐만 아니라 한국에서 석사공부까지 했었다. 허련순은 저층생활을 체험하지 못했었지만 작가로서 그는 중한수교 후 한국에서 힘든 직업을 종사하는 조선족 동포들을 작품에

1 陆学艺, 《当代中国社会阶层研究报告》, 社会科学文献出版社, 2002年, 第一章.

2 李云雷, 徐志伟, 《从"纯文学"到"底层文学"-李云雷访谈录》, 《艺术广角》 2010年, 第3期, 23頁.

3 南帆·郑国庆·刘小新等, 《底层经验的文学表述如何可能?》, 《上海文学》 2005年, 第11期, 75頁.

4 오상순에 의하면 1990년대 상반기까지 조선족문단의 소설창작의 기본흐름은 "우리 민족 농민들의 다양한 삶의 모습과 그들의 운명을 보여준 작품", "시장경제의 소용돌이 속에서 허우적거리며 살아가는 도시인들의 세속적인 삶과 그들의 고뇌와 갈등을 추적한 작품", "지식인들의 생활난과 질곡, 그들의 불우한 처지와 운명, 그들의 인간적 고뇌와 울분을 가슴 아프게 펼쳐 보이면서 지식인에 대한 중시와 존중을 호소한 작품", "이민을 소재로 한 작품", "사랑 문제를 취급한 작품" 등 다섯 가지 경향을 보여주었다고 한다. 오상순, 「개혁개방과 중국 조선족 소설문학-90년대 상반기 소설문학을 중심으로」, 『韓國傳統文化研究』(제12권 0호), 대구카톨릭대학교 인문과학연구소, 1997, 114~115쪽.

담고 무력한 그들을 조명하려고 한다.

허련순의 문학창작은 유년시절에 대한 기억과 직접적인 관계가 있다. 집에서 다섯째 딸로 태어난 허련순은 아들을 원하는 아버지의 환대를 받지 못했다. 심지어 그의 이름은 집에 놀라온 6촌오빠가 지어준 것이다. 이름에 대한 콤플렉스가 깊었던 허련순은 몇 번이나 이름을 바꾸려고 했으나 결국에는 바꾸지 못하면서 그 상처도 한평생 동행할 수밖에 없었다. 이렇게 상처와 결핍이 담겨진 유년시절에 대한 추억은 근본적으로 허련순의 문학창작에 영향을 주었다.

> 결국 저의 문학의 근원은 아버지였음을 최근에 와서 알게 되었어요. 아버지 눈빛의 깊이를 파고들고 그것을 넘어서는 과정이 바로 제 문학이었다는 생각이 드네요. 보고 있으면서도 보고 있지 않는듯한 먼 눈빛, 아버지는 늘 그런 시선으로 저를 바라보았어요… 그 시선에서 어린 나이에 벌써 인간의 소외와 차별과 슬픔을 경험했고 그것이 인간이 인간에게 행해지는 가장 큰 부정과 비애임을 알아버린것 같아요.[5]

아버지로부터 받은 소외감, 여성으로 태어나서 받은 소외감은 허련순에게 큰 상처와 슬픔을 가져다주었다. 그는 문학으로 결핍한 인물을 그려내면서 '나는 누구인가'라는 질문을 하고 있다. 이러한 유년시절로 인해 허련순은 "문학 자체는 결핍이며 부족한 것을 쓰는 것이다"[6]라고 주장하며 장편소설에서 "결핍"의 삶을 사는 저층인물들을 그려내고 있

---

5 허련순·김홍란, 「문학을 살아가는 작가」, 『장백산』 총234호, 『장백산』 잡지사, 2017, 8쪽.

6 2018년 10월 9일, 중앙민족대학교 조선언어문학학부의 초청으로 허련순 작가는 중앙민족대학교 문화루에서 특강을 진행했다. 인용문은 특강내용에서 따온 것이다.

다. 『바람꽃』, 『누가 나비의 집을 보았을까』, 『중국색시』에서는 국경을 넘어 한국에서 힘든 삶을 이어가는 조선족, 혹은 한국으로 떠나는 조선족들을 그려냈고, 『춤추는 꼭두』에서는 부모가 누군지도 모르고 자란 '꼭두'를 비롯한 고아들과 가족을 위해 불법행위를 택하고 자아를 희생한 '꼭두'의 어머니를 그려냈다.

허련순은 90년대 초부터 한국을 알게 되면서 그의 태생의 조건은 여자임과 동시에 이주민의 후예라는 것을 철저히 인식하게 된다.[7] 이중적인 아이덴티티의 모순 속에 빠져든 허련순은 '나는 누구인가'라는 철학적인 문제를 탐색해왔고 작가는 우리가 살아가는 사회 하층에 머물고 있는 저층인물들을 통해 해답하고자 한다. 『바람꽃』의 홍지하는 '뿌리 찾기'를 목적으로 한국에 가게 되었으나 우여곡절을 겪으면서 경제난으로 건설현장에서 일하게 된다. 홍지하의 친구 최인규와 그의 아내 지혜경도 건설현장에서 일을 하고 있다. 불행하게도 최인규는 건설현장에서 공상을 입는다. 아내는 남편 치료비를 마련하기 위하여 부득불 한국인 강사장의 애를 낳아주는 길을 선택한다. 『누가 나비의 집을 보았을까』는 1990년대 중기를 배경으로 조선족들의 한국 밀항 사건을 다루고 있다. 밀항선에 오른 안세희, 송유섭, 쌍희, 말숙이, 안미자, 김채숙, 안도부부 등 여덟 명의 인물들은 모두 사회의 저층에서 생활하는 사람들로서 밀항의 위험성을 무릅쓰고 한국에 가서 어떻게든 돈을 벌어보고자 한다. 『중국색시』의 주인공 단이는 어렸을 적부터 정체성 혼란을 겪고 살았던 공간을 두려워하면서 어딘가로 떠나고 싶다는 생

7 허련순· 김홍란, 「문학을 살아가는 작가」, 『장백산』 총234호, 『장백산』 잡지사, 2017, 13쪽.

각에 한국 남자 도균이와 국제결혼을 하지만 한국에서도 일련의 불행을 겪게 된다.

상기 세 부의 장편소설은 모두 한국행을 선택한 조선족들을 주인공으로 설정했다. 이들은 경제적으로 보다 윤택한 삶을 살기 위하여 한국을 선택했으나 계속되는 경제적인 어려움과 정신적인 고통은 그들의 희망을 파멸시킨다. 이와 달리 『춤 추는 꼭두』는 청소년들의 성장 이야기를 쓰면서 그들이 겪은 좌절과 고뇌를 쓰고 있다. 『춤 추는 꼭두』에서 주인공 꼭두를 비롯한 고아원 아이들은 부모의 버림을 받고 성장해왔다. 소설에서는 두 부류의 저층인물이 등장한다. 첫 번째 부류는 꼭두의 어머니와 진씨네 남자들이고 두 번째 부류는 꼭두를 비롯한 고아들이다. 강소성 농촌의 진씨 집에 팔려온 꼭두의 어머니는 그의 어머니의 치료비를 마련하기 위하여 진씨네와 계약을 맺고 진씨네 넷째 아들과 부부가 되어 아들을 낳아주기로 한다. 하지만 넷째가 죽음으로써 꼭두의 어머니는 큰 아들과 둘째 아들의 욕망의 희생물이 되고 꼭두는 아버지가 누구인지 모르는 아이로 태어나게 된다. 부모의 버림을 받고 고아원에서 자란 꼭두는 그래도 어머니가 올 것이라고 굳게 믿고 기다린다.

이처럼 허련순의 장편소설은 주로 저층인물과 저층공간으로 구성되었다. 저층인물들은 주로 경제적인 결핍으로 인하여 정신적인 트라우마를 얻게 된다. 작가는 소설에서 물질적인 어려움과 정신상의 어려움을 동일시하는 것 같지만 실제로는 정신상의 고통을 더욱 부각시키고 있으며 그들의 내면세계를 조명하고 있다.

3. 불행 속에서 인격미를 유지하는 저층인물

'저층'이란 계층은 실질적으로 저층인물들로 형성된 것이기에 저층서사에서는 저층인물을 중점적으로 부각하고 있다. 허련순은 사회 저층에서 생활하는 인물들을 소설의 주인공으로 삼고 있으며 그들의 힘든 삶을 재현할 뿐만 아니라 아픔과 고통 속에서의 심리적 변화도 들여다보고 그려내고 있다. 저층서사에서 작가와 인물의 관계가 매우 중요하다. 즉 작가라는 지식분자들은 저층을 어떤 시각으로 바라보는가라는 문제이다. 허련순은 "우리가 문학을 하는 이유는 슬픔을 쓰기 위한 데 있는 것이 아니라 슬픔으로 아름다움을 말해주는 데 있기 때문[8]"이라면서 인물이 어려움 속에서도 인격미를 유지하는 데 초점을 두고 있다. 인물의 내면 활동은 등장인물 스스로의 주변세계에 대한 반응과 서술자가 부여한 내면 심리로 알아볼 수 있다.

사실주의 소설인 허련순의 『바람꽃』, 『누가 나비의 집을 보았을까』, 『중국색시』는 1990년대로부터 흥행한 한국행으로 인한 조선족사회의 변화에 초점을 두고 인물을 설정했다. 앞에서 논의한 대로 허련순 소설 속의 인물들은 경제적인 어려움으로 최하층에 머물러야 했고 심지어 불법행위를 택해 삶을 유지하려고 했다. 작가는 저층인물들의 이러한 비참한 삶을 그리지만 그들에게 인간으로서의 존엄을 부여하고 있다. 이러한 서사를 통해 저층인물들은 인격을 가지게 되고 소설 스토리를 계속 이어갈 수 있게 된다.

---

8 허련순·김홍란, 「문학을 살아가는 작가」, 『장백산』 총234호, 『장백산』 잡지사, 2017, 9~10쪽.

『바람꽃』의 홍지하, 최인규와 지혜경은 타락된 모습으로 보여줄 수 있지만 이는 본인의 게으름 때문에 이루어진 것이 아니다. 저층은 물질적인 차원에서 남들보다 못하지만 도덕적인 면에서는 결코 부족한 것이 아니다. 허련순은 이러한 특징을 자신이 그려내는 저층인물들에 부여하면서 그들이 도덕에 어긋나는 선택을 하더라도 그럴 수밖에 없는 부득이한 이유를 만들어주고 존엄을 유지시킨다. 『누가 나비의 집을 보았을까』의 주인공 세희는 홀로 아들 둘을 키우지만 다른 사람들의 관심과 도움을 받는 것을 거부하였다. 저층에서 생활하지만 강한 자존심과 자립심을 갖고 있는 것이다. 이러한 성격적 특징은 가정 형편이 여유로운 친구 춘자와의 관계에서 볼 수 있다. 『중국색시』에서 단이와 도균의 사랑 이야기는 소설의 주선이다. 그들이 존엄을 지키는 이야기는 사랑 이야기 과정에서 나타나고 있다. 단이가 한국남자와 맞선을 보게 된 원인은 한국에 가기 위해서가 아니라 어딘가로 떠나기 위함이었다. 그러기에 국제결혼을 택한 다른 중국색시들처럼 맹목적으로 한국 남자에게 순종하는 것이 아니라 마음속의 자아를 늘 지키고 있었다.

저층인물들의 자존심의 유지는 그들이 사용하는 언어에서도 알아볼 수 있다. 서사는 언어와 더불어 서술자를 매체로 한다.[9] 허련순 장편소설의 인물들은 경제적인 원인으로 학력이 높지 않은 인물들이다. 하지만 작가는 완벽하지 못한 그들에게 유식하고, 철학적인 언어를 부여하면서 부단히 자아를 찾고 자신의 존엄을 잃지 않는 인물로 형상화한다. 이러한 언어적인 특징은 작가의 창작의식의 반영이다. 방드리에는 "주어와의 관계에서 고려되는 동사의 행동 양식"이라고 '음성'을 정의한

9 한일섭, 『서사의 이론–이야기와 서술』, 한국문화사, 1991, 23쪽.

다.[10] 즉 '음성'이란 서술하는 자의 입장을 가리킨다. 허련순은 언어의 사용을 특별히 중시하는 작가로서 아름답고 철학적 의미가 담겨있는 말들을 저층인물로 통해 보여주고 있다. 그는 저층인물들에게 이러한 언어 특징을 부여하여 작품의 예술성을 높이는 동시에 인물 형상을 풍부히 하고 있다.

'나는 누구인가'는 허련순 문학창작에서 잠재되어 있는 명제라고 할 수 있다. 허련순은 유년시절 아버지로부터 얻은 소외감으로 항상 자아를 찾고 있다. 이러한 의식은 그의 소설인물의 설정에 큰 영향을 주고 있다. 허련순 소설 속의 저층인물들은 불행 속에서도 부단히 자아를 찾고 있다. 그들의 자아 찾기는 소설 속 인물들이 그들이 걸어온 삶의 발자취에서 스스로 자아를 인식하고 자신이 누구인가를 찾는 과정이다.

『누가 나비의 집을 보았을까』는 소설 제목이 시사하듯이 '나비'라는 동물 형상이 아주 중요한 기능을 수행하고 있다. 허련순은 이 작품 속에서 이 집 저 집을 전전하다가 끝내는 버려져야만 하는 '나비'라는 이름을 가진 강아지와 한국으로 가는 밀항선의 선창에 날아 들어온 '나비'라는 동물 형상을 작품 전체를 통하여 보여준다. 이러한 동물 형상은 귀추를 잃고 방황하는 한국 밀항자들인 세희와 유섭 그리고 쌍희, 세희의 아들 용이 등 인물 형상과 삼위일체의 구조를 이루고 있다.[11] 이러한 인물들이 같이 모이게 되면서 그들은 서로를 통해 자신의 모습

---

10 제라르 즈네뜨, 권택영 옮김, 『서사 담론』, 교보문고, 1992, 202쪽.

11 김정웅, 「일본 이양지와 중국 허련순의 소설 비교 연구-이양지의 〈나비타령〉과 허련순의 〈누가 나비의 집을 보았을까〉를 중심으로」, 『한국문학논총』 제64집, 한국문학회, 2013, 216쪽.

을 볼 수 있고 자신이 누구인가라는 질문이 더욱 확대된다.

> "그럼 나비의 생존 이유는 뭘까요?"
> "글쎄, 뭘까?"
> 유섭은 길게 탄식하더니 힘에 겨운 듯 아주 낮고 천천히 입을 열었다.
> "내가 사는 이유도 모르는데…… 내가 어찌 나비의 생존 이유를 알겠소."[12]

송유섭은 자기가 살아가는 이유를 모르고 있다. 함께 배를 탄 8명의 사람들도 모두 삶의 이유를 모르고 있다. 나비를 보는 순간 이들은 자신들이 나비와 너무나 비슷함을 느낀다. 8명의 저층인물들은 떠돌이 삶을 살면서 자신의 귀추는 어디에 있고, 자신은 누구인가를 계속 생각한다. 즉 방황하면서 자아를 찾아가는 것이다.

『바람꽃』의 홍지하는 할아버지를 찾으러 중국에서 한국으로 오게 된다. 하지만 홍지하의 조상 찾기는 평탄하지 않다. 그의 할아버지 홍순보와 같은 이름과 경력을 가진 분을 찾게 되는데 가족들이 같은 사람이 아니라고 홍지하를 속인다. 홍지하에게 있어 '뿌리 찾기'는 자아 찾기의 한 중요한 부분이다. 할아버지를 찾는다는 것은 뿌리를 찾는 것으로서 자신과 아버지를 확인하는 과정이다. 이러한 자아 찾기는 『중국색시』에서도 나타나고 있다. 『중국색시』의 단이는 어릴 적부터 민족정체성으로 하여 혼란을 받고 있다. 아버지는 한족이고 어머니는 조선족인 단이는 어릴 적부터 '짜그배'[13]라는 소리를 들으면서 자랐다. 김도균과 맞선을 볼 때 도균의 한족인가 조선족인가라는 질문을 듣고

12 허련순, 『누가 나비의 집을 보았을까』, 인간과자연사, 2004, 327쪽.
13 중국 조선족들이 말하는 '짜그배'는 조선족과 다른 민족이 결혼하여 낳은 아이를 가리킨다.

단이는 다시 자신의 정체성에 대해 고민하게 된다.

> "사실 어릴 때부터 전 그런 질문을 수도 없이 들었습니다. 한족이라고 생각하냐 아니면 조선족이라고 생각하냐는 질문 말입니다. 그런데 사람들은 그게 왜 그리 궁금한지 그때도 그랬지만 지금도 전 잘 납득이 안 가요. 제가 한족인지 조선족인지가 다른 사람들에게 왜 그리 중요할가요? 저는 살면서 내가 한족이다, 조선족이다 그런 생각을 하지 않았어요. 그냥 아버지는 내 아버지여서 좋았고 엄마는 내 엄마여서 좋았어요. 그리고 아버지, 어머니의 자식이여서 좋았구요. 한족이고 조선족이고는 자식이 선택할 일은 아니잖아요. 저는 그저 아버지, 어머니의 자식일뿐이니까요…저의 몸에는 아버지의 피도 흐로고 어머니의 피도 흐르죠. 그러니까 저는 한족이면서도 조선족이고 거꾸로 한족도 아니고 조선족도 아니죠. 그런 저는 무엇일까요?"[14]

인용문에서 제시한 것처럼 단이는 정체성 문제에 대해 늘 고민해왔고 한국에 시집가서도 계속된다. 한국에서 도균의 친척들은 그를 '중국색시'라고 부른다. 틀린 호칭은 아니지만 한국에 시집 왔으니 한국인이 되고 한국문화에 융합되려고 했으나 사람들의 시선은 그에게 다시 정체성 혼란을 주고 있다.

앞의 인물들과 달리 『춤 추는 꼭두』에 등장하는 인물들은 자신의 뿌리를 모르고 성장한다. 그러기에 자신이 누구인가는 그들에게 아주 중요한 명제라고 할 수 있다. 꼭두와 도진이는 자신이 버림을 받았다는 현실을 받아들이지 않고 늘 부모를 찾고 있다. 꼭두는 나무인형 꼭두를

14 허련순, 『중국색시』, 연변인민출판사, 2015, 60쪽.

간직해두면서 그 인형이 자신이 어머니의 딸이라고 증명할 수 있는 근거인 것이라고 굳게 믿고 있다. 도진이도 어머니가 세상에 살아있다고 믿으면서 늘 찾고 있다. 꼭두가 어머니를 만나게 되는 계기는 황의정이 만든 사회복지재단의 '털실장갑 보내기 운동' 행사였다. 그의 어머니는 헤어질 수밖에 없었던 아들을 생각하며 털실장갑을 떠서 후원해왔는데 우연히 인형을 보고 꼭두가 자기 딸이라는 것을 확신하게 된다. 사실을 알게 된 꼭두는 마음 속에서 희비가 교차된다. 어머니가 실종 전에 쓴 "너의 아버지는 진씨네 넷째이다"라고 쓴 편지를 읽는 순간 꼭두의 자아는 완성되며 정체성이 확립된다.[15]

허련순은 저층인물들의 정신적인 트라우마에 초점을 두면서 경제적인 어려움을 해결하는 것보다 마음의 치유가 더욱 중요하다고 보고 있다. 이 과정에서 인물들은 자아를 찾으려고 하고 이러한 자아 찾기는 자신을 인정하는 과정이며 또는 정체성을 밝히는 과정이다. 이런 자아 찾기는 저층에서 생활하는 사람들에게 더욱 절실한 것이다. 자아를 찾는 것은 저층이라는 힘든 삶을 살아가는 데 일종의 힘이 되는 것이다.

4. 저층인물을 부각하는 낙후된 저층공간

허련순의 작품 세계는 주로 한국에서의 중국인들의 삶과 중국 사회의 최하층에서 살고 있는 인물들에 대한 기록으로 볼 수 있다. 이러한

15 엄정자, 「삶과 죽음의 경계선에서 보이는 삶의 본질」, 『연변문학』 통권 684호, 연변작가협회, 2018, 207쪽.

세계와 그 세계에서 살고 있는 인물들의 이야기를 서술하기 위하여 허련순의 소설은 흔히 공간서사로부터 시작된다. "시초부터의 서술이 서사작품의 여러 가지 의도를 구현할 수 있는 기능"[16]이 있다. 허련순은 부족함이 많은 인물들을 그렸기에 이런 인물에 적합한 공간의 설정이 필요했다. 공간이란 인물의 육체, 기억, 영혼을 담는 곳으로서 인물서사와 소설 스토리 전개에 큰 작용을 한다. 작가는 작품을 시작할 때 절대적인 의도가 있다. 허련순 소설은 시작부터 낙후된 공간을 설정함으로써 작품의 분위기를 정하고 독자들의 호기심을 유발시키면서 그들의 시선을 사로잡는다.

우선 『바람꽃』의 공간으로부터 살펴보자. 『바람꽃』은 첫 장부터 더럽고 으스스한 공간을 그려내고 있다. 여기서 홍지하가 한국에서 머물던 여관을 주목할 필요가 있다. 최인규, 지혜경, 홍지하, 윤미연 등 인물들은 모두 여관에서 생활을 한 적이 있으며 몸과 마음의 여유를 가질 수 있었다. 여관은 오래 정착하여 사는 공간이 아니라 여객들이 잠시 머물거나 휴식하는 공간이다. 작품의 주인공들이 한국에서 여관 살이를 한다는 것은 한국사회와 융합되지 못했음을 보여주는 것이기도 하다. 주인공들이 일하고 있는 건설현장도 전형적인 저층공간이다. 최인규, 지혜경, 홍지하, 윤미연 등은 모두 건설현장에서 일한 경력을 갖는데 특히 윤미연과 지혜경에게는 삶의 전환점이 되는 공간이다. 윤미연은 지혜경의 소개로 건설현장에서 일하면서 강사장과 데이트를 하고 다닌다. 지혜경은 건설현장에서 강사장을 알게 되면서 그의 아이를 낳아주기로 했고 건설현장 건물에서 뛰어내려 자살로 생명을 끝맺는다.

16 한일섭, 『서사의 이론-이야기의 서술』, 한국문화사, 2009, 137쪽.

『누가 나비의 집을 보았을까』에서 협소한 밀항선은 8명 인물의 운명을 실은 공간이다. '밀항'이란 두 글자는 행위의 불법성을 보여주는 바 밀항선은 은밀한 공간이다. 허련순의 다른 장편소설에서 나타난 저층 공간과 달리 밀항선은 생소한 공간이기도 한다. 하지만 당시 한국행을 바라는 조선족들에게 있어서는 실재한 공간이다. 중한수교 초기에 조선족들의 한국행은 지금처럼 쉬운 일이 아니었다. 일부 조선족들은 위험을 무릅쓰고 밀항선을 타고 한국행을 선택했는 바 『누가 나비의 집을 보았을까』는 바로 이러한 현실을 소설화한 것이다. 소설 속의 밀항선은 더럽고 으스스한 공간으로 나타난다. 작가는 이런 밀항선이라는 음침한 공간을 서사의 중심에 넣고 있다.

> 나뭇배에서는 퀴퀴한 냄새가 코를 찔렀다. 해묵어 쌓이고 쌓인 시간의 냄새였다. 잔인하고 처절한 역사를 들여다볼 때 맡아지는 환멸의 냄새였다.[17]

> 배 안은 어둡고 냄새가 났다. 케케묵은 곰팡이 냄새와 비릿한 바다 냄새가 코를 찔렀다. 아무것도 보이지 않았다. 그녀는 한 손으로 코를 막고 한 손으로 여기저기를 더듬었다. 물컹물컹한 것이 손에 만져졌다. 썩은 생선이었다. 그리고 그물과 바오래기들도 만져졌는데 그것들을 축축한 갑판위에 아무렇게나 방치되어 마치 오래된 짐승의 내장처럼 함부로 부패해 있었다. 그것을 피하다가 그녀는 누군가의 다리에 털썩 주저앉고 말았다.[18]

인용문에서 보이다시피 밀항선은 악취가 가득 찬 협소한 공간이다.

---

17 허련순, 『누가 나비의 집을 보았을까』, 인간과자연사, 2004, 9쪽.
18 앞의 책, 13쪽.

생리수요를 위하여 소설 속의 인물들은 체면과 자존심을 버리고 여기서 용변도 보아야만 한다. 밀항선은 "비 오는 날 두엄무지에서 넘치는 똥 냄새, 지린 오줌 냄새, 내장이 썩은 생선 냄새, 생리대의 묵은 피 냄새, 발 냄새, 입 냄새"로 가득 차 그들의 신경을 자극한다. 이 소설에서 인물들이 지향하고 있는 공간은 한국이다. 한국으로 가기 위하여 이들은 이런 원초적인 공간을 경유해야만 한다.

『중국색시』의 제1부는 '맞선'이라고 명명하였다. 중국 여성과 한국 남자의 맞선은 진정한 결혼을 위해 이루어지는 것이 아니라 한국을 갈망하고 있는 중국 여성과 모종의 결핍으로 장가를 못 가는 한국남성이 서로의 수요를 만족시키는 방법이다. 이러한 맞선은 불법이기에 도시 중심에서 떨어져있고 '오랫동안 어둠에 방치된' 공간에서 진행된다.

『춤 추는 꼭두』의 저층공간은 크게 두 개가 있다. 하나는 꼭두의 고향-강소성에 있는 한 편벽한 마을이고 또 하나는 꼭두가 성장해온 고아원이다. 첫 번째 공간은 꼭두 어머니의 시선으로 그려졌다. 할머니의 치료비가 필요한 어머니는 강소성의 한 편벽한 농촌에 팔려오는데 오기 전 어떤 곳인지를 전혀 모르고 있었다. 이 공간이 그에게 준 첫인상은 다음과 같다.

> 누군가 그녀의 눈을 가렸던 검은 띠를 풀어주었다.
>
> 목적지에 도착한 모양이다. 그런데 여기가 도대체 어디일가? 그녀는 어둠속에 사위여진 눈을 들어 주위를 두리번거렸다. 희뿌옇다. 안개 속의 섬 같기도 하고 산속의 높은 성루 같기도 하였다. 깊은 새벽의 고요와 같은 정적이 괴기스럽다. 먼지와 흙냄새 그리고 절인 음식의 시큼한 냄새와 삭인 두부 냄새 같은 고리고리한 냄새가 후각을 후벼팠다. 역시 인체에서 가장 민감한 것이 후각인 모양이다. 냄새로 보아선 이곳이 오래된 살림

집의 주방인 듯했다.[19]

요자리가 눅눅했다.

누기가 엄습해와 등뼈가 선뜩해났다. 이불에서는 땀내인지 쉰내인지 이름 모를 쿨쿨한 냄새가 코를 찔렀다. 그것은 낯선 남자들의 냄새였다…… 이 익숙하지 않은 낯선 냄새가 자존심을 이리도 처참하게 짓밟을 줄은 미처 몰랐다. 그녀는 이를 사려물었다.[20]

'눈에 감은 띠'는 그로 하여금 자신의 행적을 모르게 한다. 그에게 행적을 알 권리도 주지 않는 것을 보면 진씨네는 그를 단지 하나의 씨받이 도구로 본 셈이다. '낯선 남자들의 냄새'는 꼭두 어머니의 거부감을 드러내는 동시에 여자의 부재로 진씨네 형제들은 목마른 사슴처럼 꼭두 어머니를 탐내고 있다는 것을 어느 정도 암시해준다.

"인간은 공간 안에 정주하는 존재"라는 하이데거의 말처럼 공간은 우리의 일상적 경험세계를 만들어내는 수많은 구조와 물체들로 이루어진 실재적 현장이다.[21] 공간은 서사 속에서 인물들이 처하고 있는 장소이고 작품 분위기의 설정, 이야기의 전개에 중요한 작용을 하는 서사적 요소이다. 공간이 전환되면서 독자들은 인물의 삶의 변화에 대해 기대감을 갖게 된다. 하지만 처음부터 시작된 낙후된 공간은 업그레이드가 되지 않고 그들의 삶을 원래대로 유지하거나 심지어는 인물들의 운명을 종결시킨다.

---

19 허련순, 『춤 추는 꼭두』, 연변인민출판사, 2018, 5쪽.

20 앞의 책, 30쪽.

21 정경운, 「서사 공간의 문화 기호 읽기와 스토리텔링-〈태백산맥〉의 '벌교'를 중심으로」, 『현대문학이론연구』 제29권, 현대문학이론학회, 2006, 273쪽.

『바람꽃』에서 홍지하가 서울 땅을 밟은 첫날, 최인규를 찾아가는 길에 지난 골목길은 최인규가 어떤 환경 속에서 살고 있는가를 보여주면서 최인규의 안타까운 삶을 어느 정도 암시해준다. 최인규가 알려준 주소대로 자리를 잡은 것이 아니었기에 홍지하는 서울에서의 첫날 밤을 허술한 여관에서 지새워야 했다. 소설에서 홍지하는 온정된 거처가 없다. 여관에서의 살림은 '바람꽃 같은' 홍지하의 성격 특징을 보여주고 있다. 홍지하는 한국에 와서 할아버지를 찾으러, 친구를 도와주러 사처로 다니다보니 여러 곳에 머물게 되었다. 그 뿐만 아니라 소설 속의 다른 인물들도 여관 살이 경험을 가지고 있는데 이는 한국에서의 조선족들의 안정적이지 못한 삶을 보여준다고 할 수 있다.

『누가 나비의 집을 보았을까』의 밀항선도 인물들의 운명을 예시해준다. 밀항선은 위험성이란 특징을 지니고 있으며 독자들로 하여금 그들의 운명에 대해 걱정을 하게 한다. 악취가 가득 차 있고 광선도 잘 안 들어오는 밀항선 속의 인물들의 건강상태와 정신상태는 모두 열악하다. 더욱 잔혹한 것은 한국 영해와 가까워지면서 순라선에 발견될 위험성이 높다고 밀항을 주도하는 사람들은 배 입구를 아예 낮이고 밤이고 비닐로 꽁꽁 막아버렸다. 배 안의 사람들은 소리를 외치면서 외출을 요구하지만 갑판 위의 사람들은 해경에 발각될 까봐 그들의 외출을 금지한다. 8명의 인물에게는 이번 기회가 살아남는 마지막 기회이지만 밀항을 주도한 사람들은 기회를 주지 않는다. 그럼으로 그들은 여전히 밀항선에서 탈출하지 못하고 그들의 운명도 밀항선에서 종결된다. 생사를 결정하는 순간 이들은 밀항선이란 협소한 공간에서 삶의 욕망을 자연적으로 노출한다. 밀항선이라는 저층공간은 이 속에 갇혀있는 인물들의 후회, 공포 등 심경을 보다 형상적으로 보여준다. 『중국색시』에서 단이는 도균이와 싸우고 도균이 운영하고 있는 여관에서 나와 길가에서 머물던 과정에 강마담을 만나게 되면서 티켓다방에 들어가게 된다. 강마담과 티켓다방에서 만난 마사장은 한국인이다. 마담은 본인이 운영하고 있는 다방의 수익을 위해 마사장을 단이에게 소개한다. 그들의 위선에 속은 단이는 어떤 일이 벌어질지도 모르고 마사장에게 순종한다. 어느날 마사장은 단이를 데리고 무덤 앞에서 성관계를 가지려고 한다. 단이는 "귀신이 보고 있어요" 하며 거절하였으나 마사장은 전혀 두려운 마음 없이 성욕을 만족시키려고만 한다. 무덤이란 공간은 음기가 넘치는 무서움의 공간이다. 무덤 앞에서도 정사를 가지려고 하는 마사장은 무덤이란 공간과 결부되면서 잔인한 모습이 강조된다. 그의 우여곡절은 여기서 끝나는 것이 아니다. 티켓다방에서 나온 후 그는 식당에서 일하게 된다. 단이는 고객들에게 친절하게 대하여 많은 고객들은 일부러 단이를 보러 식당에 와서 소비한다. 이익을 본 사장이 단이에게 월급을 더 많이 주게 되자 같이 일하는 조선족 직원 화연이가 불공평하다고 생각하며 단이를 내쫓기 위해 법무부에 신고하며 단이는 감방생활을 하게 된다. 위장결혼죄로 잡혀갔기 때문에 감방은 한국에서의 마지막 공간이 될 수 있지만 작가는 단이에게 희망을 안겨 준다. 도균이가 나타남으로써 단이는 순조롭게 감방에서 나오게 되며 다시 도균이의 여관으로 돌아오게 된다.

『춤 추는 꼭두』에서 꼭두의 어머니가 진씨네 집을 떠난 후 작품은 고아원으로 공간을 옮긴다. 고아원은 부모를 잃은 아이들이 같이 모여 사는 공간이다. 마음의 상처를 입은 사람들이 같이 살기에 서로에 대한 배려와 사랑이 더욱 짙어야 했으나 같은 고아원에 있는 연이는 꼭두를 질투하며 꼭두에게 해로운 일을 하기 시작한다. 꼭두에게 있어 고아원은 부모가 준 상처와 친구가 준 상처를 동시에 감내해야 하는 공간으로 된다.

허련순 소설에서는 건설현장, 저렴한 여관, 티켓다방, 감방, 무덤, 밀항선, 편벽한 농촌 등 저층공간들이 나타난다. 작가는 소설 시작부터 낙후한 공간을 그려내면서 독자들의 시선을 끌어드리고 인물들의 삶과 그들의 운명을 예시해주고 있다. 저층공간의 부단한 등장은 그들의 삶이 계속 그대로 유지된다는 점을 암시해주고 공간이 바뀌었으나 계속 저층공간에 머물고 있다는 것도 이러한 운명을 예시해준다.

5. 맺음말

본고는 중국문단에서 주목받고 있는 저층서사에 대한 소개부터 시작하여 허련순 장편소설에서 그려진 저층세계의 특징을 분석해봤으며 작가는 어떤 서사전략으로 저층세계를 그렸는지를 알아봤다. 저층서사는 특히 경제적인 측면에서 사회 하층에 처해 있는 계층을 가리킨다. 허련순은 장편소설에서 저층인물들을 주인공으로 설정하여 그들의 경제적인 어려움과 정신 상의 혼란을 그려내면서 비극적인 삶을 보여주고 있다. 소설 속의 저층인물들은 경제적인 원인으로 사회 하층에서 일하거나 부단히 주변으로부터 상처를 받지만 존엄과 자존심을 지키고 있다. 작가는 저층인물들에게 인격미를 부여함으로써 이들의 생명가치를 부각한다. 그리고 이들은 모두 부모사랑의 결핍으로 성장 과정에서 많은 어려움을 겪으며 자아 정체성에 대한 곤혹을 갖고 있다. 허련순 작품 속의 인물들은 자신의 성장 과정을 통하여 '나는 누구인가'란 질문을 스스로에게 던지며 그 답을 찾으려고 한다. 그리고 허련순 소설에 등장하는 건설현장, 으스스한 골목길, 티켓다방, 감방, 무덤, 밀항선, 편벽한 농촌 등 저층공간은 인물들의 어려운 삶을 예시해주면서 인물형상의 부각에도 큰 의의가 있을 뿐만 아니라 인물의 운명을 좌지우지하기까지 한다. 저층인물들의 삶이 비록 조금은 비도덕적, 비합법적일 수 있어도 이런 비도덕과 비합법을 가족을 위한 자신의 희생이라는 설정 위에 놓음으로써 작가는 인물의 인격을 미화시켜 준다.

이러한 저층서사는 독자들로 하여금 조선족들의 지나온 삶을 되돌아보게 하며 지금도 한국노무의 길에 올라 있는 사람들을 따뜻이 감싸안아주게 한다. 이것은 허련순의 문학관과 인생관의 반영이기도 하다. 이러한 저층서사전략을 통해 힘겨운 삶을 살아가면서도 희망을 잃지 않고 자신의 존엄을 지켜나가는 인물을 그려냄으로써 불행 속에서도 아름다움은 존재한다는 것을 독자들에게 보여주고 있다.

참고문헌

구재진, 「디아스포라 서사와 트라우마-허련순의 〈누가 나비의 집을 보았을까〉 연구」, 『한중인문학회 국제학술대회 논문집』, 한중인문학회, 2017.

김정웅, 「일본 이양지와 중국 허련순의 소설 비교 연구-이양지의 〈나비타령〉과 허련순의 〈누가 나비의 집을 보았을까〉를 중심으로」, 『한국문학논총』 제64집, 한국문학회, 2013.

김호웅·김관웅, 「이중적 아이텐티티와 문학적 서사-허련순의 장편소설 〈누가 나비의 집을 보았을까〉를 중심으로」, 『통일인문학』 제47집, 건국대학교 인문학연구원, 2009.

김호웅·조성일·김관웅, 『중국조선족문학통사(하권)』, 연변인민출판사, 2012.
엄정자, 「삶과 죽음의 경계선에서 보이는 삶의 본질」, 『연변문학』 통권 684호, 연변작가협회, 2018.
오상순, 「개혁개방과 중국 조선족 소설문학-90년대 상반기 소설문학을 중심으로」, 『한국전통문화연구』 제12권 0호, 대구카톨릭대학교 인문과학연구소, 1997.
______ 외, 『중국조선족문학사』, 민족출판사, 2007.
원영혁, 『한국의 민중문학과 중국의 저층서사 비교 연구-황석영, 조세희, 나위장, 조징로의 소설을 중심으로』, 서울대학교 박사학위논문, 2009.
장일구, 『서사 공간과 소설의 역학』, 전남대학교출판부, 2009.
정경운, 「서사 공간의 문화 기호 읽기와 스토리텔링-〈태백산맥〉의 '벌교'를 중심으로」, 『현대문학이론연구』 제29권, 현대문학이론학회, 2006.
제라르 즈네뜨, 권택영 옮김, 『서사 담론』, 교보문고, 1992.
차성연, 「중국 조선족 문학에 재현된 '한국'과 '디아스포라' 정체성-허련순의 작품을 중심으로」, 『한중인문학연구』 제31집, 한중인문학회, 2010.
최병우, 「허련순의 장편소설에 나타난 정체성의 변화-〈바람꽃〉, 〈누가 나비의 집을 보았을까〉, 〈중국색시〉를 중심으로」, 『한국문학논총』 제71집, 한국문학회, 2015.
한일섭, 『서사의 이론-이야기의 서술』, 한국문화사, 2009.
허련순, 『누가 나비의 집을 보았을까』, 인간과자연사, 2004.
______, 『바람꽃』, 연변인민출판사, 2011.
______, 『뻐꾸기는 울어도』, 연변인민출판사, 2011.
______, 『중국색시』, 연변인민출판사, 2015.
______, 『춤 추는 꼭두』, 연변인민출판사, 2018.
허련순·김홍란, 「문학을 살아가는 작가」, 『장백산』 총234호, 『장백산』 잡지사, 2017.
雷达, 《不同凡响的"底层叙事"研究》, 《小说评论》, 2005年 第6期.
李云雷, 《新世纪"底层文学"与中国叙事》, 中山大学出版社, 2014.
刘旭, 《底层叙述 : 现代话语的裂痕》, 上海古籍出版社, 2006.
龙迪勇, 《空间叙事学》, 北京 : 生活·读书·新知三联书店, 2015.
陆学艺, 《当代中国社会阶层研究报告》, 北京 : 社会科学文献出版社, 2002.
南帆·郑国庆·刘小新等, 《底层经验的文学表述如何可能?》, 《上海文学》, 2005年 11月.

김혁의 〈바다에서 건져올린 바이올린〉과 김영하의 〈옥수수와 나〉 비교연구

석추영

1. 서론

김혁(1965~)은 중국 조선족 문단을 대표하는 중견작가이고 김영하(1968~) 역시 한국 3대 문학상을 휩쓴 당대 최고 작가 중 한 사람으로 꼽힌다. 그들의 소설은 모두 개인의 삶으로부터 역사, 민족, 국가에 이르기까지 광범한 범위 내의 인간 소외, 사회 체제 등의 문제를 깊숙이 파고든다. 특히 사회 발전이 낳은 인간의 불안과 '방황', 물질주의 사회에서의 개인 존재적 가치에 대해 고민하고 있다는 점에서 유사성을 보이는데, 그 작품으로 김혁의 〈바다에서 건져올린 바이올린〉(1996)과 김영하의 〈옥수수와 나〉(2011)를 꼽을 수 있다.

비교문학의 수평연구는 사실적 연계가 없는 부동한 국가, 민족 간의 문학 현상을 비교, 연구하고 그들의 유사성과 차이성을 분석하고 그들 사이의 내적 연계와 공동 법칙, 민족 특성 등을 탐구함으로써 작품의 미학적 가치를 발굴하고 사람들의 문학작품에 대한 이해와 흠상을 돕는다.[1] 특히 미국 학파의 르네 웰렉은 프랑스 학파들이 영향 관계 탐구만 강조한 데 대하여 반기를 들면서 비교문학이란 모든 문학작품의 통합 의식과 더불어 국제적 시각으로 모든 문학을 연구하는 것이라고 주장하였다. 그는 국민문학과 일반문학, 문학사와 문학비평을 도입해야만 더 넓은 시야의 비교문학이 될 수 있다고 내다보았다.[2]

김혁의 〈바다에서 건져올린 바이올린〉과 김영하의 〈옥수수와 나〉 두 작품은 모두 현실에 좌절당한 지식인이 겪는 불안과 그 발현 형태에서 유사성을 지니지만 주변인물과의 관계 설정에서 차이성을 보인다. 따라 본고에서는 수평연구의 비교방법으로 두 작품을 비교분석하는 동시에 실존주의, 사회문화 비평방법으로 이러한 유사성과 차이점이 산생하게 된 심층적 원인을 발굴하고 부동한 시대에 처해있는 중한 두 사회의 지식인 형상과 작품에 담긴 시대성의 가치를 이해하는 목적에 도달하고자 한다.

2. 지식인의 좌절과 방황

1) 좌절된 현실에서 오는 불안

두 작품은 모두 재능을 가진 사회 지식인들이 잔혹한 현실의 압박하에 정신질환에 걸려 비극적인 결말에 이른 이야기를 다루었다. 김혁의 〈바다에서 건져올린 바이올린〉의 '방황'은 음악에 남다른 애착과

1 김명숙, 『비교문학 이론과 실제』, 민족출판사, 2014, 81쪽.

2 이창룡, 「미국학파의 비교문학」, 『겨레어문학』 제16집, 건국대국어국문학연구회, 1987, 19쪽.

자질을 가진 수석바이올린수였다. 치열한 탁마 과정을 거쳐 국가1급악사라는 신분에 이르렀지만 변변한 바이올린 하나 갖추지 못한 현실에 불안을 느낀다. 결국 조강지처와 아들을 버리고 명월표 딸기 술공장의 '황금전' 여사장의 치마폭에 안겨 가난한 예술가에서 'ㄷ도시 도매경영부 경리'로 탈바꿈 한다. 그러나 '콩값 두부값도 계산 못하는' 머리와 경영 실책으로 욕망은 서서히 부서지고 처자의 사랑까지 잃어버린 냉혹한 현실에 자신을 인어로 착각하는 환상에 빠져 끝내 바이올린을 안고 바다에 뛰어들어 죽음을 맞이한다.

김영하의 〈옥수수와 나〉의 '박만수' 역시 데뷔작이 대성공을 거둔 한때 잘나가던 소설가였지만 슬럼프를 겪으면서 경제적인 곤란에 처해 있다. 이혼하고 딸의 양육비는 커녕 대학등록금도 못 대주는 그는 전처의 눈에 '뻔뻔하고 한심한' 인간이다. 출판사의 계약금을 받고 원고를 넘기지 못해 방황하지만 편집자인 전부인과 출판사 사장의 내연관계를 의심하면서 딜레마에 빠진다. 고민 끝에 음란하면서도 해체적인 소설로 사장을 곤경에 빠뜨리기로 결심하고 미국에 소설을 쓰러 갔지만 거기서 출판사 사장의 아내와 불륜을 저지른다. 그러다 사장한테 발각되면서 자신이 옥수수로 변신하여 수탉에 쫓기우는 망상에 빠져 정신병원에 들어간다.

'방황'과 '박만수'는 모두 냉혹하고 무의미한 삶에 묶여 불안에 시달리는 인물들이다. 그들은 자본시대의 횡포로 비극적 삶을 살아가면서 자신의 운명을 개변하려고 허우적거리지만 모두 실패하여 자살과 정신질환이라는 극단적인 결말에 이른다. 하이데거는 실존주의를 '공포'와 '불안'으로 나누어 구분하는데[3] '공포'는 위험성과 유해함을 알고 있는 특정한 대상이 내게 닥쳐 올 것이라는 것을 알고 나서 느끼는 감정이고

'불안'은 알 수 없는 대상에 쫓기면서 느끼는 압박감이고 그것을 느끼는 당사자로 하여금 벗어나고픈 욕구를 느끼도록 만드는 심리 상태이다.[4] '방황'과 '박만수'는 잔혹한 현실에서 오는 불안과 미래에 대한 불확실성에서 나타나는 공포에 실존주의적 고민에 빠지게 된다. 금전과 명예에 대한 욕망의 폭주, 물질주의에 기초한 인간관계, 급격한 사회의 발전은 그들을 고통의 심연 속으로 밀어넣고 현대사회의 새로운 비극적 인물로 탄생시켰다. 즉 두 작품에서 작자들은 모두 정신적 가치보다 물질적 가치에 의해 지배되는 병든 사회의 세태를 지식산업시대에 처한 지식인의 타락이라는 아이러니한 상황을 통해 드러내는데, 여기에는 사회발전이 낳은 기형적인 가치관으로 인한 허무주의 인식이 내재되어 있다.

2) 불안의 발현 형태

'방황'과 '박만수'의 불안은 그들의 방탕한 생활과 성적인 교환으로 해소되지 못하고 장기적인 정신적 갈등 속에 또다른 형태로 발현된다. 허무와 절망에 몸부림치던 두 주인공은 모두 상상 속의 변신으로 일탈을 시도한다. 곡상에 빠져 노래방 아가씨들과 명곡 알아맞추기를 하는 형식으로 대리만족을 하던 '방황'은 권태와 염세를 느낀다. 결국 자신을 인어로 착각하는 정신질환에 걸려 침실을 수족관처럼 변모시키고 음악 대신 해양 관련 서적들을 탐독하며 물고기 요리를 거부하고 목욕

---

3 마르틴 하이데거, 이기상 옮김, 『존재와 시간』, 까치, 1998, 195쪽.

4 최창근, 「1950년대 실존주의의 유행과 '불안'에 대한 고찰」, 『감성연구』 제6권 1호, 전남대학교 호남학연구원, 2013.

통에서 부부관계를 맺으려고 한다. 그의 변신은 인간의 가장 기본적인 욕구로부터 출발하지만 주변의 몰이해에 끝내 바이올린을 들고 바다에 뛰어들어 자살을 한다.

'박만수' 또한 '철석같이 스스로를 옥수수라 믿는 남자'다. 오랜 치료 끝에 병원에서 귀가 조치되었지만 닭이 쫓아오는 공포에 휩쓸려 있다. 그는 편집자인 전처 '수지'가 자신을 옥수수로 여긴다고 생각한다. 예술성과 창작성이 결핍된 소설을 출판사의 독촉과 감시 하에 진행해야 하는 현실에서 오는 착각이다. 또한 출판사 사장의 미국 집에서 광기의 정사를 나누면서 작가의 영감을 되찾으려 하나 끝내 실패하자 자신을 옥수수라고 생각하는 환상에 빠져든다. 그는 자신이 점점 작아져 출판사 사장과 그 마누라의 짧고 날카로운 부리를 가진 닭한테 쫓기운다고 질겁한다.

바슐라르에 따르면 상상력의 최초의 기능은 짐승의 모습을 띠고 나타난다고 하는데 이는 인간의 심성에 내재되어 있는 근원적인 욕망을 적절히 지적한 것이다. 인간의 변신 욕망은 폐쇄된 현실적 삶의 지양과 초월이 가능하다는 믿음에서 기인하는 것이며, 그렇기 때문에 변신 욕망은 문학의 중요한 모티프로 끈질긴 생명력을 가진 채 반복 변주되어 오고 있다.[5] '방황'은 바다를 '따스하고 포근한 양수 속'이라고 생각한다. 따라서 처자식을 버리고 이상마저 포기해버린 그에게 인어로의 변신은 따뜻한 사랑에 대한 갈망이고 진정한 자유에 대한 동경이다. 한편 옥수수는 닭에게 끝없이 쫓기는 존재로 이는 자본가에 착취당하는 노동자의 형상이다. 권력과 자본으로 거액의 이득을 챙기는 자본가와 그

---

5 한용환, 『소설학 사전』, 문예출판사, 1999, 183쪽.

들에 이용당한 공포와 두려움이 닭의 먹이감인 옥수수를 통해 드러낸다. '방황'과 '박만수'는 모두 불확실하고 모순적인 현실에 진정한 자아 가치를 상실한 소외된 존재이다. 그들은 근본적인 실존마저 위협당하는 상황에서 현실에서의 탈출을 시도하지만 실패하자 그 욕망은 상상 속의 변신으로 전환된다. 물론 변신에 대한 태도와 그 효과는 부동하다. '방황'은 인어로 변신하여 바다로의 일탈을 시도하지만 '박만수'는 옥수수라는 나약한 존재로 변신하여 더욱 큰 위협에 휩싸인다. 두 작가는 모두 인간에게 부여된 선천적인 재질이 거부당한 채 세상과 단절되어 병적인 불안 의식을 가진 인물 형상을 창조하여 변신에 대한 모티브로 그들 내면의 가장 깊숙한 부분까지 탐구하였다. 물론 무의미하고 억압된 현실에서의 해탈과 목숨까지 통제 받는 절망 속으로의 침몰이 그 구별점이지만 이는 모두 인간적인 삶을 누릴 수 없는 사회에 대한 거부 반응이라는 동질성을 지니며 시대와 공간을 초월한 현대사회를 지배하는 공통적 경험으로 극복의 문제를 함께 고민하게 한다.

3. 다양한 인물관계 양상과 그 사회적 배경

1) 〈바다에서 건져올린 바이올린〉의 인물관계 및 그 형성 배경

1992년 등소평의 남순강화 이후 연변을 중심으로 하는 중국 조선족이 살고 있는 고장에서 개혁개방은 심도있고 광범위하게 전개되었다.[6]

---

6 김호웅·조성일·김관웅, 『중국조선족문학통사』 하권, 연변인민출판사, 2012, 261쪽.

특히 고향에서 농사에만 집중하던 폐쇄적인 환경에서 벗어나 국내 대도시와 해외로 진출하면서 새로운 의식형태를 형성하고 삶의 방식과 질도 다양하게 변화하였다. 이러한 사회적 배경은 〈바다에서 건져올린 바이올린〉에서의 인물관계와 모순에서 여실히 드러난다.

우선 '방황'과 친구 '철인'은 상호 의지의 관계다. 어렸을적부터 시골에서 함께 자랐던 그들은 고향 소재지의 예술단에 남았던 '방황'이 ㄷ시 명월표술 도매경영부 경리로 바뀌면서 같은 도시 주재기자로 활약 중인 '철인'과 다시 만나 함께 동고동락한 데서 체현된다. 그들이 이런 운명적인 만남을 갖게 된 데에는 개혁개방 이후 직업 선택의 자유가 많아지면서 대학 졸업생들이 경제 수입이 상대적으로 많은 분야에 취직하는 경향에서 연유된다. 특히 '방황'이 '철인'에게 '한달 로임과 맞먹을 엄청난 값'의 아디다스표 신발을 선물하였다는 데서 당시 지식인들이 받는 상대적으로 부당한 대우를 엿볼 수 있다. '철인' 역시 고뇌와 불안 속에 허덕이는 '방황'을 어김없이 동반해주면서 음악을 버리고 경영하는 '방황'에 대하여 진지하게 만류하고 충고하지만 끝내 비극을 막지 못하였다. 물질만능주의 시대에 부식되어 간 '방황'의 관념이 그 시대 많은 사람들의 좀먹은 의식 상태를 의미한다.

한편 '방황'과 여기업인이자 후처인 '황금전'은 물질주의 기초 위에 형성된 이해(利害)관계이다. 두툼한 광고비의 유혹에 빠진 '방황'은 가난에서 벗어나려고 '황금전'에 의지하고 '황금전' 역시 술공장의 연해지구로의 진출에 '방황'의 도움이 필요했다. 그러나 권력과 금전 위에 형성된 합작은 돈이라는 대가가 받침된 전제 하에서만 가능했다. 따라 그 등가관계가 파괴되는 순간 그에 대하여 노력 중이던 표층적 이해는 실패되고 점차 원망과 분노로 대체된다. 개혁개방 이후 시장경제가 급

속도로 발전하면서 중국 조선족은 창업에서의 도전 정신을 갖게 되고 선진적인 경영 방식도 배우게 된다. '황금전'은 술공장의 원료로 마을의 딸기를 독점하였을 뿐만 아니라 광고라는 신식 매체를 이용하여 공장을 홍보하기 위해 '방황'의 이색적인 용모와 음악권 내에서의 명성이 필요했고 '방황' 역시 권세욕과 물욕이 날로 팽창하면서 '황금전'을 통해 생활 질의 향상을 욕망하게 된다. 이러한 이해타산에 따른 '상부상조'의 관계는 근면성과 진실성을 상실한 채 성공을 이루려는 조선족 사회의 향락주의와 기회주의 사회 단면을 보여준다.

마지막으로 '방황'과 노래방 아가씨 '춘매'는 치유의 관계이다. 음악에 기량을 보이는 '춘매'는 '방황'의 음악에 대한 공감을 불러 일으키는 대상이고 경제적 능력을 지닌 '방황'은 '춘매'의 유치원 꾸리는 소원을 이뤄줄 구세주였다. 개혁개방 후 사람들의 다양한 생활 방식의 수요에 조선족 젊은이들은 음식점, 술집, 노래방 등 소비성 산업이나 유흥업소에 몰려드는 현상이 나타나기도 했다.[7] 특히 농촌의 황폐화와 도시의 급격적인 발전에 조선족 사회는 대도시의 최하층 서비스업에 종사하는 현상이 많았다. 유치원 교사의 꿈을 갖고 있는 '춘매' 역시 현실의 곤란으로 고향을 떠나 외롭게 분투하는 중에 '방황'을 만났던 것이다. 좌절과 소외라는 상처를 안고 있는 두 사람은 노래방이라는 공간에서 접합하면서 음악이라는 공동분모로 서로의 상처를 치유하고 이에 '방황'은 바이올린을 들고 '춘매'를 찾아가 인어의 변신 모습을 보여준다. 그러나 '춘매'의 공포에 휩싸인 표정을 보고 치유는 상처로 전환되어 그를 더욱 큰 절망 속에 빠트린다.

7 김호웅·조성일·김관웅, 『중국조선족문학통사』 하권, 연변인민출판사, 2012, 263쪽.

문학은 시대의 산물이며 그 시대를 반영하는 거울이다. 〈바다에서 건져올린 바이올린〉의 인간관계는 1990년대 이후 개혁개방의 물결에 휘말린 중국 조선족 사회의 인구 이동, 취직 상황, 시장경제의 도시화와 산업화 등 사회의 거세찬 사회 변화를 그대로 반영하였다. 물질만능 시대 가치관과 의식 형태의 변화에 초점을 맞추어 조선족 사회의 실존 상황을 여실하게 재현하면서 그 속에 잠재된 위기에 경종을 울려준다.

2) 〈옥수수와 나〉의 인물관계 및 그 형성 배경

한국 현대 자본주의 소비사회에서 권력은 은밀하게 문화자본과 상징자본을 통해 진행되고 그것은 개인의 무의식적인 문화취향을 매개로 성립되고 있다.[8] 신자유주의적 경제 질서의 도입으로 인해 IMF 이전에 비해 빈익빈 부익부, 양극화 문제가 심화되고 근로소득은 주로 고용상의 지위(고용주, 자영업자와 피고용자 등)를 모두 포함한 경제활동을 하는 개인들의 직업과 계급을 통해서 결정되었다.[9] 따라서 무형의 자본주의 착취와 압박이 여전히 존재하고 그에 따른 빈민층의 불평등한 대우 역시 존재한다.

〈옥수수와 나〉에서 '박만수'와 친구 '철학'은 배신의 관계이다. '박만수'는 '철학'을 굳게 믿으면서 전처 '수지'와 사장의 내연관계를 의심하는 고민을 털어놓고 '철학' 역시 자신은 섹스 파트너와 서로 시간과 에너지를 소비하기 위해 만난다고 토로한다. 그렇게 서로 고충을 토로

8 이영숙, 「정미경 소설에 나타난 자본주의적 욕망과 문화취향–부르디외의 관점에서」, 단국대학교 석사학위논문, 2016.

9 위의 글 참조.

하고 은밀한 '비밀'까지 공유하는 사이지만 나중에 '박만수'는 '철학'의 성을 소비하는 대상이 '수지'라는 것을 깨닫게 된다. 이는 사회의 발전에 따라 인간 사이의 진심이 소실되고 사랑이 진정성을 상실한 채 육체적 욕망을 채우기 위한 섹스의 소비와 교환으로 바뀌어 있음을 보여주고 있다.[10] 발달한 자본주의 사회 하에 성문화도 소비의 형태로 전환되고 심리적 위로에 대한 보상으로 인정되는 인간의 기형적인 성적 관념을 보여준다. 눈부시게 발달된 자본주의 시장이 전대미문의 경지로 나아감에 따라 사람들의 개방된 의식도 새로운 국면을 맞으면서 가시화되는 성문화를 보여준다.

'박만수'와 출판사 사장은 전형적인 자본주의 사회에서 채무와 착취의 관계이다. 골드만삭스라는 대기업에 출근했던 사장은 출판사에 들어와서도 채권부터 청산하려고 하였다. 계약금을 받고 원고를 내지 못하는 '박만수'는 그에게 '채권자 중의 악성'이었다. 사장이 한손에 총을 들고 '박만수'의 소설을 읽어보는 행동은 영리를 우선으로 하는 자본가의 본질에 대한 풍자이다. 그는 마지막까지 '박만수'를 죽이고 소설을 '박만수'의 유고라는 타이틀로 매출을 올려 계약금을 뽑으려 계산한다. '박만수'의 작가의 기능과 본성에 대한 역설 따위는 사장의 귀에 들어가지 않았다. 오히려 협상력이 뛰어나 마지막까지 빨빼할 수 있도록 유서를 교묘하게 작성시킨다. 한국 사회는 1990년대에 들어서면서 고학력의 숙련된 노동자마저 가난해지는 신빈곤의 경향이 나타났으며, 이러한 양상은 1997년 외환위기 이후 본격적으로 표면화되었다.[11] 특히 계

---

10 김영하, 「옥수수와 나」, 『제36회 이상문학상 작품집』, 문학사상사, 2012, 377쪽.
11 이영숙, 「정미경 소설에 나타난 자본주의적 욕망과 문화취향-부르디외의 관점에서」,

급 불평등으로 인하여 고급 노동력을 갖추고 있음에도 불구하고 가난해질 가능성은 지금까지도 여전히 존재하고 있다. 출판사 사장은 자본주의 사회의 대표적인 형상으로 '박만수'가 창작한 예술품은 자본가인 그의 손에 의해서 효용성이 결정되고 소비되는 것이다.[12] 따라 상품가치로 인정 받은 '박만수'의 소설을 두고 사장은 이익의 극대화를 위해 착취를 강행한다. 그는 노동자의 과잉 복무를 종용하고, 능력의 최대치를 끄집어내기 위해 몸부림치고 있다. 이는 한국 자본주의 체제 내에서 소설가 마저 육체노동자로 이용 당하는, 신속하고 효율적으로 가난한 자의 것을 빼앗아 부자의 손아귀로 넘겨주는 소득불평등의 경제체제를 암시한다.

'박만수'와 절세미녀인 출판사 사장의 아내 '영선'이는 교환의 관계이다. '영선'이는 자신의 미모를 이용하여 뭇 남자들과 잠자리를 하는 바람둥이 여자였다. '색정광'이라는 출판사 사장의 말에서 알 수 있듯이 그녀는 성에 대한 욕구가 넘쳐나는 여자였다. 그는 '박만수'의 거대한 에너지와 끝없는 도전에 매료된다. 한편 '박만수'는 그녀와의 관계 속에 '영혼과 육체에서 화학적인 변화'가 일어나고 '뮤즈가 강림'한 것을 느낀다. 신기하게 한 줄도 쓰지 못했던 소설의 '문장들이 비처럼 쏟아졌고' 그동안 소실됐던 영감이 그를 '한번도 도달하지 못한 지경'까지 밀어붙였다. 그렇게 열흘동안 한번도 쉬지 않고 '격렬한 섹스와 광적인 집필'을 바꿔가며 그는 편집자의 독촉에 의해서 집필했던 억압된 과거에서 이탈한다. '영선'이는 그에게 창작을 위한 노력의 대상이고

단국대학교 석사학위논문, 2016.

12 이상우, 「김영하의 소설「옥수수와 나」 연구」, 『국어문학』 제56집, 국어문학회, 2014.

영감의 산물이다. 그들은 서로의 간절한 수요에 따라 상대방이 원하던 경지까지 이끌어주는 교환의 관계인데 이는 현대 자본주의 사회의 방탕하고 문란한 개인 취향과 공허한 심리의 병폐적인 현상을 드러낸다. 고도로 발달된 사회문화 배경 하에 개성적인 개인 성향이 구축되는 만큼 그 배후에 싹트는 비건전한 교환이 성행하는 풍토를 꼬집었다.

루카치에 따르면 문학은 사회의 객관적 현상을 반영하기 때문에 "문학 실상은 그것이 생겨난 경제적·계급적 토대와 연관되어 있음을 명확히 인식해야"[13]한다고 했으며 리얼리즘 작가의 수준이란 주로 객관적 현실의 전체적 관련을 작가가 어느 정도로 파악하여 문학적으로 형상화하느냐에 의존한다고 보고 있다.[14] 김영하는 한국자본주의 경제가 상대적인 안정기로 진입하면서 상대적 빈곤감과 박탈감, 위화감이 뚜렷한 인간관계 특징을 예리한 시선으로 파악하였다. 노력해도 계층 지위가 바뀌지 않는 고정된 사회계층구조와 새로운 형식의 빈곤 상황에서 고강도의 일을 하면서도 소득을 착취당하는 노동자들의 생활의 불안정과 미래의 불확실성을 보여주었다. 또한 그에 따른 억압된 욕망과 해소되지 않은 스트레스를 성소비와 교환의 태세로 전환시켜 점차 가시화되어 가는 문란한 성문화에 대한 진정한 고민이 나타나 있다.

---

13 게오르그 루카치, 김혜원 편역, 『루카치 문학이론』, 世界, 1990, 105쪽.
14 홍문표, 『현대문학비평이론』, 창조문학사, 2003, 166쪽.

4. 결론

질주하는 사회 발전과 팽창되는 인간의 욕망에 따라 개인의 불안도 날로 증가하고 그 발현 형태도 다양하다. 인간을 근본으로 삼는 시대에 불안한 양상에 대한 탐구는 우리에게 짐 지워진 피할 수 없는 과제이다. 본고는 수평비교의 방법으로 김혁의 〈바다에서 건져올린 바이올린〉과 김영하의 〈옥수수와 나〉에 등장하는 주인공의 불안과 그 발현 형태 및 다양한 인물과의 관계 양상이 드러내는 시대적 배경을 분석하였다. '방황'과 '박만수'는 사회 지식인임에도 불구하고 냉혹한 사회 현실에 좌절당한 실존적 단절감을 체현하고 있는 인물이다. 그들의 예술이라는 예민한 감수성은 누구보다 세계의 본질을 직감하고 그것에 대한 혐오와 두려움을 야기한다. 결국 극도의 불안은 변신에 대한 욕망을 불러일으키는데 '방황'은 변신을 통해 현실에서 탈출을 시도하지만 '박만수'는 더욱 깊은 절망 속에 빠진다. 이는 모두 인간적인 삶을 누릴 수 없는 사회에 대한 거부 반응이라는 동질성을 지니며 시대와 공간을 초월한 현대사회를 지배하는 공통적 경험으로 극복의 문제를 함께 고민하게 한다.

한편 김혁의 〈바다에서 건져올린 바이올린〉에서 '방황'과 주변인물들의 관계, 즉 주인공과 친구, 사장, 애인과의 관계 설정에서는 의지, 이해(利害), 치유의 관계를 이루지만 김영하의 〈옥수수와 나〉는 배신, 착취, 교환의 관계를 형성한다. 이는 90년대 개혁개방의 물결이 중국 조선족 사회에 스며들면서 인구 이동, 시장경제, 금전만능과 권위주의 시대에 만연한 인간의 허영심과 2000년대 한국의 자본주의 시장경제 체제 하에 자본가의 착취, 삶의 진정성을 파괴하는 인간 사이의 불신,

성문화 및 경제적 이익에 따라 조종되는 정신적 가치를 반영한 것이다. 이는 부동한 시대에 처한 사회객관 조건이 작가의 사회적 시야와 창작 개성에 주는 영향의 결과이다.

이처럼 중국 조선족 작가 김혁과 한국 작가 김영하는 급속히 발달하는 현대사회 인간들의 곤혹과 불안, 침륜과 타락을 다루면서 다원적인 도덕관, 가치관의 공존에 대하여 고민하게 하고 시공간을 넘어 모든 사회 부조리의 시대를 살아가는 인간들에 거울이 되어준다.

중국 『한국어교수와 연구』, 흑룡강조선민족출판사, 2020년 2기에 게재 확정.

참고문헌

1. 기본자료

김영하, 「옥수수와 나」, 『제36회 이상문학상 작품집』, 문학사상사, 2012.

김혁, 「바다에서 건져올린 바이올린」, 『도라지』 제5호, 도라지잡지사, 1996.

2. 단행본 및 논문

게오르그 루카치, 김혜원 편역, 『루카치 문학이론』, 世界, 1990,

김명숙, 『비교문학 이론과 실제』, 민족출판사, 2014.

김호웅·조성일·김관웅, 『중국조선족문학통사』 하권, 연변인민출판사, 2012.

마르틴 하이데거, 이기상 옮김, 『존재와 시간』, 까치, 1998.

이상우, 「김영하의 소설 「옥수수와 나」 연구」, 『국어문학』 제56집, 국어문학회, 2014.

이영숙, 「정미경 소설에 나타난 자본주의적 욕망과 문화취향–부르디외의 관점에서」, 단국대학교 석사학위논문, 2016.

이창룡, 「미국학파의 비교문학」, 『겨레어문학』 제16집, 건국대국어국문학연구회, 1987.

최창근, 「1950년대 실존주의의 유행과 '불안'에 대한 고찰」, 『감성연구』 제6권 1호, 전남대학교 호남학연구원, 2013.

한용환, 『소설학 사전』, 문예출판사, 1999.

홍문표, 『현대문학비평이론』, 창조문학사, 2003.

모옌의 『개구리』 한국어 역본을 통해 보는 산동 고밀지역 방언과 속담 번역에 관하여

장우신

1. 머리말

1813년, 독일 철학자 슐라이어마허(Schleiermacher)는 각종 번역 방법에 대해 논하면서 번역가, 저자, 그리고 독자의 상호 관계의 문제를 거론하였다. 앙드레 르페브르(André Lefevere)는 슐라이어마허의 강연 내용을『문학 번역: 루터에서 로젠츠바이크에 이르기까지의 독일 전통 *Translating Literature: The German Tradition from Luther to Rosenzweig*』(1977)이라는 글에서 다음과 같이 기술하였다.

> "번역가는 가능한 한 저자를 그대로 두고 독자를 저자에게 다가가게 하거나 아니면 가능한 한 독자를 그대로 저자를 독자에게 다가가게 한다."(Lefevere, 1977: 74)[1]

로렌스 베누티(Lawrence Venuti)는 1995년 *The Translator's In–*

1 메리 슈넬-혼비, 허지운 외 옮김,『번역학 발전사』, 이화여자대학교출판부, 2010, 238쪽.

visibility(1995)이라는 문학 번역 이론 책에서 슐라이어마허의 이분법을 중점적으로 다루면서 번역의 이국화와 자국화라는 개념을 제출하였다.[2]

로렌스 베누티는 그의 저작 *The Translator's Invisibility* 중에 300여 년간의 이국화와 자국화 번역의 상호 관계를 논술하면서 영어 세계에서 외국어 작품을 번역하는 방법에 대한 선택은 유창하고 투명한 자국화 번역이 통제적인 주류 지위에 차지하고 있다고 밝혔다. 베누티는 자국화 번역은 민족중심주의적인 방법이고 문화엘리트주의라고 판정한다. 300여 년 발전해온 번역사에 눈을 뜨게 할 수 있는 이국화 번역을 이용한 선구자가 가끔 나타났지만 결국 주류 가치관에서 밀려나 소외를 당한다. 그러나 유창하고 투명한 자국화 번역은 역자가 외국어 텍스트에 가한 결정적인 참여를 덮어 감춘다. 베누티는 자국화 번역이 폭력성을 지니고 있고 목표 언어에 기존 가치관, 신앙과 표현법을 바탕으로 원문을 재구성한다고 밝혔다. 그러므로 베누티는 이국화 번역을 제창하면서, 이는 역자로 하여금 가시화 하고 목표 언어의 주류 문화 규범을 타파하며 문화 패권을 저항하고 문화 생태를 보호하는 동시에 역자와 번역본의 지위를 높이게 한다고 주장한다.

언어는 문화의 매개체이다. 한 나라나 한 민족의 주류 가치관은 본국이나 본 민족의 역사, 정치, 문화와 방언 등 요소와 분리할 수 없다. 따라서 연구 대상은 전 세계 문화 환경에서 일정한 지위를 가지고 있고, 그 텍스트 내용이 역사, 정치, 방언과 속담 등 요소를 포함하여야 한다. 때문에 본고에서 2012년 노벨 문학상 수상작인 모옌의 대표작

2 蒋骁华, 张景华, 「重新解读韦努蒂的异化翻译理论——兼与郭建中教授商榷」, 『中国翻译』, 2007, 28쪽.

『개구리』를 연구대상으로 한다. 이 작품은 중국 항일 전쟁 이후로부터 지금까지 산아 제한 정책을 둘러싼 이야기며, 텍스트에는 산동 고밀 지역 방언과 속담이 많이 들어있기 때문에 이 작품을 본고의 연구 대상으로 한다.

또한 목표 언어의 역자가 자국화나 이국화의 번역 방법에 대한 선택을 통해, 원어 텍스트가 목표 언어의 문화 환경에 처한 위치와 번역본의 수용 계층 취향을 탐구할 수 있다. 그리고 한문화와 한국 문화는 공통성을 가지고 있고 각자의 특수성도 가지고 있어서 번역 방법을 택할 때에 융통성이 더 강하다.

그러므로 본고에서는 모옌의 수상작 『개구리』의 번역본[3]을 원작[4]과 비교하는 가운데 고유명사, 속담, 헐후어(歇後語), 이언(諺語), 사자성어 등 5개로 나누어 작품 속 숙어에 관한 번역 양상을 살펴보고자 한다.

2. 선행연구

1) 이국화와 자국화 번역 이론

미국적 이탈리아인 로렌스 베누티는 1995년 발간된 저서 *The Translator's Invisibility*(역자의 은신)에서 독일 철학자 슐라이어마허 번역가가 저자와 독자 가운데의 작용을 논술한 이분법에 대하여 결론을 맺는다.

---

3 모옌 저, 신규호, 유소영 역, 『개구리』, 민음사, 2012.06.29.

4 莫言, 『蛙』, 杭州 : 浙江文艺出版社, 2018.

> 번역이 결코 외국 텍스트에 대해 완전한 적절성을 지닐 수 없다는 것을('최대한 가능하다면'이라는 수식어가 붙는다) 인정하면서 슐라이어마허는 번역가에게 자국화 대 이국화의 선택권을 부여한다. 자국화는 외국 텍스트를 목표 언어의 문화적 가치에 맞게 자기 민족 중심적으로 환원ethnocentric reduction해 저자를 자국으로 불러들이는 것이고, 이국화는 목표 언어의 문화적 가치에 자기 민족 일탈적 압력ethnodeviant pressure을 가해 외국 텍스트의 언어와 문화 차이를 인식하고 독자를 외국으로 보내는 것이다.(1995: 20)

독일에서는 'Verfremdung'(독자를 저자에게 다가가게 하는 것)과 'Entfremdung'(저자를 독자에게 다가가게 하는 것)을 구분했고, 이를 페르메어(Vermeer)는 '낯설게하기verfremdendes'와 '동화angleichendes'의 번역으로 구분해 논한다(1994a). 베누티는 이러한 이분법을 '이국화'와 '자국화' 방식으로 표현하고 있으며, '이국화'와 '자국화'는 이제 영어권 번역학에서뿐만 아니라 아시아에 한국, 중국, 일본 등 번역학에서 표준 용어로 자리매김했다.[5]

로렌스 베누티의 이국화와 자국화 번역 이론을 근거로 논의를 전개한 한국 학자들의 글을 살펴보면 석·박사 학위논문과 학술지 논문이 30여 편이 된다. 이런 글들에서는 한-영, 한-중, 한-아 등 역본의 번역 양상[6]을 다루었고 이론적 차원에서 이국화와 자국화 번역 이론을

5 메리 슈넬-혼비, 허지운 외 옮김, 『번역학 발전사』, 이화여자대학교출판부, 2010, 238쪽.

6 김봉철, 「두 시공산을 잇는 작업, 헤로도토스 「역사」의 번역」, 『서양고대사연구』 제52집.; 김재희, 「한국문학작품에 나타난 문화소 번역방법 연구: 단편소설의 한-영, 한-아 번역을 중심으로」, 2018 FLE Annual Conference.; 권병철, 「『양반전』의 문화 특정적 요소 번역 전략」, 『고전번역연구』 제5권, 2014.12.; 권오숙, 「한국 문학 텍스트 영역(英譯)에 나타난 문화소 번역 경향 연구」, 『통번역학연구』 제18권 3호, 2014.07.; 마승

중심으로 해석, 비평, 시론[7] 등을 전개하였다. 그리고 다른 학과들(사회학, 언어학, 윤리학, 철학 등)과 교착관계를 맺는 가운데 학제적인 고찰[8]도 진행하였다.

혜, 「독자 수용성 제고를 위한 번역 비가시성 요소 분석 및 논의: 『채식주의자』와 영역본 *The Vegetarian*에 대한 체계기능언어학적 분석을 중심으로」, 『통번역학연구』 제21권 1호, 2017.01.; 박효진, 『한국 현대 단편소설 작중인물 이름의 영어번역 연구』, 동국대학교 대학원 박사학위논문, 2015.07.; 신나미, 「다시 번역하기로서의 읽기: 번역의 스캔들을 통해 살펴본 테레사 학경 차의 「딕테」」, 『영미연구』 제44집, 2018.; 여점화, 「신경숙 소설 『엄마를 부탁해』의 3종 중역본 번역 연구」, 숭실대학교 대학원 석사학위논문, 2016.12.; 우동인, 「영한 번역의 이국화와 자국화」, 부산대학교 대학원 석사학위논문, 2009.02.; 윤선경, 「문화적 타자성을 전경화한 영어번역: 「시인」」, 『세계문학비교연구』 제45집, 2013겨울호.; 장소연, 「한강의 『채식주의자』 영역본에서 나타난 번역 전략 연구」, 전남대학교 대학원 석사학위논문, 2018.02.; 조숙희, 「베누티의 이국화로 본 김지영의 번역 텍스트」, 『영어권문화연구』 제8권 3호, 2015.12.; 최수지, 「「맥베스」의 운문 번역 분석: 베누티의 잔여태 이론의 관점에서」, 2015년도 대한영어영문학회 봄 정기학술대회 및 정기총회 문화간 교류의 매개로서 영어영문학연구.

7 김가희, 박효진, 박윤희, 「베누티의 소수화 번역–또 하나의 명칭 "이국화"」, 『철학사상문화』 24호, 2017.06.; 김선영, 『번역의 문화편향성과 번역 비평의 새로운 모색』, 서울여자대학교 대학원 박사학위논문, 2012.01.; ______, 「일반적 문화편향성을 넘어 상생의 미학으로」, 『비교문학』 제64집, 2014.10.; 김시몽, 「번역을 향한 증오」, 『비교문학』 제54집, 2011.06.; 선영아, 「베누티, 상호텍스트성, 해석」, 『불어문화권연구』 제26호, 2016.12.; 조재룡, 「이해와 해석, 번역가의 소임, 낯섦에 대한 비판적 고찰」, 『비평문학』 제42호, 2011.12.; 윤성우, 「들뢰즈의 차이 번역론과 그 가능성들」, 『통번역학연구』 제23권 1호, 2019.02.; _____, 「번역윤리 담론의 패러다임 변화」, 『번역학연구』 제19권 5호, 2018.12.; _____, 「언어, 번역 그리고 정체성–베르만, 베누티, 그리고 들뢰즈의 번역이론을 중심으로」, 『통번역학연구』 제13권 2호, 2011.02.; 이미경, 「베누티의 '차이의 윤리'와 이국화 번역에 대한 비판적 고찰 베르망의 관점으로」, 『번역학연구』 제10권 2호, 2009.06.; 이상원, 「베누티의 이국화와 자국화, 그 작용을 위한 고찰」, 서울대학교.

8 김기영, 『문학의 언어 혼종성 번역 양상 연구』, 이화여자대학교 통역번역대학원 박사학위논문, 2017.07.; 김봉석, 「한국사회학에 대한 번역사회학적 연구 시론(試論)」, 『문화와 사회』 제24권, 2017.08.; 박효진, 「번역의 지향점에 대한 설문조사 연구」, 『영어권문화연구』 제9권 3호, 2016.12.; 윤성우, 「번역철학: 그 계보학적 탐구」, 『통역과 번역』 제15권 1호, 2013. _____, 「'윤리' 개념과 '도덕' 개념의 구분을 통해서 본 번역윤리」, 『통역과 번역』 제17권 3호, 2015.

실제로 베누티는 그의 작품(역자의 은신)에서 자국화보다 이국화라는 번역 취향을 더 강조한다고 했다. 하지만 이국화 번역의 대상은 일반 대중이 아닌 코즈모폴리터니즘 지식인들이다. 이국화 번역은 문화 엘리트주의를 바탕으로 하고 있기에 쉽게 이해할 수 있는 번역을 추구하는 일반인들로부터 배워야 한다고 지적받기도 한다.

본고에서는 베누티의 이국화와 자국화 번역 이론을 바탕으로 「개구리」 한국어 번역본에 나타난 번역 취향의 양상을 살펴보고 와중의 득실을 분석하고자 한다.

2) 모옌 작품 한국어 역본과 연구 현황

모옌은 중국 당대에 손 꼽히는 문학가로서 2012년에는 노벨 문학상을 수상하여 세계적인 명성을 얻었거니와 그러나 그 이전에 모옌의 이름은 이미 한국에 널리 알려져 있었다. 모옌의 작품들은 이미 오래전에 한국어 역본이 나온 것이다. 노벨문학상 수상 후에는 당연히 모옌의 자전을 비롯하여 『모두 변화한다』, 『모옌 중단편선』 등이 출간되었다.

모옌의 작품이 한국어로 번역된 상황을 도표로 살펴보면 다음과 같다.(구체적인 정보는 한국 교보문고를 참고하였음)

모옌 작품 한국어 번역 현황표

	서명	역본명	번역가	출판사	출판 시간
1	紅高粱	붉은 수수밭	심혜영	문학과지성사	1997.06.18
2	酒國	술의 나라.1	박명애	책세상	2003.02.25
		술의 나라.2			
3	檀香刑	탄샹싱.1	박명애	중앙M&B	2003.10.20
		탄샹싱.2			

4	豐乳肥臀	풍유비둔.1	박명애	랜덤하우스코리아	2004.09.30
		풍유비둔.2			
		풍유비둔.3			
5	天堂蒜薹之歌	티엔탕 마을 마늘종 노래.1	박명애	랜덤하우스코리아	2007.10.10
		티엔탕 마을 마늘종 노래.2			
6	紅高粱家族	홍까오량 가족	박명애	문학과지성사	2007.10.10
7	食草家族	풀 먹는 가족.1	박명애	랜덤하우스코리아	2007.10.20
		풀 먹는 가족.2			
8	四十一炮	사십일포.1	박명애	문학과지성사	2008.05.30
		시십일포.2			
9	月光斬	달빛을 베다	임홍빈	문학동네	2008.09.16
10	生死疲勞	인생이 고달파.1	이욱연	창비	2008.10.06
		인생이 고달파.2			
11	師傅越來越幽默	사부님을 갈수록 유머스러해진다	임홍빈	문학동네	2009.12.22
12	蛙	개구리	신규호, 유소영	민음사	2012.06.29
13	十三步	열세 걸음	임홍빈	문학동네	2012.11.15
14	變	모두 변화한다	문현선	생각연구소	2012.12.07
15	紅高粱家族	붉은 수수밭	심혜영	문학과지성사	2014.09.05
16	莫言中短篇選	모옌 중단편선	신규호, 유소영	민음사	2016.09.30

도표에 표시된 것처럼, 모옌의 장편소설 11편 중에 『홍수림』을 제외한 10편은 이미 한국어로 번역 출간되었다. 그 중에 『붉은 수수밭』은 세 번 출간되었지만 97년판의 『붉은 수수밭』은 5장의 첫 번째 장만을 번역한 것이었으며 07년판 『홍까오량 가족』과 14년판 『붉은 수수밭』은 5장을 포함한 풀버전이다. 중편소설로는 「사부님은 갈수록 유머스러해진다」가 번역되었고 중단편선으로는 『달빛을 베다』와 『모옌 중단편선』가 번역출간되었다. 중단편선에는 「창안대로 위의 나귀 타는 미인(長安大道上的騎驢美人)」, 「투명한 빨간 무(透明的紅蘿蔔)」, 「문둥병 걸린 여인

의 애인(瘋癲女的情人)」, 「꽃바구니 누각을 불사르다(火燒花籃閣)」 등 24편 중단편 소설이 선택되었다.

위의 상황을 통해 보면 작가 모옌의 작품이 한국에서 상상히 널리 전파되어 있음을 알 수 있다. 모옌에 대한 학술 연구는 박사 학위 논문 2편, 석사 학위 논문 6편이 나와 있는 정도이다. 이런 연구논문은 작품 번역에 관한 논문[9]이 주를 이루며 대체로는 언어학의 시각에서 잘못 번역된 부분을 지적하는 범위에 한정되어 있는 상황이다. 학술지에 나와 있는 소논문은 47편 정도인데 그중 번역에 관한 것은 6편[10]이 있다. 이런 글들에서는 주로 은유 표현 연구, 문화정보의 오독, 문화소의 번역 전략, 오역의 원인 및 양상 연구 등 내용이 주를 이룬다.

그러고 보면 로렌스 베누티의 이국화와 자국화 번역 이론을 바탕으로 모옌 작품에 나타난 산동 고밀 방언과 숙어에 대한 번역 양상을 탐구하는 논문은 많이 부족한 상태임을 알 수 있다. 본고는 이에 감안하여 모옌 작품 『개구리』를 텍스트로 중심으로 연구를 진행하고자 한다.

---

9 염가영, 「韓國語와 中國語 否定表現 比較硏究-『紅高粱家族』에 나오는 否定表現을 中心으로」, 강원대학교 석사학위논문, 2016.08.; 장혜선, 『중한 은유 번역 전략 연구 - 모옌(莫言)의 작품을 중심으로』, 한국외국어대학교 박사학위논문, 2019.02

10 김명숙, 「모옌 문학 한국이 역본에 나타난 문화정보의 유실과 오독」, 『한중인문학연구』 제53집,; 남철진, 「중국 소설 번역에 보이는 오역의 원인 및 양상에 관한 연구 - 중국소설 「師傅越來越幽默」 번역을 중심으로」, 『외국학연구』 제36권, 2016.; 손지봉, 「21세기 중한 문학 번역의 현황과 전망」, 『한중인문학연구』 제48집, 2015.08.; 장혜선, 「중한 문학 번역에서의 은유 표현 연구 - 모옌의 『모두 변화한다』를 중심으로」, 『人文科學』 제113집, 2018.08.; 조보로, 「莫言小說『生死疲勞』韓譯本中文化負載詞的翻譯策略」, 『중국문학』 제91집, 2017.05.; 鄭貽鵬, 「「師傅越來越幽默」中的成語韓譯研究一以功能翻譯理論爲中心」, 『中韓語言文化研究』 第16輯.

3. 『개구리』에 나타난 방언과 숙어 번역 양상

한 민족의 언어는 그 민족의 역사를 반영하고, 민족의 전통 문화를 전수하며, 민족의 삶을 보고하는 중추[11]라고 할 수 있다. 그러나 또한 언어는 지역에 따라 그 양상을 달리 한다. 방언이라는 것은 표준어가 지역 특징에 따름으로써 변화를 보인 표준어의 변체(變體)이며, 언어를 통해 지역적인 차이성과 지역 발전의 불균형이 나타난 것이다.[12] 한 지역의 방언은 말할 때의 인칭, 고유 명사 등 측면에서 주로 나타난다. 그래서 방언이라는 것은 노동자들의 지혜의 결정체이고 지역성, 특수성, 폐쇄성 등 특성을 지닌다. 한국은 중국과 지리적으로 가까운 위치에 처해 있고 문화적으로도 비슷한 근원을 갖고 있으며 그러나 역사의 흐름에 따라 차이 또한 선명하다. 한 중 두 나라의 작품에서 방언을 번역한다는 것은 쉬운 일이 아니다.

숙어 역시 방언의 그것과 비슷한 특징을 띤다. 한 지역의 숙어는 일반적으로 그 지역에서 일하는 노동자가 노동 과정에서 자주 말하는 가운데 일상 용어로 습관되어 버린 언어를 가리킨다. 숙어의 범위는 비교적 큰데 속담, 헐후어, 이언, 사자성어를 포함한다. 한국과 중국은 지연(地緣)의 인근성 때문에 속담이나 이언 중에 뜻은 통하지만 표현 내용이 서로 다른 경우도 많다. 그리고 헐후어는 중국에만 특유한 것인데 이를 번역하기 또한 어려움이 크다. 사자성어의 경우는 이국화 하기 혹은 낯설게 하는 원칙으로 직역(直譯)하기도 하고 자국화 하기 혹은

---

11 남기탁 외, 『방언』, 국학자료원, 2002, 9쪽.

12 앞의 책, 17쪽.

번역어 민족의 문화에 동화시키는 자세로서의 의역(意譯)을 진행하는 경우도 있다. 그 외 언어의 특수성 때문에 번역하지 못하는 것, 오역하는 것과 의미 부동한 중국어를 동일 한국어로 번역하는 경우도 있다.

이 점을 감안하여 본고에서는 방언의 고유명사, 속담, 헐후어(歇後語), 뜻이 통한 이언(諺語), 그리고 사자성어 등 방면으로 고찰하고자 한다.

1) 방언의 고유명사 번역에 대하여

『개구리』 중에 나타난 산동 고밀 방언의 고유명사는 주로 사람에 대한 호칭, 친척 관계의 호칭, 별명, 욕을 지향한 말, 수량사 등이 있다. 구체적인 번역 양상은 다음 도표로 표시된 바와 같다.

	원문(면수)	역문(면수)	유형
1	那些"**老娘婆**"背後造谣(11)	'**늙은 산파**들'이 악담을 하고 다녔거든요.(29)	자국화
2	让她叫"**大**"她不叫(12)	'**아빠**'라고 부르라 해도 아무 말없이(30)	자국화
3	喝得**醉三麻四**(14)	소주를 마시고 **비틀거리다**(35)	자국화
4	索性用上了"**皮笊篱**"(27)	아예 **손**으로 음식을 덥석 집어 먹었어.(55)	자국화
5	带来"小老毛子"外號的鼻子(31)	'**새끼 양놈**'이란 별명을 안겨 준 코(63)	자국화
6	王脚更来了**狗精神**(55)	**한층 더 기세가 오른** 왕자오(105)	자국화
7	个个都是**麻袋肚子**(93)	하나같이 **밑 빠진 독**일 텐데(163)	자국화
8	去耍**死狗**, 装**无赖**(97)	**손 벌리고, 행패 부리고** 말이야.(170)	자국화
9	不听袁腮**胡咧咧**(98)	위안싸이 **헛소리** 그만 들으시고(170)	자국화
10	王仁美有点**二杆子**(123)	**워낙 무모한 성격**이라(211)	자국화
11	王胆是个**半截子人**(149)	**키가 남들 반밖에 안 되**는 왕단을 봐서(249)	자국화
12	你们都是生不出孩子的"**二尾子**"(189)	아이도 못 낳는 **중성**들 주제에!(308)	자국화
13	你是为袁腮**拉皮条**的吧?(230)	자네, 위안싸이네 **뚜쟁인**가?(370)	자국화

14	自然不怕**砸饭碗**(286)	**해고되어도** 염려할 필요가 없겠지.(450)	자국화
15	叫我一声"老泰山"吧?!(324)	**장인어른**이라고 불러야 하는 것 아닌가?(506)	자국화
16	**嫚**啊, 快去叫你姑姑!(21)	**만**아! 어서 가서 고모 데리고 와!(46)	이국화
17	娶回来这样一个痴巴老婆(84)	**얼빠진 여자**를 데려왔으니(148)	이국화
18	呦, 是个斗纹呢!(159)	와! **소용돌**이 모양이네!(265)	이국화
19	一步只能挪两拃(151)	--	번역 안 함

위의 도표로 제시된 것처럼 『개구리』 중에 방언에 관한 문화소가 대략 19개 있으면서 그 중에 15개는 자국화로 번역하고 3개는 이국화로 번역하며 하나는 번역을 안 한 상태이다. 사실은 번역을 안 하는 것이 아니고 완전히 자국화되어서 원문의 흔적이 아예 보이지 않은 양상이라고 하여야 더 적절할 것 같다.

구어인 방언이 소설에서 문자화 될 때는 그 자체의 향토성이 이미 많이 약화되었다. 하지만 작가 모옌은 방언으로 소설을 쓰는 면에서 워낙 유명한 분이라고 할 수 있거니와 그러므로 그의 문장에서 방언적 요소가 많이 찾아지는 것이다. 한 지역의 방언은 그 지역의 지리적 환경, 역사의 흐름과 분리할 수 없다.

먼저 사람을 불러주는 호칭으로서 인용문 1, 5, 11, 12번부터 분석하고자 한다. 새로운 아이 조산 방법이 나오기 전에 농촌이나 도시에서도 '늙은 산파'는 인기가 많다. 『한의학대사전』을 보면 '산파'에 관한 설명은 '옛날 사람들이 조산원을 가르켜 이른 말'이라고 되어 있다. 번역본에서 '老娘婆'를 '늙은 산파'로 번역한 것은 한국 독자들에게 '산파'에 대한 사전 이해(事前理解)를 그들의 머리 속에 쉽게 상기시킬 수 있기 때문이다. 한국에도 '산파'라는 단어가 있기 때문이다. '老毛子'라는 중국 단어는 청나라 후기에 북쪽 지역 특히 동북 지역 사람들이 러시아 사람을 경멸하여 지칭하는 말이다. 소설에 '小老毛子'를 '새끼 양놈'으로 번역한 것은 경멸의 의미는 전달되었지만 '양놈'이라는 단어로 모든 서양인을 가리킴으로써 적절한 번역은 아니다. 한국어에는 '털부숭이', '코쟁이', '로스케' 등 특별히 러시아 사람을 지칭하는 단어가 있는데 이런 단어를 써야 적절하다고 생각한다. '半截子人'은 직역하면 '키가 남들 반밖에 안 된'다고 의미인데 '半截'라는 단어의 뜻은 '난쟁이'의 이미지를 나타낸다. '二尾子'는 중국어의 발음으로는 '二儀'의 변음 'èr yǐ zi'을 가리키며 남녀의 성기를 한 몸에 지닌 사람을 지칭한다. 의학적으로 보면 '남녀한몸'은 흔히 아이를 낳지 못한다. 그래서 '二尾子'라는 표현은 소설에서 천비가 샤오스쯔와 고모를 저주하는 말인데 영원히 아이가 없었으면 하고 바란다는 욕설을 나타낸 것이다. 그런데 번역문에서는 '중성'이라고 번역함으로써 본래의 의미가 많이 약화된 것이다.

다음으로 사람의 컨디션이나 동작을 형용하는 3, 6, 8, 9, 10, 13과 14번을 분석하고자 한다. '醉三麻四'는 사람이 술에 취해서 사지가 거의 다 마비되어 제대로 걷지도 못하고 머리도 제정신이 아닌 상태를 묘사한 것이다. '비틀거리다'는 번역에는 술 취한 모양은 충분히 반영되었다. 중국어의 표현습관을 보면 '醉三麻四'와 같이 어떤 정도를 보다 심화시킨다는 의미를 돌출히 하기 위해 숫자를 사용하는 경우가 흔히 있다. 이 점은 사자성어 부분을 논할 때 상세하게 분석하고자 한다; 또한 중국어나 한국어에 '개'와 관련된 표현은 흔히 안 좋은 것을 나타낼 때에 사용한다. 그래서 소설에 나타난 '狗精神', '耍死狗'은 신나하는 모습을 부정적으로 묘사한 것인데 예하면 개처럼 뻔뻔하다는 뜻이다. 헌데 번역문에서는 그냥 '한층 더 기세가 오른'다로 번역되어 있는데 신난다는 뜻은 살려져 있지만 부정적인 의미는 반영되지 못하고 있다. '손 벌리고, 행패 부린'다는 것은 사람의 능글맞음을 표현한 것이고. '胡咧咧'는 '헛소리'로 번역하였고 '二杆子'는 '워낙 무모한 성격'으로 번역하였으며 '拉皮條'는 '뚜쟁이'로 번역하였고 '砸飯碗'은 '해고되다'로 번역하고 있는데 원문에 그다지 어긋난 표현은 아니라고 생각한다.

그리고 산동 고밀 방언에는 신체 부위에 관한 방언이 많다. 4번 '皮笊籬'와 7번 '麻袋肚子' 등이 소설에서 대표적인데 '笊籬'라는 것은 한국어로 보면 '조리', '부디기' 등과 같이 물에서 무엇을 건져내는 도구를 가리키는 표현이다. 그리하여 볼때 피(皮)부로 만든 부디기가 다름 아닌 '손'이라는 의미로 통하게 되는 것이다. '麻袋肚子'도 마찬가지다. 한국에 '밑 빠진 독에 물 붓기'라는 속담이 있다. 밑 빠진 독은 '麻袋肚子'가 보여주는 의미와 비슷하다. 그 시기에 잔치에 온 농촌 사람들은 거의 다 위가 크고 많이 먹는 편인데 그때 사용된 용어인 것이다.

위에서 살펴보았듯이 작품 『개구리』 번역에서 자국화 방법으로 방언 요소를 처리한 것은 문화적으로는 큰 오해를 낳은 상황은 별로 없다고 할 수 있다. 하지만 이국화 방법으로 번역할 때 특히 친척 간의 호칭과 수량사 등에 대한 번역에서는 적지 않은 문제가 찾아진다. 2번 '大'라는 호칭은 산동 고밀 등 주변 지역에서는 '아빠' 즉 자기 아버지를 지칭하는 호칭어이다. 15번 '老泰山'도 중국어에서는 '장인어른'의 의미로 번역이 잘 된 것이다. 그러나 '딸'을 부르는 호칭으로서 16번 '嫚'에 대한 번역은 틀린 번역인 것이다. 직접 '만'으로 번역하면 사람의 이름을 지칭한 것으로 독자들을 유도하게 된다. 그러나 '嫚'이 산동 고밀, 칭다오 등 지역에서는 여자 애, 청소년, 그리고 나이가 조금 든 여자를 부르는 경우에 통하는 호칭이다. 특히 가족 관계에서 자기의 딸을 부를 때 쓰는 호칭이다. 그러나 간단하게 '만'으로만 번역하면 소설에서 인물 관계를 모호하게 처리한 것으로 오해를 사게 하는 결과를 초래한다. 또한 '一步只能挪兩拃'라는 표현은 '어디까지 갈 수 있다'로 완전히 자국화 번역을 했는데 구체적으로 거리가 얼느 정도인가에 대해서는 표현해내지 못하였다. '拃'라는 수량사는 손을 벌릴 때의 엄지와 중지 또는 새끼손가락과의 양 끝 사이의 거리를 가리킨다. 한 사람의 키가 얼마나 작았으면 한 걸음의 거리가 두 '拃' 밖에 안 된다는 비유적 표현인 것이다. 사전에서 '拃'는 '뼘'으로 표시되어 있다. '한 걸음은 두 뼘 밖에 못 간다'고 이렇게 번역하면 어색하고 번역어 문화 환경으로 보면 낯설게 하는 번역일 것이지만 원문의 의미를 가능한 많이 보유한 표현일 수 있다.

2) 속담 번역에 대하여

속담이란 교훈이나 풍자의 의미를 나타내기 위해 어떤 사실을 비유의 방법으로 서술하는 간결한 관용어 표현이다. 속담에는 일반 대중들의 일상 경험과 소망이 포함되며 이런 속담은 입에서 입으로 전해진다. 중국어 속담을 한국어로 번역하는 과정에 이국화나 자국화 번역 방법으로 속담에 지닌 의미를 명백히 전달할 수 있으면 당연히 좋은 일이다. 소설 『개구리』에서 속담에 관한 것을 뽑아 보면 다음과 같다.

	원문(면수)	번역문(면수)	유형
1	贱名者长生(5)	천한 이름이 장수한다는 생각(18)	이국화
2	先出腿，讨债鬼(21)	다리가 먼저 나오면 귀신이 빚 독촉을 한다는 말이 있거든요.(45)	이국화
3	打开了她的话匣子(26)	이야기보따리를 풀어 놓았습니다.(53)	이국화
4	哭能哭倒万里长城吗?(26)	운다고 만리장성이라도 무너뜨릴 수 있어요?(55)	이국화

5	嫁出去的女儿，泼出去的水(38)	시집간 딸이야 이미 내질러진 물이지.(75)	이국화
6	好汉不提当年勇(38)	멋있는 사람일수록 지나간 과거는 들먹거리지 않는 거야.(75)	이국화
7	落时的凤凰不如鸡(51)	닭만도 못한 철 지난 봉황(96)	이국화
8	眼观六路，耳听八方(63)	눈과 귀가 사방팔방으로 열려 가장 신통한 정보력을 자랑하는 생선 장수들(117)	이국화
9	早就该天打五雷轰(86)	진작에 벼락 맞아 죽었어야 하는데(152)	이국화
10	鸭走水沿，鸡走草边，草窝里去找吧。(97)	오리는 물가로 가고, 닭은 풀밭으로 가니 풀숲에 가서 찾아보라는 거예요.(169)	이국화
11	强扭的瓜不甜。(102)	꼭지도 안 떨어진 참외를 억지로 따면 그 참외는 달지 않잖아?(176)	이국화
12	一碗水必须端平(105)	물이 든 그릇은 반듯하게 들어야 한다고 말했습니다.(182)	이국화
13	纸里能包住火吗?(119)	종이로 불을 감쌀 수 있을 것 같아?(204)	이국화
14	天塌下来有高个子顶著(122)	하늘이 무너져도 키 큰 사람이 받쳐 주겠지.(210)	이국화
15	那叫做“良禽择木而栖”(155)	그건 잘난 새는 나무를 봐 가며 둥지를 튼다(260)	이국화
16	三十年河东，三十年河西(193)	황하의 물은 30년은 동쪽으로, 30년은 서쪽으로 흐른다.(312)	이국화
17	心有灵犀一点通(207)	마음엔 영험한 무소같이 한 점으로 통함이 있었지.(335)	이국화
18	头脑简单，四肢发达(227)	머리가 단순하면 사지가 발달하는 법이에요!(365)	이국화
19	劳心者治人，劳力者之於人(227)	마음을 쓰는 자는 사람을 다스리고, 육체를 쓰는 자는 다스림을 받는다고 했어요.(365)	이국화
20	千年的铁树开了花，万年的枯枝发了芽(268)	천 년 철 나무도 꽃이 피고, 만 년 고목도 싹이 난다더니(427)	이국화
21	山中无老虎，猴子称大王(308)	산중에 호랑이가 없으면 원숭이가 왕 노릇을 한다더니(482)	이국화
22	苍蝇不盯没缝的鸡蛋(320)	파리는 틈이 없는 온전한 달걀에는 꼬이지 않는다는 말이다.	이국화
23	要是识上两箩筐字(24)	글자까지 많이 알면(51)	자국화
24	八字还没一撇呢!(28)	아직 시작도 안 했는데!(58)	자국화
25	敲锣买糖，各干一行(55)	모두 자기가 가장 잘하는 일을 하는 거지요!(104)	자국화
26	白刀子进红刀子出(58)	죽자 사자 달려들어 요절을 냈답니다.(110)	자국화
27	不要敬酒不吃吃罚酒(59)	좋은 말로 할 때 듣는게 좋을 거야.(111)	자국화

28	男子汉大丈夫(59)	사내대장부답게(111)	자국화
29	三匹马也拉不回转(97)	웬만해서는 정신 차리게 할 수 없겠는데?(170)	자국화
30	这叫情人眼里出西施(99)	말하면 '제 눈에 서시(西施)'(173)	자국화
31	甘蔗没有两头甜(119)	모든 게 다 좋을 수 있나.(204)	자국화
32	没有不透风的墙(120)	영원한 비밀은 없어.(205)	자국화
33	那是他剃头挑子一头热(155)	짝사랑한 거잖아.(260)	자국화
34	逆水撑船不如顺水推舟(159)	운명을 거스르기보다는 그냥 운명에 몸을 맡기는 편이 낫겠죠?(266)	자국화
35	是福不是祸, 是祸躲不过(231)	운명이라면 피할 수 없는 것(372)	자국화
36	好心当成了驴肝肺(315)	선량한 호의를 고약한 탐욕으로 곡해하고(492)	자국화
37	头上三尺有青天(326)	하늘이 무섭지도 않냐?	자국화
38	不孝有三, 无後为大(229)	세 가지 불효 가운데 후손이 없음이 가장 크다.(368)	--
39	以小人之腹度君子之心(254)	소인의 아량으로 군자의 마음을 헤아리다(407)	--
40	他是癞蛤蟆想吃天鹅肉!(81)	--	안 함

위에 도표로 표시하고 있는 바와 같이 소설에서 찾아낸 속담에 관한 예문의 40개 중에 이국화적으로 번역한 것은 22개이고 자국화로 번역한 것은 15개이며 2개는 이국화와 자국화의 경계가 불분명한 경우이고 또 하나는 번역을 하지 않은 방법을 취한 것으로 나누어 볼 수 있다.

먼저 이국화 방법으로 번역한 예문을 보면 대체로 중국어 원문과 대비해서 한국어로 뜻을 설명한 것이다. 하지만 2, 14, 16, 17, 21과 22번 번역문을 예 들어 잘 어울리지 아니한 부분을 상세히 분석하고자 한다. '先出腿, 討債鬼'는 출산할 때 아이의 다리가 먼저 나온 경우를 가리켜 한 말인데 이런 경우 그 아이는 이 집에 빚을 독촉하려는 귀신이 변신한 것이라는 뜻으로 쓰인다. 이렇게 볼 때 소설속의 번역문은 원문과 다소 맞지 않다고 판단 내릴 수 있다. 그러나 글에서 보면 뒤에서 설명을 붙여주고 있기 때문에 원문 이해에 크게는 영향받지 않고 있다. '三十年河東, 三十年河西'라는 표현은 청나라 시대에 오경재(吳敬梓)가

쓴『유림외사(儒林外史)』에서 최초로 나온 표현인데 역사상 황하가 어려 번이나 물길을 바꾼 사실을 예로 들어서 세상사의 무상함을 비유한 것이다. 그러나 소설의 번역문을 보면 '황하의 물은 30년은 동쪽으로, 30년은 서쪽으로 흐른다'고 번역하고 있는데 크게 문제되는 것은 아니라 할지라도 표현이 너무 어색하다. 한국어에는 '10년이면 강산도 변한다', '세상사가 변화무상하다', '세상사는 다 돌고 도는 것이다', '양지가 음지 되고 음지가 양지 된다', '이랑이 고랑 되고 고랑이 이랑 된다' 등 어려 가지 표현들이 있는데 왜 쓰지 않았는지 의문이다. 자국화적으로 중국 속담에 대응되는 한국식 속담을 쓰면 당연히 더 좋은 것이다. 그리고 '心有靈犀一點通'은 말을 하지 않고도 서로의 마음이 통할 수 있는 것을 비유한 표현이다. 헌데 번역문에서는 '마음엔 영험한 무소같이 한 점으로 통함이 있'다고 하고 있는데 이는 완전 어색하기 그지없는 직역(直譯)인데 틀렸다고 보아야 한다. '영험한 무소'보다 한국어 표현에 본래 존재하는 '암묵리에 서로 마음이 통하다', '척하면 삼천리' 등 관용어 번역을 하면 좋을 것이나 이런 표현을 쓰지 않은 것이 유감이다. 또한 '山中無老虎, 猴子稱大王'은 '산중에 호랑이가 없으면, 원숭이가 왕 느릇을 한'다고 번역했지만 한국어 관용 속담에는 '원숭이' 아니고 '토끼'가 왕 노릇을 한다는 표현이 있는데 한국식이 당연히 더 좋을 것이다.

다음에 자국화적으로 번역한 속담 26, 30과 35번을 예로 분석하고자 한다. '白刀子進紅刀子出'은 피를 보이며 사람을 죽이는 상황을 표현한 것이다. 피 묻지 않은 칼이 하얀 색이고 그런 흰 칼이 사람의 몸을 거쳤다가 나오면 당연히 빨간 피로 물들인 칼이 된다. 그러나 번역문에서 '죽자 사자 달려들어 요절을 낸'다고 하고 있는데 목숨을 걸로 투쟁하는 모습은 살려놓고 있지만 붉은 색이 등장하는 장면의 생동함이 약화되었다. '제 눈에 서시(西施)'로 번역한 것은 중국 속담의 '情人眼裡出西施'를 번역한 것인데 이는 지혜로운 자국화 번역이다. 한국어에 '제 눈에 안경이다'는 속담이 있고 그 뜻이 '情人眼裡出西施'와 같다고 볼 수 있다. 그래서 서시(西施)로 안경을 대신하여 한국어 원래의 뜻이 유지되면서 중국어의 매력을 보여준 것도 좋은 것이다. 그리고 중국어표현에서 '是福不是禍, 是禍躲不過'라는 문장은 번역본에서 '운명이라면 피할 수 없는 것'으로 번역하였는데 적절하다고 본다. 그러나 이 속담의 뜻과 통하면서 '사나운 팔자는 불에도 타지 않다'는 것이 있는데 이 표현은 감정적인 경향성이 드러나지 않고 평범한 어조로 서술되고 있는 것이 원문의 감정상태에 더 가깝다고 볼 수 있다.

그리고 38번 '不孝有三, 無後爲大'와 39번 '以小人之腹度君子之心'은 중국과 한국에서 자주 쓰이는 속담이어서 서로 통할 수 있는 말이고 이국화나 자국화로 구분할 필요가 없다. 특히 '癩蛤蟆想吃天鵝肉'은 두꺼비가 백조 고기를 먹으려 한다는 뜻이다. 요구에 미달인 사람이 분에 넘치게 완벽한 것을 원한다는 뜻이고 자기의 분수를 알지 못한다는 뜻이다. 보통 못 생긴 남자가 미인을 원하는 것을 비유한다. 모옌의 소설에서 고모는 왕간이 샤오스쯔를 좋아하는 것을 그렇게 표현하였는데 번역문에서 '그 애 주제에 누굴 넘봐'라고 간단하게 번역하였는데 원문에서 동물로 비유하여 표현할 때 생성된 생동함이 없어졌다.

3) 헐후어 번역에 대하여

헐후어(歇後語)는 중국어에서 사용하는 특유한 언어 방식인데 중국 사람들이 일상생활의 실천 중에서 창조해낸 짧지만 유머스럽고 생생한 관용어구이다. 헐후어는 수수께끼를 하듯이 흔히는 두 부분으로 구성되어 있는데 앞의 부분이 문제를 제기한 것이고 뒤의 부분이 그에 대응되는 답안으로 이루어져 있다. '헐'이라는 글자는 중국어에서는 휴식한다는 뜻이다. 그래서 헐후어를 이용할 때에 보통 앞의 부분만 말하고 뒤의 부분은 나타내지 않을 수 있지만 대화하고 있는 상대방은 화자가 전달하고 싶은 뜻을 마음속으로 알게 된다. 헐후어의 특성이 이러하기 때문에 번역시에 직역하는 것은 당연히 어려울 수 있다. 다음 도표는 소설 『개구리』 중에 나타난 헐후어이다.

	원문(면수)	번역문(면수)	유형
1	瞎子点灯——白费蜡(56)	괜히 헛수고하는 것 같군요(106)	자국화
2	臭杞摆碟——凑样数(85)	그냥 이름뿐인 자리예요.(150)	자국화
3	王八瞅绿豆——看对眼了(99)	눈에 콩깍지가 낀 팔불출(173)	자국화
4	狗咬泰山——无处下嘴(246)	개가 태산을 물려 하니 어디서부터 입을 대야 할지 모르다.(395)	이국화

보다시피, 헐후어 4개 중에 자국화적 번역 방법으로 한 것은 3개이고 나머지 하나는 이국화적으로 번역하였다. 실제로 한국어의 말하기 습관에 따른다면 원문처럼 두 부분으로 번역하는 것은 절대 불가능하다. 그래서 번역가는 헐후어를 해설하는 방법으로 번역 처리하였다.

2번 '臭杞擺碟——湊樣數'로 보면 이 헐후어는 가난한 집에 손님이 와서 반찬이 모자랄 때에 곰팡이가 낀 구기를 내놓아 반찬의 숫자를 채운다는 뜻이다. 소설에서 고모는 정치협상 위원회 상임위원으로 승진한 것을 칭찬하여 주는 말에 이런 표현으로 대답하고 있다. 그 뜻은 상임위원이라는 것은 자리를 채우기 위해 이름을 걸어 놓은 것일 뿐 실권은 별로 없다는 말이다. 그래서 '그냥 이름뿐인 자리예요'라는 번역문이 고모의 의사를 잘 전달한 것이기는 하나 생동한 비유적 내용은 당연히 빠지고 만 것이다.

3번 '王八瞅綠豆——看对眼了'라는 표현은 자라의 눈이 녹두만큼 만하고 그래서 녹두 한 알을 자라 눈 앞에 대면 자라의 눈과 녹두알이 꼭 맞아떨어져 자라는 눈알을 돌리지도 못하게 된다는 의미인데 이 생동한 표현은 남녀 간에 서로 눈이 맞았다는 의미를 비하하여 표현한 것이다. 소설에서는 왕간이 샤오스쯔를 사랑하는 상태를 비유하는데 이런 표현을 쓰고 있는데 샤오스쯔가 못 생긴 편이어서 왕간이 이런 못 생긴 사람을 사랑한 것은 '눈에 콩까지가 낀 팔불출'이라고 왕간의 짝사랑을 평가한 것이다.

4) 뜻이 통한 이언 번역에 대하여

한국어와 중국어는 일정하게 뜻이 통하는 경우가 있다. 아래 도표로 표시된 바와 같다.

	원문(면수)	번역문(면수)	유형
1	**有文化的哥哥**(17)	**가방끈이 긴** 형이(40)	자국화
2	人不可貌相, 海水不可斗量(28)	사람은 겉모습으로 판단할 수 없고 바닷물은 되로 헤아릴 수 없다고 했어.(57)	자국화
3	爷爷, 别翻老黄历了(36)	할아버지는 **호랑이 담배 피울 적 이야기를 하고** 그러세요?(72)	자국화
4	不要**敬酒不吃吃罚酒**(59)	좋은 말로 할 때 듣는 게 좋을 거야(111)	자국화
5	善有善报, 恶有恶报(81)	옛말에 죄는 지은 대로 가고 덕은 닦은 대로 간다고 했는데(143)	자국화
6	人是铁, 饭是钢(84)	금강산도 식후경이라고 했어.(149)	자국화
7	天无绝人之路(119)	옛말이 하늘이 무너져도 솟아날 구멍이 있다고 하지 않았나.(204)	자국화

8	狗改不了吃屎(241)	제 버릇 개 못 준다(387)	자국화
9	姜还是老的辣(273)	생강도 오래된 것이 맵다.(435)	자국화

소설 『개구리』에서 중국어와 한국어가 뜻이 통하는 경우를 통계해보면 이언으로서 9개가 있다. 기호학적으로 볼 때 한 문장에 표시된 글자를 기호라고 할 때에 그 글자에 포함되어 있는 의미는 기의라고 할 수 있다. 예를 들면 '有文化的'는 중국어에서 학문이 있다는 뜻인데 번역문으로는 '가방끈이 길'다로 번역이 된 것이다. '가방끈이 길'다는 것 역시 한국어로는 학문을 잘 한다는 뜻이기 때문이다. 이렇게 표현이 완연 다르지만 서로 통할 수 있어서 번역할 때에 억지로 이국화한다는 등의 조치를 취할 필요가 없고 자기민족에게 익숙한 표현으로 번역하면 된다고 생각한다.

5) 사자성어 번역에 대하여

사자성어의 가장 큰 특징은 성어를 구성하고 있는 글자수가 일반적으로 4개라는 것인데 이 사자성어는 중국어와 한국어에서 모두 쓰고 있다. 특히 중국 한자가 한국 한글과 일대일로 대치할 수 있어서 사자성어를 번역할 때 한자 4개에 대비되는 한글 4개로 번역하는 경우가 많다. 그런데 중국의 사자성어는 여러 가지 특점을 가지고 있거니와 예하면 숫자, 인간의 기관과 동식물과 관련된 사자성어가 많다. 이런 사자성어를 이국화나 자국화로 번역하는 것 중 어느 것이 더 적합할 것인가는 구체적인 언어환경을 보아서 정해야 된다.

먼저 한글로 한자를 직역한 예문을 보면 다음과 같다.

	원문(면수)	번역문(면수)	유형		원문(면수)	번역문(면수)	유형
1	波澜壮阔(4)	파란만장(17)	자국화	16	鹞子翻身(68)	요자번신(125)	이국화
2	才华横溢(4)	팔방미인(17)	자국화	17	牛鬼蛇神(68)	우귀사신(125)	이국화
3	山珍海味(27)	산해진미(55)	자국화	18	黄道吉日(82)	황도길일(145)	이국화
4	货真价实(32)	명실상부(64)	자국화	19	声东击西(325)	성동격서(507)	이국화
5	长篇大论(44)	일장연설(86)	자국화	20	同病相怜(163)	동병상련(271)	이국화
6	古今中外(154)	동서고금(258)	자국화	21	千辛万苦(187)	천신만고(304)	이국화
7	因祸得福(156)	전화위복(260)	자국화	22	脱皮换骨(217)	환골탈태(350)	이국화
8	一箭双雕(160)	일거양득(267)	자국화	23	伏枥的老骥(274)	노기복력(436)	이국화
9	咎由自取(166)	자업자득(275)	자국화	24	偷梁换柱(325)	투량환주(506)	이국화
10	不可救药(259)	구제불능(418)	자국화	25	暗度陈仓(325)	안도진창(506)	이국화
11	深思熟虑(308)	심사숙고(483)	자국화	26	瞒天过海(325)	만천과해(506)	이국화
12	五体投地(17)	오체투지(40)	이국화	27	李代桃僵(325)	이대도강(506)	이국화
13	绵里藏针(17)	면리장침(40)	이국화	28	欲擒故纵(325)	욕금고종(506)	이국화
14	柔中带刚(17)	외유내강(40)	이국화	29	借刀杀人(325)	차도살인(506)	이국화
15	人山人海(67)	인산인해(124)	이국화	30	金蝉脱壳(325)	금선탈각(507)	이국화

위에 예문으로 제시된 것을 자세히 살펴보면 한자와 한글이 일대일로 번역된 것 중 19개 사자성어는 이국화로 번역된 것임을 알 수 있고 남은 11개 사자성어는 자국화로 번역된 것이다.

번역본에서 역자는 이국화적으로 19개 사자성어를 번역하고 있는데 한글로 표시된 단어 뒤에 묶음표로 한자를 함께 표시하고 있다. 이런 번역은 전적으로 독자의 이해정도에 맡겨지게 된다.

여기서 자국화로 번역된 1, 7과 8번을 예들어 그 타당성을 분석하고자 한다. '才華橫溢'은 재능이 넘친다는 뜻이다. '팔방미인'이라는 성어는 극히 아름다운 미인 혹은 다재다능한 사람을 형용하는 것이다. 소설에서는 '팔방미인'이란 표현으로 모양이 특이하게 생긴 매화나무를 묘사하고 있는데 '팔방미인'으로 번역하면 매화나무의 미를 독자들에게 감지시킬 수 있다고 본다. '因禍得福'은 글자를 보면 화 때문에 오히려 복을 받았다는 뜻인데 '전화위복'은 화를 복으로 전환하였다는 뜻이다. 결과는 모두 복을 받은 상황을 쓰고 있기에 틀리지 않지만 그 과정에는 다소 차이가 있는 것이다. 그 차이는 중국과 한국에서 일을 처리하는 태도가 다른 때문이라고 볼 수 있다. '一箭雙雕'는 '일거양득'이라고 번역하고 있는데 별 문제가 없긴 하지만 한국어에 '일석이조'라는 조금 더 맞는 사자성어가 있기 때문에 그대로 사용할 수 있다고 본다. '일거양득'은 중국어로는 '一擧兩得'이다.

다음으로 소설에는 숫자를 활용한 사자성어가 있는데 아래 도표와 같다.

	원문(면수)	번역문(면수)	유형		원문(면수)	번역문(면수)	유형
1	一丝一毫(44)	조금이라도(84)	자국화	10	五颜六色(36)	온갖 색채(71)	자국화
2	一清二楚(156)	잘 알고 있어(260)	자국화	11	九牛二虎之力(121)	얼마나 노력하다(208)	자국화
3	一模一样(223)	똑같다(360)	자국화	12	千方百计(264)	어떻게 해서든지(422)	자국화
4	醉三麻四(14)	비틀거리다(35)	자국화	13	千恩万谢(18)	연거푸 감사의 인사를 쏟아내다.(42)	자국화
5	三长两短(113)	무슨 변고라도 생기면(196)	자국화	14	千真万确(186)	틀림없는 사실(303)	자국화
6	颠三倒四(327)	횡설수설(510)	자국화	15	千条万绪(68)	천 갈래, 만 갈래(124)	이국화
7	四分五裂(34)	몇 동강이 나다.(68)	자국화	16	千辛万苦(187)	천신만고(304)	이국화
8	四面八方(184)	사방팔방(273)	자국화	17	千难万险(187)	--	안 함
9	五冬六夏(17)	언제나(40)	자국화				

소설 『개구리』에는 17개의 숫자관련 사자성어가 나오고 있는데 그중 14개는 자국화로 번역했고 2개는 이국화로 번역했으며 나머지 하나는 번역하지 않는 방법을 취하였다.

성어가 숫자와 합치는 경우는 일반적으로 보면 숫자를 빼고 남는 그 부분의 의미를 한 층 더 강조하기 위해 숫자를 이용함으로써 이루어진 것이다. 1부터 10까지 그리고 백, 천, 만 등이 활용도가 가장 높은 숫자들이다. 특히 1과 2는 보통 적은 것을 극한으로 강조할 때 사용되고 있고 5이상 천, 만까지의 숫자는 큰 것을 극한적으로 강조하여 나타낼 때에 사용된다.

예를 들면 '一絲一毫'에서 '絲毫'는 아주 세밀하다는 추호(秋毫)라는 의미이고 그로써 각종 조건, 각 구석, 각종 디테일을 지칭한다. 이 사자성어에서 '1'을 두 번이나 사용함으로써 세부의 극한을 추구하는 뜻으로 사용된 것이다. 한국어로 '조금이라도'에서 '조금'은 극한을 표시한 것인데 중국어의 사자성어의 의미에 부합되게 번역한 것이다. '五顔六色'은 여러 가지 색채 있는 양상을 묘사한 것인데 한국어로 '온갖 색채'라고 번역하였다. 이는 색채의 엄청 많은 양을 강조하였으므로 본래 의미를 제대로 전달한 것으로 보인다. '千眞萬確'은 진실성을 강조하는 뜻이고 '千(천)'과 '萬(만)'이라는 수치를 합침으로써 가장 큰 신뢰성을 살려놓은 표현이다. 하여 상대방에게 화자의 말을 절대로 믿게 하려고 한 것이다. 번역으로는 '틀림없는 사실'이라고 하고 있는데 '틀림없다'라는 조금도 어긋나는 일이 없다는 뜻으로써 원문의 뜻과 일치한다.

사자성어에는 사람 몸의 기관을 표현하는 용어를 사용함으로써 감정의 정도를 심화시키는 표현도 있다. 특히 손, 발, 심장, 간장, 머리와 눈 등 요소를 사용한 것이 그것인데 하여 기쁨, 걱정, 슬픔, 놀라움과 아픔 등 느낌을 한층 더 진실하게 토로할 수 있는 언어구성이다.

	원문(면수)	번역문(면수)	유형		원문(면수)	번역문(면수)	
1	心驰神往(22)	그리움이 가득한 표정(48)	자국화	13	装模作样(195)	그럴듯하게 차려입다(317)	자국화
2	聚精会神(51)	집중하다(97)	자국화	14	惊心动魄(206)	깜짝 놀라(334)	자국화
3	指手画脚(55)	손짓 발짓 하다(104)	자국화	15	手舞足蹈(210)	손짓 발짓 동원하다(340)	자국화
4	嬉皮笑脸(66)	배시시 웃다(121)	자국화	16	魂飞魄散(215)	혼비백산하다(349)	자국화
5	愁眉苦脸(66)	잔뜩 수심에 잠기다(121)	자국화	17	胆战心惊(231)	정말 놀랐다(371)	자국화
6	声嘶力竭(69)	목이 터져라(126)	자국화	18	拿腔拿调(241)	그런 말투로 이야기하다(386)	자국화
7	趾高气扬(71)	기세등등하다(130)	자국화	19	心旷神怡(241)	기분 좋다(386)	자국화
8	苦口婆心(121)	입이 닳도록(208)	자국화	20	龇牙咧嘴(258)	이를 드러내고 소리를 질렀다.(414)	자국화
9	撕肝裂肺(128)	가슴이 찢어지다(220)	자국화	21	脱皮换骨(217)	환골탈태(350)	이국화
10	油腔滑调(149)	능글맞다(249)	자국화	22	捶胸顿足(210)	가슴을 치고 발을 동동거리다(341)	이국화
11	撕肝裂胆(161)	심장이 터질 뜻(268)	자국화	23	头晕眼花(214)	머리가 어지럽고 눈이 빙글빙글 돌고(346)	이국화
12	眉清目秀(187)	눈매가 청초하고 예쁘다(304)	자국화	24	赏心悦目(241)	--	

위에 도표로 제시된 바와 같이 몸의 기관과 관련된 24개 사자성어 중에 20개는 자국화 번역으로 되었고 3개는 이국화로 번역되었으며 1개는 번역을 안한 방법을 취했다. 그리고 이 부분의 사자성어들은 또 다른 특점을 가지고 있다. 예컨데 성어의 격식은 동사+명사+동사+명사 혹은 명사+동사+명사+동사이고 이런 격식 중에서 앞의 두 글자와 뒤의 두 글자가 전달하는 의미는 비슷하다. 바꾸어 말하면 비슷한 의미로 된 두 단어를 합침으로써 표달하고자 하는 의미를 강조하는 것이다.

인간기관의 위로부터 아래로 감각을 느끼는 순서대로 4,19와 24; 8과 17; 9와 11; 12; 14; 그리고 20번을 분석하고자 한다. 먼저 '嬉皮笑臉'은 중국어에서 한 사람의 뻔뻔스러운 모양을 부정적으로 묘사하는데 쓰이는 형용사이다. '嬉皮'와 '笑臉'은 모두 얼굴에 거짓 웃음을 지닌다는 모양이고 이런 비슷한 의미의 두 단어를 합치면 뻔뻔스럽게 빌붙는 모습이 독자의 눈 앞에 보이게끔 생동하게 그려진다. 그러나 번역문에서는 '배시시 웃다'로 하고 있는 데 본문의 의미와 거리가 있는 번역이라고 본다. 번역의 타당성을 다시 고려해야 한다고 생각한다. '心曠神怡'와 '賞心悅目'는 유의어이고 기분이 좋고 정식적으로 편하다는 뜻이다. 그러므로 같은 문장에서 연이어 나타날 때에 '기분 좋다'라고만 딱 한번 번역하였다. '苦口婆心'과 '膽戰心驚'는 걱정의 느낌을 형용한 성어이다. '苦口婆心'은 마음이 착하다보니 입을 고생스럽게 움직여 귀찮아함이 없이 사람을 계속 권유한다는 뜻이고 '膽戰心驚'은 너무 걱정하기 때문에 담이 떨리고 심장이 긴장될 정도라는 뜻이다. 이런 중국어표현을 '입을 닳도록'으로 번역하고 '정말 놀랐다'고 번역한 것은 크게 틀리지는 않다고 본다. '撕肝裂肺'와 '撕肝裂膽'도 같은 뜻이고 간을 찢어 버리고 패나 단이 미어터질 정도로 슬픔이 심각함을 형용한 것이다. 헌데 번역문에서 '가슴이 찢어지다'라고 하고 '심장이 터질 듯'이라고 번역한 것은 아주 슬픈 감정을 제대로 나타내는 표현으로서 적절한 번역이라고 본다. '眉清目秀'는 눈썹이 산뜻하고 눈이 수려하다는 뜻으로 흔히 미인을 형용하는 성어이다. 번역문에서 '눈매가 청호하고 예쁘다'고 하고 있는데 아름다운 모양을 잘 나타낸 표현이라고 볼 수 있다. '驚心動魄'은 마음을 놀라게 하고 넋을 뒤흔들어 놓았다는 뜻인데 '깜짝 놀라'라고 번역하였으며 대체로 정확한 번역이라고 본다. '齜牙咧嘴'라는 표현에는 '이를 드러내'는 뜻이 있지만 '소리를 질렀다'는 뜻은 나타나 있지 않다. 이 성어에서 '咧嘴'는 참을 수 없는 아픔 때문에 표정관리를 할 수 없어서 그만 입을 크게 열어버렸다는 의미인 것이다.

그러고 보면 이런 유의 성어는 글에서 묘사적 역할을 담당하고 있는데 자국화 번역으로 처리하게 되면 독자들을 쉽게 이해시킬 수 있다고 본다.

마지막으로 중국어 사자성어에는 동물과 식물의 모양, 특성, 자연규칙을 빌어서 작성된 것이 많다. 소설『개구리』에 쓰고 있는 동식물과 관련된 성어를 보면 다음과 같다.

	원문(면수)	번역문(면수)	유형
1	鸡犬不宁(10)	집안이 편할 날이 없었다.(28)	자국화
2	瓜熟自落(11)	과실이 익으면 절로 떨어지는 것(29)	자국화
3	生龙活虎(12)	기력을 되찾아 말짱한 모습으로 힘차게 생활한다(31)	자국화
4	人中龙凤(36)	인재 중의 인재(72)	자국화
5	虎虎生风(36)	위풍당당하다(72)	자국화
6	抱头鼠窜(55)	머리를 감싸 안은 채 도망을 치다(104)	자국화
7	鱼死网破(126)	어디 죽도록 한 판 붙어 보게(216)	자국화
8	鸦雀无声(127)	아무런 소리도 들리지 않았다(217)	자국화
9	呆若木鸡(138)	완전히 얼이 나가 있다(234)	자국화
10	攀龙附凤(154)	고위층 빌붙다(257)	자국화
11	胆小如鼠(235)	밴댕이 소갈머리에 걱정이 팔자인 남자(378)	자국화
12	借坡下驴(244)	핑계 삼아 난처한 자리를 벗어나다.(391)	자국화
13	雕虫小技(296)	잔재주(468)	자국화
14	龙涎凤血(39)	용의 침, 봉황의 피(76)	이국화
15	根正苗红(50)	뿌리가 바르고 근본이 뛰어나지 않다.(95)	이국화
16	引狼入室(210)	늑대를 불러들인 꼴이다(341)	이국화
17	猪狗不如(301)	개돼지만도 못하다(473)	이국화
18	残花败柳(213)	--	안 함

위에 제출된 바와 같이 소설 중에 동물과 식물에 관한 사자성어가 18개 있으며 그중에 13개는 자국화 번역으로 되어 있고 그외 4개는 이국화 번역으로 되어 있으며 나머지 한개는 번역을 안 하는 방법을 취하였다.

중국과 한국 두 나라에는 모두 동물과 식물이 각각의 특유한 이미지를 지니고 있다. 닭과 개가 우는 것은 소란스러움을 나타내며 호랑이가 크게 소리 치는 것은 위풍당당함을 보여주고, 늑대는 흉악함을 상징하며, 용과 봉황은 고귀함을 상징하는가 하면 꽃은 흔히는 여자를 비유할 때 사용된다. 그러므로 동식물을 쓰는 이런 유의 사자성어는 동물과 식물의 특성을 빌어서 의미를 우회적으로 전달하는 것이다. 자국화로 번역하는 것은 비유의 본체(本體)를 번역하지 않고 비유로써 의미를 설명하는 번역법이다.

예를 들면 1번 '雞犬不寧'은 표면적으로 보면 닭과 개가 자주 싸워서 안정을 찾지 못한다는 그런 불안정한 상황에 대한 비유이다. 그러다 심층적으로 보면 소설에서는 두 사람이 한 집에서 자주 말다툼하기 때문에 조용할 수 없었다는 의미를 살려 '집안이 편할 날이 없었다'로 번역하였다. 같은 도리로 '鴉雀無聲'은 까마귀나 참새는 매일 재잘재잘 끝없이 시끄러운 동물인데 이런 까마귀와 참새까지도 아무 소리를 내지 않고 있으나 정말로 '아무런 소리도 들리지 않았다'는 극히 조용한 상황에 대한 묘사인 것이다. '膽小如鼠'는 담이 작은 쥐를 내세워 생활에서 항상 겁이 많고 두려워하는 상황을 비유하여 이르는 말이다. 하지만 번역문에서는 '밴댕이 소갈머리'라고 번역을 해서 마음에 큰 지향이 없다는 의미를 내세우고 있는데 이는 원문과 일치하지 않는 틀린 번역이라고 보아야 한다. '龍涎鳳血'에 등장하는 용과 봉황은 모두 고귀한 것인데 전설 속에서 민족의 상징물로 쓰인다. 소설『개구리』에서는 마오타이주(茅台酒) 한 병의 가격이 8천 위안인 것이 용의 침과 봉황의 피처럼 세상에 가장 비싸고 드문 것이라고 하여도 과언이 아니다 라는 의미에서 사용되었다. 그래서 이국화로 직역을 하면 독자를 잘 이해시킬 수 있다고 생각한다. 그리고 '殘花敗柳'는 보통 불행한 일을 당한 처참한 운명의 여자에게 쓰이는 성어이다. 해서 번역문에서 '그 놈이 짓밟았어요'라고 번역하고 있는데 성어의 의미를 반영했다고 볼 수 있다.

4. 결론

독일 철학자 라이프니츠(Gottfried Wilhelm von Leibniz)는 '세상에 똑같은 나뭇잎 두 개가 없다'고 말하였다. 이 말의 의미는 번역 사업의 특징을 말할 때에도 통한다고 본다. 이국화나 자국화의 번역 방법을 활용하여 원문의 의미를 독자들에게 전달하는 데는 꼭 한가지 번역어만 정확한 것이라고 말하기 어려운 것이다. 그리고 세상에는 완벽한 번역이 없다고도 할 수 있을 정도로 번역이란 쉬운 일이 아니기 때문이다.

본고는 미국 번역학자 로렌스 베누티의 이국화와 자국화 번역 이론을 근거로 하여 모옌 작품『개구리』중의 방언과 숙어에 관한 번역 양상을 고유명사, 속담, 헐후어(歇後語), 뜻이 통하는 이언(諺語), 그리고 사자성어 등 몇 가지 측면으로 나누어 고찰하였다. 원문에서 찾아낸 예문을 통합적으로 살펴보면 150개 중에 이국화로 번역된 것이 48개 있고 자국화로 번역된 것이 89개 있다. 이처럼 자국화 번역이 이국화 번역보다 두배 정도 많이 나타난 현상을 보면, 역자가 일부러 주류 문화 가치관과 부딪쳐 기존 문화와 구별된 새로운 문화 의식을 도입하고 소외된 문학을 독자의 시야에 유입하는 점은 아쉽기도 한다. 하지만 이는 『개구리』의 역자가 번역하는 과정에서 독자들의 보다 쉬운 이해를 원칙으로 이 두 가지를 영활하게 쓰면서 원문을 보다 더 유창하게 번역한 것이라고 본다.

번역에서 불가피적으로 문화 이미지에 관해서는 오독과 곡해가 있기도 하였지만 바로 이런 곡해 때문에 번역 연구는 보다 의미 있는 것이다. 바로 그 점이 보다 두 가지 문화의 만남의 양상을 잘 말해주기 때문이다.

참고문헌

1. 기본 자료

모옌 저, 신규호, 유소영 역, 『개구리』, 민음사, 2012.06.29.

莫言, 『蛙』, 杭州 : 浙江文艺出版社, 2018.

2. 단행본

메리 슈넬-혼비, 허지운 외 옮김, 『번역학 발전사』, 이화여자대학교출판부, 2010.

남기탁 외, 『방언』, 국학자료원, 2002.

3. 학위논문

김기영, 『문학의 언어 혼종성 번역 양상 연구』, 이화여자대학교 통역번역대학원 박사학위논문, 2017.07.

김선영, 『번역의 문화편향성과 번역 비평의 새로운 모색』, 서울여자대학교 대학원 박사학위논문, 2012.01.

박효진, 『한국 현대 단편소설 작중인물 이름의 영어번역 연구』, 동국대학교 대학원 박사학위논문, 2015.07.
장혜선, 『중한 은유 번역 전략 연구 - 모옌(莫言)의 작품을 중심으로』, 한국외국어대학교 박사학위논문, 2019.02.
여점화, 「신경숙 소설 『엄마를 부탁해』의 3종 중역본 번역 연구」, 숭실대학교 대학원 석사학위논문, 2016.12.
염가영, 「韓國語와 中國語 否定表現 比較硏究-『紅高粱家族』에 나오는 否定表現을 中心으로」, 강원대학교 11. 석사학위논문, 2016.08.
우동인, 「영한 번역의 이국화와 자국화」, 부산대학교 대학원 석사학위논문, 2009.02.
장소연, 「한강의 『채식주의자』 영역본에서 나타난 번역 전략 연구」, 전남대학교 대학원 석사학위논문, 2018.02.

4. 학술지 논문

蒋骁华·张景华, 「重新解读韦努蒂的异化翻译理论——兼与郭建中教授商榷」, 『中国翻译』, 2007.
郑贻鹏, 「师傅越来越幽默」中的成语韩译研究—以功能翻译理论为中心」, 『中韩语言文化研究』 第16辑.
김가희·박효진·박윤희, 「베누티의 소수화 번역-또 하나의 명칭 "이국화"」, 『철학사상문화』 24호, 2017.06.
김명숙, 「모옌 문학 한국이 역본에 나타난 문화정보의 유실과 오독」, 『한중인문학연구』 제53집.
김봉석, 「한국사회학에 대한 번역사회학적 연구 시론(試論)」, 『문화와 사회』 제24권, 2017.08.
김봉철, 「두 시공산을 잇는 작업, 헤로도토스 「역사」의 번역」, 『서양고대사연구』 제52집.
김선영, 「일반적 문화편향성을 넘어 상생의 미학으로」, 『비교문학』 제64집, 2014.10.
김시몽, 「번역을 향한 증오」, 『비교문학』 제54집, 2011.06.
김재희, 「한국문학작품에 나타난 문화소 번역방법 연구: 단편소설의 한-영, 한-아 번역을 중심으로」, 2018 KAFLE Annual Conference.

권병철, 「『양반전』의 문화 특정적 요소 변역 전략」, 『고전번역연구』 제5권, 2014.12.

권오숙, 「한국 문학 텍스트 영역(英譯)에 나타난 문화소 번역 경향 연구」, 『통번역학연구』 제18권 3호, 2014.07.

남철진, 「중국 소설 번역에 보이는 오역의 원인 및 양상에 관한 연구 - 중국소설 「師傅越來越幽默」 번역을 중심으로」, 『외국학연구』 제36권, 2016.

마승혜, 「독자 수용성 제고를 위한 번역 비가시성 요소 분석 및 논의: 『채식주의자』와 영역본 The Vegetarian에 대한 체계기능언어학적 분석을 중심으로」, 『통번역학연구』 제21권 1호, 2017.01.

박효진, 「번역의 지향점에 대한 설문조사 연구」, 『영어권문화연구』 제9권 3호, 2016.12.

선영아, 「베누티, 상호텍스트성, 해석」, 『불어문화권연구』 제26호, 2016.12.

손지봉, 「21세기 중한 문학 번역의 현황과 전망」, 『한중인문학연구』 제48집, 2015.08.

신나미, 「다시 번역하기로서의 읽기: 번역의 스캔들을 통해 살펴본 테레사 학경 차의 「딕테」」, 『영미연구』 제44집, 2018.

윤선경, 「문화적 타자성을 전경화한 영어번역: 「시인」」, 『세계문학비교연구』 제45집, 2013 겨울호.

윤성우, 「들뢰즈의 차이 번역론과 그 가능성들」, 『통번역학연구』 제23권 1호, 2019.02.

______, 「번역윤리 담론의 패러다임 변화」, 『번역학연구』 제19권 5호, 2018.12.

______, 「번역철학: 그 계보학적 탐구」, 『통역과 번역』 제15권 1호, 2013.

______, 「언어, 번역 그리고 정체성–베르만, 베누티, 그리고 들뢰즈의 번역이론을 중심으로」, 『통번역학연구』 제13권 2호, 2011.02.

______, 「'윤리' 개념과 '도덕' 개념의 구분을 통해서 본 번역윤리」, 『통역과 번역』 제17권 3호, 2015.

이미경, 「베누티의 '차이의 윤리'와 이국화 번역에 대한 비판적 고찰 베르망의 관점으로」, 『번역학연구』 제10권 2호, 2009.06.

이상원, 「베누티의 이국화와 자국화, 그 작용을 위한 고찰」, 서울대학교.

장혜선, 「중한 문학 번역에서의 은유 표현 연구 - 모옌의 『모두 변화한다」를 중심으로」, 『人文科學』 제113집, 2018.08.

조보로, 「莫言小說『生死疲勞』韓譯本中文化負載詞的翻譯策略」, 『중국문학』 제91집, 2017.05.

조숙희, 「베누티의 이국화로 본 김지영의 번역 텍스트」, 『영어권문화연구』 제8권 3호, 2015.12.

조재룡, 「이해와 해석, 번역가의 소임, 낯섦에 대한 비판적 고찰」, 『비평문학』 제42호, 2011.12.

최수지, 「「맥베스」의 운문 번역 분석: 베누티의 잔여태 이론의 관점에서」, 2015년도 대한영어영문학회 봄 정기학술대회 및 정기총회 문화간 교류의 매개로서 영어영문학연구.

제2부

—

세계 속의 지역어문학·문화 연구의 전망과 지평 – 일본

통신사 교류를 통해 본 오규우 소라이 고문사론의 동아시아적 의미

荻生徂徠의 「贈朝鮮使序」를 중심으로

이효원

1. 문제의 소재

18세기 일본 사상사에서 가장 큰 사건을 꼽는다면 오규우 소라이(荻生徂徠, 1666~1728)와 그의 학문을 추종하는 소위 徂徠學派의 등장이라 할 수 있다. 소라이의 학문과 사상에 대해서는 일본 학계에서 일찍부터 많은 연구가 이루어져 왔다. 특히 소라이가 古文辭學이라는 학문 방법론을 통해 주자학을 극복함으로써 근대 국가로 이행할 수 있는 계기를 마련했다는 마루야마 마사오(丸山眞男)의 연구는 반세기가 지난 지금도 여전히 주류적인 학설로 통용되고 있는 실정이다. 마루야마 마사오의 연구를 포함해 일본 사상사의 내재적인 흐름 속에서 소라이가 차지하는 위상에 대한 연구는 헤아릴 수 없을 만큼 많이 이루어졌지만, 대부분의 연구가 一國史的인 관점에서 동아시아에 대한 일본의 독자성을 증명하려는 시도를 크게 벗어나지 못하고 있다. 이는 지금도 여전히 일본 역사학계의 주류를 차지하는 脫亞的 일본사 연구 경향과도 맥락을 같이 한다.[1] 마루야마 역시 탈아적 관점에서 전근대 조선과 중국의 역사발전을 정체시켰던 주자학이 소라이에 의해서 비로소 해체되었다고 했으며, 이것이 동아시아에서 일본만이 유일하게 서구적 근대를 성취할 수 있었던 이유라고 하였다. 서구적 근대의 당위성에 대한 물음은 차치하고라도 일국사적 관점으로는 전근대 동아시아 권역에서 이루어졌던 역동적인 교류의 실상을 살필 여지가 없어진다. 소라이 연구 역시 이러한 덫에 걸려 있는 듯이 보인다. 지금까지 일본에서 수많은 소라이 연구가 이루어졌지만 그 중에 조선과의 관계에 대해 언급한 것은 거의 없다는 점이 이를 반증한다.[2]

에도 막부 개창 이래 일본이 통신사 교류를 통해 조선과 지속적인 관계를 맺어왔다는 사실은 널리 알려져 있다. 그럼에도 불구하고 에도 시대 초기 일본 주자학과 조선 주자학의 영향 관계에 대한 연구[3] 외에는 이후 다기하게 전개된 일본 사상사와 통신사 혹은 조선과의 관련성에 대한 연구는 거의 눈에 띄지 않는다.[4] 이는 사상사 내지는 한문학

---

1 일본 근세사 연구의 탈아적 경향에 대해서는 미야지마 히로시(2013), 173~186쪽을 참조.

2 일본에서는 이루어진 연구로 杉田昌彦(1996)와 藍弘岳(2014)가 있다.

3 阿部吉雄(1978)가 대표적이다.

4 夫馬進(2008), 215~260쪽에서 이러한 작업을 부분적으로 시도한 바 있다. 그러나 夫馬進 역시 큰 틀에서는 탈아적 관점에서 벗어나지 못한 것으로 보인다. 일국사적 관점에서 벗어나 연구의 시야를 조선과 중국으로 넓힌 점은 주목할 만하나, 그의 논의 역시 명청교체기에 일본이 중국과 대등한 세력을 형성하여 日本型華夷秩序를 구축하였다는 실상과 동떨어진 일본 역사학계의 논의를 무비판적으로 답습하고 있다. 또 후마 교수는 통신사가 일본에서 徂徠學(소라이학)이라는 최신 학문방법론을 접하고 조선에 수입하는데 급급했으며, 이를 통해 당시 일본 학문의 선진성을 알 수 있다고 했는데, 이러한 논의의 이면에는 소라이의 등장으로 일본은 이미 주자학에서 탈각했으며 이것이 선진적이라는 전제가 깔려 있다. 소라이학을 소개하면서 인용한 논저가 마루야마 마사오의 『日本政治思想史研究』라는 점에서 그가 어떤 시각에서 통신사(조선)를 보고 있는지 짐작할 수 있다. 반세기가 지난 연구를 무비판적으로 답습하는 이러한 태도는 후에 제출된 「一七六五年洪大容の燕行と一七六四年朝鮮通信使−両者が體驗した中國·日本の'情'を中心に」,

연구에서조차 탈아적 역사인식을 바탕으로 서구적 근대성의 선취 여부에 지나치게 천착하는 일본 학계의 풍토를 여실히 보여주는 사례라 하겠다.

소라이가 王世貞과 李攀龍의 저서를 통해 복고적 문학론을 섭취하고 古文辭學을 제창한 사실은 일본에서 일찍부터 강조되었는데 비해, 당시 통신사행을 통해 일본과 직접 通交하고 있었던 조선과의 관계에 대해서는 별로 관심을 가지지 않았다. 통신사 방문에 열광했던 당대 일본 학계의 반응으로 볼 때 소라이 역시 통신사에 대해 무관심하지 않았을 것임을 짐작할 수 있다. 그렇다면 소라이는 통신사, 나아가 조선을 어떻게 인식했으며 어떤 관계를 맺어나가려 했을까.

본고에서는 이러한 물음을 염두에 두고 소라이가 통신사에게 준 송서를 소개하고 그 의의를 검토하였다.

2. 오규우 소라이(荻生徂徠)의 「증조선사서(贈朝鮮使序)」

「贈朝鮮使序」는 소라이가 1719년 일본을 방문한 통신사에게 준 送序이다. 이 자료는 에도 시대에 간행된 『徂徠集』에는 실려 있지 않으며, 간행 이전의 원고인 『徂徠集稿』에만 수록되어 있다. 『徂徠集稿』는 소라이 사후 핫토리 난카쿠(服部南郭, 1683~1759)를 중심으로 다자이 슌다이(太宰春臺, 1680~1747), 미우라 치쿠케이(三浦竹溪, 1689~1756), 켄타쿠

東洋史研究會, 『東洋史學研究』 第67卷, 2008에도 그대로 이어진다. 이에 대한 비판은 이효원(2019)에 자세하다.

(堅卓, ?~1740) 등 소라이학파의 高弟들이 스승의 원고를 校合하여 淨寫한 것으로 간행 전 최종적인 편집 단계에서 만들어진 稿本이다.[5] 이 최종 원고도 상당 부분 산삭된 후 간행되었는데 그 중에 「贈朝鮮使序」도 포함되어 있다. 「贈朝鮮使序」는 『徂徠集稿』 제11권에 수록되어 있으며 모두 세 편이다. 제목 상단에 '以下刪亦可'라고 붉은 먹으로 표기되어 있어 간행단계에서 산삭되었음을 알 수 있다. 제목 밑에 小字雙行으로 '屬藁未投而止'라고 되어 있는 것으로 볼 때 이 글은 결국 통신사에게 전달되지 않은 것으로 보인다.

이하 각 편의 주요 내용을 살펴보기로 한다.

1) 제1편: 무위(武威)에서 문치(文治)로[6]

첫 번째 편에서 소라이는 에도(江戸) 막부(幕府) 이전의 일본을 '武威'로, 이후를 '文治'로 규정하며 태평성대에 조선과 일본이 교류하게 된 일을 칭송하고 있다. 주지하다시피 토쿠가와 이에야스(德川家康, 1542~1616)가 에도 막부를 열기 전, 일본은 전국 각지에서 군웅이 할거하는 戰國動亂의 시대가 백 년 이상 지속되었다. 전국 말기에 대권을 장악한 토요토미 히데요시(豊臣秀吉)는 다이묘(大名)들의 분출하는 힘을 한반도로 향하게 하여 임진전쟁을 일으켰으며, 이로 인해 스스로 쇠망을 자초하여 마침내 토쿠가와 이에야스에게 패권을 넘겨주게 된다. 이

5 『徂徠集稿』는 日本 慶應義塾大學 도서관에 소장되어 있으며 결락된 일부가 東北大學 도서관에 소장되어 있다. 자세한 것은 『徂徠集·徂徠集拾遺』, 『近世儒家文集集成 第三卷』, ぺりかん社, 1985의 해제를 참조할 수 있다.

6 각 편의 제목은 필자가 붙인 것이다. 원래 「贈朝鮮使序」라는 제목 아래 세 편의 글이 묶여 있으며, 제2편과 제3편에는 제목 없이 '同前'이라 되어 있다.

후 제4대 쇼오군(將軍) 츠나요시(綱吉)에 와서 일본은 유학에서 최고의 가치로 삼는 忠孝와 禮義를 武家社會의 기본 법도로써 받아들이게 된다. 이러한 분위기에서 유학자로 성장한 소라이가 전쟁의 역사를 '武威'라고 비판하고 이에야스가 개창한 에도 막부는 '文治'를 이룩하였다고 인식하는 것은 당연하다고 하겠다. 그런데 그 논리가 조금 이상하다.

소라이는 서두에서 "治世에는 文으로 다투고 난세에서는 武로 다투니 둘 사이에 어찌 감회가 달려있지 않겠는가"[7]라고 하며 통신사와 일본의 문사들이 시를 창화하는 것을 일종의 싸움(전쟁)으로 간주하였다.[8] 그는 조선이 예로부터 일본의 무력에 굴복했으며 "근래 텐쇼오(天正)[9] 연간에는 豊王[10]이 10만의 군사로 조선에 죄를 물었다"[11]라고 하며 임진전쟁의 기억을 소환한다. 당시 일본의 병사들이 활과 화살, 갑옷을 입고 화포를 비롯한 각종 무기, 전함과 군량을 갖추어 조선을 공격했으나 저항에 부딪혀 물러날 수밖에 없었다는 것이다.[12] 그리고 전쟁이

7 "世治, 競於文, 亂乃武爭, 二者之間, 豈不感槩繫之乎!"(「贈朝鮮使序」 제1편, 『徂徠集稿』 권11)

8 통신사와의 창화를 전쟁으로 인식하는 태도는 1636년 통신사행부터 이미 나타나며, 1763년에 특히 두드러진다. 일본 유학자 가운데에는 神功皇后의 조선정벌을 준신하면서 豊臣秀吉이 일으킨 임진전쟁을 이와 연관시켜 이해하는 이들이 적지 않았다. 여기에 대해서는 구지현(2010: 52~56)을 참조. 소라이가 창화를 전쟁으로 인식한 것은 「水足氏父子詩卷序」에서 두드러진다. 여기에 대해서는 이효원(2012)를 참조할 것.

9 天正: 일본의 연호. 1573년부터 1592년까지이다. 여기에서는 임진전쟁이 일어난 1592년을 가리킨다.

10 豊王: 豊臣秀吉을 말한다.

11 "我之與朝鮮, 其在古昔亡論已, 近不見夫天正年之事歟? 豊王乃以十萬之師, 請罪大邦."(같은 곳)

12 "我士之從而蹈海者, 莫不各穀乃甲冑, 敿乃干, 備乃弓矢火砲, 鍛乃戈矛, 厲乃鋒刃, 峙乃糗糧, 器械舟楫之具, 爭先而進, 務奮勇出奇以求勝, 而大邦亦以此應之."(같은 곳)

끝난 것을 두고 "그 회맹은 자른 귀와 포로를 보냄으로써 이루어졌다"[13]라고 하며, 일본이 조선을 굴복시켰음을 분명히 하고 있다. 조선인의 귀를 잘라 耳塚을 만들고 수만 명에 달하는 백성들을 납치해가는 일이 몹시 참혹하다[14]고 하면서도 이에 대한 반성이나 성찰은 전혀 보이지 않는다. 오히려 이어지는 글에서 소라이는 통신사를 토쿠가와 막부에 조공하러 온 사절단으로 폄하하기까지 한다.

> 우리 神祖[15]께서 文德을 닦으시어 잘 다스려 편안하게 해주시고 이웃을 잘 대하여 귀하게 여기니, 大邦[16] 또한 몸을 굽혀 대대로 왕업을 보존하는 예를 따라 그 학사대부로 하여금 무리를 이끌고 옥과 비단 등 여러 가지 조공하는 물품을 더해서 공손하게 와서 임하였다.[17]

임진전쟁 때 조선은 일본의 '武威'에 굴복했으며, 이후 토쿠가와 이에야스가 '文治'의 정책을 펴자 왕업을 보존하기 위해 조공을 하러 왔다는 것이다. 통신사에게 주는 送序로서는 무례하기 짝이 없는 내용이다. 소라이는 이에야스가 어질고 겸손하여 忠信과 禮義와 겸양으로 조선과 친교를 맺으니 조선에서 사신을 보내어 "우리나라를 觀光"[18]하러 왔다

13 "其友也遺之以馘與獲."(같은 곳)

14 "是雖戎事之恒, 亦何慘也."(같은 곳)

15 神祖: 德川家康을 말한다.

16 大邦: 조선을 가리킨다.

17 "及我神祖之修文德, 以綏柔之, 善隣而寶之, 而大邦亦俯從世王(대대로 왕업을 보존함. 『書經』『旅獒』"允迪玆, 生民保厥居, 惟乃世王.")之禮, 俾其學士大夫, 率其屬, 執玉帛, 加諸庭實, 儼然辱來臨焉."(같은 곳)

18 "從聘使而觀光於我者"(같은 곳)

고 하였다. '觀光'은 上國의 문명을 보러 온다는 말로 주변부에서 중심부의 문명을 사모하여 방문한다는 의미를 내포하고 있는바, 소라이의 일본 중심적인 華夷意識을 잘 보여준다. 일본이 동아시아 문명권의 중심 국가라는 망상에 가까운 발상[19]은 소라이의 다른 글에서도 종종 보이는데, 이 글 역시 동궤에 있다.

또 소라이는 "(조선 문인이) 우리 문인과 더불어 바른 품성을 닦고 위의를 삼가고 언사를 아름답게 하고 재주를 빛내어 알아주기를 구하여, 그 文으로써 사귀고 시를 지어서 주는 것으로써 벗삼으니 연회를 하는 모임이 어찌 아름답지 않으리오"[20]라고 하며 양국 문인 간에 필담창화가 이루어진 것을 칭송하면서도, 통신사가 "문사에 풍부함을 힘써 자랑해서 시문을 많이 민첩하게 짓는 것을 君子의 싸움으로 여기는 것 같았다. 이것은 모두 스스로 자랑하는 바에 부림당해서 그렇게 된 것 같"다[21]고 하며, 朝日 문사 사이에 이루어진 필담창화를 武威에 굴복당한 조선이 文으로써 일본에 싸움을 걸어온 것으로 인식하였다. 이는 실상과는 전혀 다르다. 당시 통신사가 방문하면 이들을 만나 자신의 기량을 확인하거나 수창을 통해 일본 문단에서 명성을 얻고자 하는 일본 문인들이 使館에 몰려들었으며, 통신사의 제술관과 세 명의 서기는 이들을

19 이러한 인식은 당대 일본 지식인들에게서 흔히 보이는바, 16세기 후반에서 17세기 초반에 걸쳐 에도 막부의 武威를 기반으로 형성된 일본 중심적 화이의식과 관련이 있다고 생각된다. 여기에 대해서는 桂島宣廣(2009), 51~59쪽 및 손승철(2006), 223~225쪽, 이효원(2012), 403~404쪽을 참조.

20 "大邦之士, 從聘使而觀光於我者, 皆各與我薦紳之徒, 砥其廉隅, 飭其威儀, 美其言辭, 掞其才華, 以求見知, 其交也以文, 其友也稱詩以贈之, 是其享嘉之會, 豈不懿乎."(같은 곳)

21 "後者之來也, 亦或有若務誇辭藻之富, 鬭多與敏以爲君子之爭者焉. 是皆求自逞之所使."(같은 곳)

응대하느라 하루에 수백 편의 시를 써 주는 등 고충이 이루 말할 수 없다는 기록이 통신사행록 곳곳에 보인다. 이러한 사정으로 인해 자연히 빠른 속도로 많은 시를 짓게 된 것이지 대결 의식을 가지고 있었던 것은 아니다.[22]

글의 말미에서 소라이는『詩經』豳風「七月」을 인용하면서 神祖의 어짐과 은택이 널리 미쳐 조선과 일본이 서로 평화롭게 교통할 수 있게 되었다[23]고 하며, 이번에 방문한 통신사 일행 가운데 자신이 만난 進士某君[24]이 예전처럼 詩文으로 경쟁하려는 모습이 없어서 예의의 풍속을 체화한 듯하다고 칭송하며 글을 맺었다.[25]

2) 제2편: 창화(唱和)를 통한 교린(交隣)

소라이는 제2편에서 다른 나라와 외교를 할 때 어째서 시를 서로 수창하는지에 대해 원론적인 의론을 펼친다. 서두에서 소라이는 "우리나라에 來聘한 조선의 여러 군자들이 모두 민첩하게 시를 잘 짓는다고 한다. 내가 어릴 적 향리에서 노선생에게 배울 때 그 말을 듣고 내심 부러워하지 않은 적이 없어서 그 모습을 한 번 보고 大邦의 빛을 보기를

---

22 오히려 조선 문인의 입장에서는 문화적으로 후진국이라 생각했던 일본을 교화하려는 의식이 더 강하지 않았나 생각된다. 소라이의 武威에 기반한 우월의식과 통신사의 文에 기반한 우월의식이 각기 전도된 인식으로 나타나는 점이 흥미롭다.

23 "要之, 春日載陽, 倉庚鶥鳴, 凉風飆至, 鷙鳥習擊, 覩今之徽, 慨昔之黷, 以幸兩邦之無事, 以樂昇平之盛觀, 愈益見夫神祖之深仁厚澤, 所被者溥且遠矣哉."(같은 곳)

24 주로 제술관과 세 명의 서기가 일본 문사와 교류하였는데,『司馬榜目』의 기록을 참고할 때 서기 姜栢이라 생각된다.

25 "是歲秋, 値大邦使使賀我新政, 而余迺獲與其進士某君, 相見於館所, 與之語以驩也. 已徐窺其所淵蓄, 則亦蒼然光哉. 滈乎泓也, 然莊乎知所自重耶. 乃莫有輕佻少年之態, 若上所道者焉, 以此而又知大邦禮義之俗, 駸駸乎進於曩者焉."(같은 곳)

원했다"[26]라고 하며 조선 문인이 시를 빨리 짓는 것에 대한 부러움을 숨기지 않았다. 특히 "대방의 빛을 보고자했다[觀大邦之光]"라는 말은 앞서 제1편에서 통신사가 일본의 빛을 보러 왔다[觀光]고 말한 것과는 정반대의 인식이다. 조선 문인의 詩作 능력이 일본 문인보다 낫다는 것을 인정하는 듯 보인다.

또 지난 시기 통신사 가운데 洪世泰나 李礥과 같은 훌륭한 문인이 있었다는 사실을 뒤늦게 전해 듣고 만나지 못한 것을 몹시 한탄하였다.[27] 그러나 금년(기해년: 1719)에는 통신사를 따라 온 "申君"[28]을 만나 시를 수창하고 그 민첩함에 감탄하여 함께 간 동료들에게 "大邦의 여러 군자들이 시를 잘 짓는데 어찌 天性이 아니겠는가? 게다가 또 선발해서 왔는데 말할 것이 있겠는가"라고 하였다.[29] 소라이가 1711년 사행 때의 필담창화집인 『問槎畸賞』에 비평을 가하면서 통신사의 시가 宋詩의 氣習에 젖어 있다며 신랄하게 비판한 것[30]과 비교해 볼 때 높은 평가를 내리고 있음을 알 수 있다.

이어서 소라이는 국가 간의 외교에 어째서 시가 필요한가에 대해 논한다. 그의 말에 따르면 시란 감정을 따르고 사물에서 촉발하여 나온

26 "蓋朝鮮諸君子來聘我者, 率皆敏善詩云. 余自燥髮受業諸老先生鄉祀間時, 傳聞其事, 未嘗不私心歆艷, 以希一望其儀刑, 而觀大邦之光也"(「贈朝鮮使序」 제2편)

27 "數年後, 與聞野鶴山及門人周南縣孝孺之言, 而後知有滄浪洪君·東郭李君其人焉乎爾, 則又未嘗不喟然嘆其當我之世失之也."(같은 곳)

28 申君: 기해사행 당시 제술관인 申維翰을 가리킨다.

29 "今歲己亥, 某號申君從聘使以來, 而余迺始獲偕二三者就見於其館, 則亡論其威儀棣棣爲君子人已, 迺稱詩屬和, 敏亦踰故嘗所聞者哉, 旣見而退, 竊與二三子相謂曰: '大邦諸君子善詩, 豈天性耶, 亦以選來也.'"(같은 곳)

30 박상휘(2012); 이효원(2016).

것으로 군자의 말을 경계하고 國命을 빛나게 하는데 최적의 요건을 갖추고 있다.[31] 그래서 공자가 "시 삼백 편을 외우고도 사방으로 사신을 가서 專對를 할 수 없다면 아무리 잘한다 하더라도 그걸 어디다 쓰겠는가!"라고 하였으니, 춘추시대 列國의 大夫가 朝聘과 燕饗을 시로써 한 것은 古道가 그러했기 때문이라는 것이다.[32] 이어서 그 모범적인 예로 季札과 屈原, 蘇武를 들고 있다.

계찰은 "공자가 그 묘석에 吳나라의 君子라고 쓴 사람"[33]으로 "음악을 연주하는 것을 보고 열 두 國風과 雅頌을 논해서[34] 마음속에 깊은 이해가 있어서 밝은 것이 불을 보듯 환하니 시에 대해서 깊다고 하지 않을 수 없다"[35]고 하며 칭송하였다. 이어서 굴원은 楚나라에서 외교를 담당하여 제후들을 만날 때 우아한 辭令으로 이름이 높았으며, 그가 지은 「離騷」와 「九章」은 시경의 國風과 小雅를 겸비하여 변화시킨 것이라 평가하였다.[36] 또 漢나라 사신 가운데 蘇武가 가장 칭송을 받았으며, 그의 오언시보다 아름다운 것은 없다고 하였다.[37]

---

31 "夫詩也者, 緣情觸物, 小大不遺, (…) 可以飭君子之言, 華其國命者, 莫是善焉已."(같은 곳)

32 "故孔子曰: '誦詩三百, 使於四方, 不能專對, 雖多亦奚以爲!' 言不深於詩無能使也. 是以春秋時, 列國大夫, 朝聘以之, 燕饗以之, 古之道爲然矣."(같은 곳)

33 "札豈非孔子所標其墓有吳君子者耶."(같은 곳)

34 춘추 시대 吳나라 사람인 季札은 禮樂에 밝았는데 魯나라로 사신 갔을 때 거기서 연주되는 周나라 음악을 듣고 列國의 治亂興衰를 알았다는 고사가 『春秋左傳』 襄公 29년조에 전한다.

35 "觀於樂, 論十二國風及雅頌, 懸中冥解, 明如觀火, 可不謂深乎."(같은 곳)

36 "降焉而屈原爲左徒于楚, 使諸侯應對賓客, 以嫺辭令見稱, 豈復有它道乎. 所撰「離騷」「九章」, 兼風與小雅而變之, 則猶之詩耶."(같은 곳)

37 "漢之使它邦, 以蘇武爲稱首, 而武之五言, 莫美焉."(같은 곳)

역대 외교를 담당한 인물 가운데 시에 능한 대표적인 문인들을 나열한 다음 소라이는 일본의 대표적인 시인으로 晁衡(698~770)을 들었다. 晁衡은 견당유학생으로 당나라에 건너가 과거에 급제하여 安南節度使, 潞州大都督 등의 관직을 역임하였으며 李白·王維·儲光羲 등 당대의 이름난 詩人과 교유한 인물이다. 소라이는 자신이 詩作의 典範으로 삼았던 開元·天寶 연간의 詩人들과 晁衡이 대등하게 교유한 것을 영예롭게 여기면서, 당나라 시인 가운데 사신으로 이름난 자는 없었는데 오직 '우리 晁衡'만이 그러하다는 점을 강조하였다.[38] 그리고 "옛날 사신을 가는 법도가 蘇武만한 사람은 없지만, 우리 東人으로는 晁衡이 있음을 알 뿐이다"[39]라고 거듭 자부하였다. 마지막으로 자신이 통신사와 수창한 것을 晁衡이 당나라 시인들과 사귄 것에 비기며 글을 맺고 있다.[40]

소라이는 訓讀하는 관습에 익숙해져 제대로 된 漢詩를 짓지 못하는 일본 문인들을 비판하며 중국어를 배워 중국음으로 한문을 읽고 한시를 창작할 것을 주장하였다. 앞서 제1편에서 보이는 것처럼 자국 중심적인 화이의식을 견지하면서도 詩文 창작에 있어서는 중화, 그 중에서도 漢唐을 전범으로 삼았다. 이런 그의 입장에서 볼 때 당나라에 건너가 자신이 전범으로 삼는 盛唐의 여러 시인과 대등하게 교유한 晁衡을 높게 평가하는 것은 당연하다고 하겠다. 晁衡에 대한 자부심은 은근히

38 "唐詩盛乎開·天, 開·天諸人不以使聞, 聞者唯我晁衡, 迺以詩翩翩乎其間, 可謂榮已."(같은 곳)

39 "夫古昔奉使之節莫武若, 而我者東人也, 知有衡耳."(같은 곳)

40 "且今所與大邦諸君子屬和詩, 多近體, 亦豈無一二有開天之遺音乎. 故我乃不願比諸武, 而竊自附晁衡之交哉."(같은 곳)

자기 자신과 晁衡을 동일시하는 것으로 귀결되는 점이 주목된다.[41] 소라이는 1711년 통신사의 시에 대해서는 宋元의 구폐를 답습하고 있다고 신랄하게 비판했다. 소라이는 오로지 성당의 시풍만을 존숭하는 삼는 편향된 기준을 가지고 통신사의 시를 평가하였는데 여기서도 이런 점이 잘 드러난다. 조선에서는 당시를 전범으로 삼으면서도 송원의 시와 명시 등 여러 시풍을 두루 섭렵하는 것이 일반적이었다. 그런 점에서 통신사의 시에 대한 소라이의 평가는 일면적이고 일방적이라 할 수 있다.

3) 제3편: 성리학(性理學)과 고문사학(古文辭學)

이 글에서 소라이는 성리학과 양명학에 대한 자신의 관점을 밝히고 있다. 그는 성리학이 처음 관학으로서의 위상을 가지게 된 것이 명나라 때라고 하면서, “대개 宋儒를 존숭하는 것으로 말하면 명나라 같은 것이 없고, 송유를 병폐라 여기는 것도 명나라만한 것이 없다”[42]라고 하였다. 명나라 천자가 “도덕을 통일하여 사대부의 기풍을 바로잡으려하여 이에 儒臣에게 명하여 宋儒의 학업을 닦고 천하에 반포하여, 일을 맡은 사대부로 하여금 반드시 그것으로써 선발하고 임용하게 하였”[43]는데, 이로 인해 辭賦를 등한시 하게 되었다는 것이다.[44] 이런 풍조가 계속되어 3백년이 지난 지금 성리학이 古道에 합치되지 않는 부분이 있음을

41 자신을 晁衡에 비긴 것은 「題問槎畸賞」(『徂徠集』 권19)에도 보인다.

42 “蓋尊宋儒者莫明若, 而病宋儒者亦莫明若也.”(「贈朝鮮使序」 제3편)

43 “初明天子欲一道德正士習, 迺命儒臣, 脩宋儒之業, 頒之天下, 俾士之擧有司者, 必以之進用.”(같은 곳)

44 “它辭賦凡前代所以取士者, 悉絀弗試矣.”(같은 곳)

밝혀졌으며 도덕이 마침내 갈라지게 되었다고 했다.[45]

명나라 초에 영락제가 『四書大全』, 『五經大全』, 『性理大全』 등 유교 경전을 정비하는 사업을 벌여 송학을 기준으로 관료를 선발하는 체제를 갖추었음을 말하였다. 이후 성리학을 존숭하는 풍조가 계속되어 형이상학적인 측면이 강화되면서 古道 즉, 공자가 설파했던 원래의 유교와 합치하지 않게 되었다는 점을 지적하고 있다. 이러한 발언은 소라이가 경학을 연구하는 입장을 보여준다. 소라이는 고대 중국어를 완전히 체득한 다음 六經을 비롯한 선진 고문을 읽어야 한다고 주장했다. 이른바 古文辭學이 바로 그것이다. 그는 宋代 유학자들이 心性論에 근거해 육경을 자의적으로 해석한 것을 부정하고 고문사학을 통해 六經의 본의를 밝혀내고자 했다.[46] 이러한 성과를 『譯文筌蹄』, 『蘐園隨筆』, 『辨道』, 『辨名』, 『論語徵』, 『大學解』, 『中庸解』, 『孟子識』 등의 저서를 통해 발표하였고 이후 소라이학이 일세를 풍미하게 된다.[47]

그러나 소라이는 이 글에서 자신의 경학 연구 성과를 늘어놓기보다 자신이 극렬하게 비판했던 성리학의 성과를 어느 정도 인정하는 태도를 보이는 점이 주목된다. 이어지는 글에서 소라이는 정자와 주자를 비롯한 송나라 유학자들이 四書를 六經에 이르는 계단으로 삼았다고 하였다.[48] 또 이들이 〈太極圖說〉을 표준으로 삼아 마음을 탐구하여 '天

---

45 "愈益研究之弗已, 乃始有一二或能見其未盡合於古者出焉."(같은 곳)

46 古文辭學의 목적과 방법에 대해서는 吉川幸次郎(1978), 684~686쪽 참조.

47 소라이의 고문사론과 관련된 저서인 『譯文筌蹄』, 『蘐園隨筆』는 각각 1714년과 1715년에 간행되었다. 자신의 경학론의 큰 틀을 제시한 『弁道』는 1717년에 초고가 성립하였고 수정과 증보를 거쳐 1737년에 정식으로 간행되었다. 여기에 대해서는 今中寬司(1992), 158~167쪽 참조.

48 "夫程朱諸先生所剏始, 乃纘統乎孟子, 取其書配諸『魯論』, 又配之『戴記』二篇, 以階梯

理'와 '人欲'을 구분했으며, 이를 기반으로 心性의 은미함으로부터 禮樂刑政에 이르기까지 밝혀내지 않은 것이 없다고 했다.[49] 그리고 다소 과장된 어조로 "그 광대함은 조화를 포괄하고 천지 사이에 서려있으며, 미세하기로는 곧 극히 짧은 순간까지 들어갔으니, 이는 특별한 지혜가 움직인 바여서 대단히 빛나고 빛났다"라고 칭송하였다.[50] 그리고 성리학자들이 六經에 주석을 단 것이 평생을 다해도 배울 수 없을 정도로 광대하다고 하며 "세상에 드문 人才"라 추켜세웠다.[51]

그리고 양명학에 대해서는 성리학의 '居敬窮理'를 바꾸어 '致良知'와 '隨處體認'을 강조했을 뿐 큰 틀을 바꾸지는 못했다고 하며, 孔子의 학문을 순수하게 따르지 못하고 자기 마음을 굳게 지키는 것에 빠져 송학의 아류가 된 것을 비판하였다.[52] 이것은 마치 司馬遷 이래 『史記』의 短處를 지적하는 사람은 있었지만 紀傳體라는 틀 자체를 바꾸지 못한 것과 같다는 것이다.[53] 그러므로 명나라 때 양명학이 등장하여 성리학을 비판한 것은 성대한 사업을 이룬 것에 불과하다고 하였다.[54]

六經."(같은 곳)

49 "又旁采陳希夷所傳圖書者, 立以根極理道, 而復求梯其衷, 得所謂天理人欲者, 推之一切, 內而心術之微, 外而禮樂刑政, 靡往乎弗晰."(같은 곳)

50 "其大能苞羅造化, 蟠乎兩間, 細乃入秒忽, 是其獨智所運, 煌煌乎大哉!"(같은 곳)

51 "乃沈淫之思, 箋傳六經, 而其卷帙浩繁, 亦有學者竭畢生之力不能窮者, 則可謂命世之才也."(같은 곳)

52 "故如陽明白沙諸公, 其人雖辨博乎, 然廑能易其居敬窮理之說, 而曰致良知, 曰隨處體認而已矣, 而未有能易其所檃籆, 以醇乎洙泗之言, 乃沾沾爾惟堅白是效, 則亦宋儒之流亞焉耳矣."(같은 곳)

53 "辟諸司馬子長之作『史記』, 班固氏而下, 人人有能訾詬其短, 而終不能易其所爲本紀表傳者, 以有別構也."(같은 곳)

54 "故明之病宋儒, 適足以成其豪擧耳."(같은 곳)

여기까지 말한 다음 소라이는 자신의 견해를 이렇게 피력한다.

> 그러므로 나는 일찍이 이렇게 말했다. "세상에 聖人이란 없구나. 宋儒가 古에 부합하는지 아닌지 누가 정하겠는가? 남의 말만 귀로만 듣고 믿는 자는 확실한 자기 주견이 없는 자이며, 억측으로 단정하는 자는 성인의 지혜로 자처하는 자이다. 자기 주견이 없는 자는 내가 실로 좋아하지 않는 바이고, 성인의 지혜로 자처하는 것 또한 내가 감히 하지 않는 바이다." 만일 六經에서 구하여 先王과 孔子의 마음을 얻은 후에야 말할 수 있을 따름이라면, 이는 내가 뜻을 두었지만 아직 못한 것이다. 그래서 고금의 웅장한 것을 들추고 모은 것으로는 문장은 漢이요, 시는 唐이다라고 하는데, 명나라는 실로 이 두 가지를 다 겸했다. 그러나 경학을 연구하는 입장에서 내가 송나라를 버리고 어디로 가겠는가.[55]

"세상에 聖人이란 없구나"라는 말은 이 세상에 완전무결한 성인이란 존재하지 않는다는 말이다. 심성수양을 통해 누구나 '聖人'이 될 수 있음을 주장한 성리학의 입론을 부정하고 있다. 그러므로 성리학자들이 심성론에 의거해 六經을 해석한 것이 그 本意에 부합하는지 어떤지 알 수 없다는 것이다. 그런데도 그것을 스스로 따져볼 생각은 하지 않고 남의 말만 믿고 따르거나 혹은 근거도 없이 마음대로 억측하는 사람을 비판하고 있다. 주자학 이외의 학문을 이단으로 치부하는 조선 문인

55 "故子不佞嘗曰: '世莫有乎聖人爾已哉. 宋儒之合於古與否也, 誰其定之者? 乃以耳信者, 無特操者已, 斷諸臆者, 以聖智自處者已. 夫無特操者, 吾固所不屑, 而以聖智自處者, 亦吾所不敢也.' 若夫能求諸六經, 而有得於先王孔子之心, 而後可得言已, 是吾有志焉而未能也. 是以揚搉古今之所雄長, 則曰: '文漢也, 詩唐也.' 明實兼是二者也, 而經生之業, 吾舍宋何適矣."(같은 곳)

들을 은근히 비꼬는 듯하다. 그렇다면 어떻게 해야 하는가? 성리학자의 주석이 아닌 고대의 언어를 학습하여 직접 육경을 해석하는 것, 즉 소라이가 제창한 古文辭學이 대안이 될 수 있다. 漢代의 문장과 唐代의 시를 익히는 것이 바로 그 시작이다. 이것을 겸비한 것이 바로 명나라, 구체적으로 말하자면 소라이가 전범으로 삼은 왕세정과 이반룡으로 대표되는 의고파 문인들이다. 짧고 함축적인 구절이지만 소라이는 성리학과 성리학을 遵信하는 후대 유학자들을 비판하고 자신의 학문 방법론까지 제시하고 있다.

그러나 마지막 발언은 지금까지 통설로 여겨졌던 소라이의 반주자학적인 면모와는 조금 다르다는 점에서 주목을 요한다. 소라이는 자신이 경학을 연구하는 한 여전히 宋學을 무시할 수는 없다고 했다. 소라이 자신도 젊은 시절에는 성리학을 통해 유학에 입문했고, 통신사에게 주는 글의 성격상 성리학을 정면으로 부정할 경우 파장이 커질 것이라 생각했는지도 모른다. '반주자학'으로 알려졌던 소라이의 학문론에 정면으로 반하는 이 발언에는 이같은 여러 가지 사정이 복합적으로 작용한 것으로 보인다.

이어지는 글에서 소라이는 조선을 "朱氏의 가르침을 받들어 이단이 없다"고 하며 주자의 가르침을 충실히 따르고 있다고 하였다. 그렇기에 명나라에서 이루지 못한 것을 조선이 이룰 수 있을 것이라 하며, 그 근거로 『周易』의 艮卦를 들었다.[56] 『주역』「說卦傳」에 "艮은 東北의 괘이니, 만물이 끝을 이루고 시작을 이룬다. 그러므로 '艮에 이룬다'라

56 "吾聞朝鮮世奉朱氏之敎, 莫有異端焉. 夫明之所不得於士子, 而朝鮮何以能爾? 吾得之『周易』也."(같은 곳)

고 한 것이다"[57]라는 구절이 있다. 소라이는 간괘는 동북을 뜻하며 만물의 시작과 끝을 이루니 바로 조선을 가리킨다고 하였다. 동북에 있는 나라 가운데 조선보다 큰 나라는 없고, 조선 사람들은 질박하고 돈후하여 예와 겸양으로써 해외에서 으뜸이고, 독실하고 빛나 멈추어 옮기지 않는 천성을 지녔으니[58] 성리학을 받아들일 조건이 갖추어져 있다는 말이다.

이어서 소라이는 韓宣子가 魯나라에 가서 周나라의 예가 여기에 있다고 감탄한 고사를 들며 조선과 송나라의 관계는 노나라와 주나라의 관계와 같다고 하였다.[59] 또 이반룡이 閩洛의 여러 명가들이 기반을 잘 닦아서 진정한 왕을 기다리고 있다고 한 말[60]을 인용하며, "저 宋儒의 도는 중국에서 흘러넘쳐 결국 조선으로 갔고, 조선은 그것을 지켜 쇠미하지 않았으니 후세 중국에 왕도를 실행하는 자가 흥기한다면 반드시 여기서 법도를 취할 것이다. 이는 『주역』 '成言'의 說[61]이다"[62]라고 하며, 조선에 왕도 정치의 유풍이 남아 있음을 칭송하고 있다.

조선이 國是로 삼은 성리학을 완곡하게 비판하고 자신의 학문 방법론은 다르다는 점을 은근히 내비치면서도, 후대에 王道를 행하는 자가 나타났을 때 조선에서 법도를 취할 것이라는 말로 글을 맺었다.

57 "艮, 東北之卦也, 萬物之所成終而所成始也, 故曰: 成言乎艮."(『周易』, 「說卦傳」)

58 "艮東北之卦也, 萬物之所成終而成始也, 朝鮮其以此道耶. 東北之國, 莫大於朝鮮, 而其人敦龐樸茂, 以禮讓冠於海表, 篤實輝光, 止而不移, 豈其天性然耶."(같은 곳)

59 "昔韓宣子適魯乃嘆曰: '周禮盡在魯矣.' 朝鮮之於宋, 猶魯之於周歟."(같은 곳)

60 "李滄溟有言曰: '閩洛諸名家, 培植以竢王者.'"(같은 곳)

61 成言의 說: 간괘를 말한다.

62 "夫宋儒之道, 洋溢乎中國, 而終歸朝鮮也, 朝鮮能守之弗衰矣, 後世中國有王者興耶, 其必取法於斯焉. 是『周易』成言之說也."(같은 곳)

3. 「증조선사서(贈朝鮮使序)」를 둘러싼 몇 가지 문제

이상으로 「贈朝鮮使序」 세 편의 내용을 문맥을 따라가며 비교적 자세히 살펴보았다. 제1편에서는 소라이의 자국 중심적 화이의식을 확인할 수 있었고, 제2편은 국가 간 교린에 시가 중요한 역할을 한다는 내용이었으며, 제3편에서는 경학 연구 방법론을 피력하였다. 의례적인 내용의 送序가 아니라 각각의 글이 뚜렷한 주제의식을 가지고 상당히 공들여 썼음을 알 수 있다. 그렇다면 이 글은 언제 지어졌으며 소라이 혹은 소라이학파에 어떤 영향을 미쳤을까? 통신사는 이 글을 읽고 어떤 반응을 보였으며, 이 글이 조선에 미친 파장은 어떠했는가? 결론부터 말하면 이러한 질문에 답할 수 있는 기록은 거의 찾아볼 수 없다. 한일 양국에 남아있는 단편적인 기록들을 확인해가며 이 문제에 대해 논해 보도록 한다.

우선 제목 아래에 소자쌍행으로 '글을 지었지만 주지 않고 그만두었다'(屬稿未投而止)라고 한 것에서 이 송서가 통신사에게 전달되지 않았다는 점은 쉽게 확인할 수 있다. 그렇다면 소라이는 실제로 통신사를 만났던 것일까? 만났다면 언제 어디서 만났으며 이 글은 언제 지어진 것일까? 본문에서 이와 관련한 단서를 찾을 수 있다.

제1편의 말미에 "나는 進士 某君과 관소에서 만나 더불어 말하고 기뻤다. 또한 찬찬히 그가 깊이 쌓은 것을 엿보니 찬란하게 빛나 폭이 넓고 깊은데도 엄숙하게 자중할 줄 아는 것 같았다"[63]라고 하여, 관소에

63 "余迺獲與其進士某君, 相見於館所, 與之語以驩也. 已徐窺其所淵蓄, 則亦蒼然光哉. 滽乎泓也, 然莊乎知所自重耶."(제1편)

서 통신사 일행 중 누군가를 만났으며 그의 학식과 태도를 대단히 구체적으로 묘사하고 있다. 또 제2편에 "올해 기해년에 아무 호를 가진 申君이라는 사람이 조빙하는 사신을 따라 왔다. 나는 이에 비로소 두세 명의 동료와 함께 그 관소에 나아가 만났는데, 위의가 있어서 君子인 것은 말할 나위 없었다. 이에 맞추어 시를 짓고 화답을 하는데 민첩하기가 일찍이 들은 것보다 더 나았다"[64]라는 구절이 있다. '申君'은 제술관 申維翰이라 하겠다. 화답시를 재빨리 짓는 것이 소문보다 더 나았다는 구체적인 진술이 보인다. 이런 기록을 볼 때 소라이는 두세 명의 동료와 함께 통신사를 만나 酬唱을 한 것처럼 보인다.

제2편의 말미에 "朝聘의 일이 끝나고 申君이 장차 돌아갈 때에 제자들과 나눴던 이야기를 서술하여 그가 가는 편에 부친다"라는 구절이 있는 것으로 보아, 통신사와의 만남 이후 통신사가 에도를 떠나 귀국길에 오를 무렵 이 글을 지었다는 것을 알 수 있다. 기해년 통신사는 1719년 9월 27일 에도에 도착하여 東本願寺에 머물다가 10월 15일 귀로에 올랐으니, 이 글은 통신사가 귀로에 오르기 며칠 전에 지어졌다고 볼 수 있다.

글이 지어진 시기는 대략 짐작할 수 있는데 비해 소라이가 통신사를 방문한 날짜가 언제인지는 분명하지 않다. 현전하는 통신사행록과 필담창화집에 보이는 에도 체류 기록[65]을 종합해보면 10월 2일, 4일, 12

64 "今歲己亥, 某號申君從聘使以來, 而余迺始獲偕二三者就見於其館, 則亡論其威儀棣棣爲君子人已, 迺稱詩屬和, 敏亦踰故嘗所聞者哉."(제2편)

65 검토 대상 자료는 申維翰의 『海游錄』(海行摠載所收), 鄭後僑의 『東槎錄』(京都大學附屬圖書館本), 『享保己亥韓客贈答』(日本國會圖書館本), 『韓客贈答』(大阪府立中之島圖書館本), 『信陽山人韓館倡和稿』(日本國立公文書館本), 『朝鮮對話集』(日本國立公

일, 14일을 제외한 날에는 태학두 林信篤과 그의 문도들을 만났음을 확인할 수 있다. 만남이 있고 하루 만에 글을 지었다고 보기는 어려우므로 14일을 제외하면 앞의 3일 가운데 어느 날엔가 소라이와 통신사가 만남을 가졌다고 추정할 수 있겠다.

이상의 기록을 종합해볼 때 소라이가 통신사를 만난 듯이 보이는 것이 사실이다. 그런데 이상한 것은 통신사 관련 기록은 물론[66] 소라이와 관련된 일본의 어떤 사료에도 그가 통신사를 만나 시를 수창했다는 기록이 없다는 점이다. 오히려 필자가 앞서 「贈朝鮮使序」의 내용을 바탕으로 추론한 것과는 상반되는 다음과 같은 기록이 보인다: 통신사가 에도를 떠나 귀로에 오른 지 열흘이 지난 10월 25일, 통신사는 다시 오와리 번(尾張藩: 지금의 愛知縣 서부)에 체류하게 되었는데 여기서 신유한은 오와리 번의 키노시타 란코오(儒官 木下蘭皐, 1681~1752)와 재회한다. 이때 두 사람이 주고받은 편지에서 소라이에 대한 언급이 보인다.[67] 란코오는 소라이의 제자인지라 신유한이 에도에서 소라이의 명성을 들었으리라 생각하고 편지를 보내 소라이의 문학론에 대해 비교적 자세히 소개하였다. 그러나 신유한은 "소라이 선생의 姓과 이름은 아직 들어보지 못했습니다"[68]라며 소라이에 대해 전혀 아는 바가 없지만 그의 문학론에는 공감하노라고 답하고 있다.[69] 앞서 「贈朝鮮使序」 제2편

文書館本)이다.

66 기해년 통신사행록은 『해유록』, 『동사록』, 『부상록』 등이 있는데 어디에서도 소라이와의 만남에 대한 언급은 보이지 않는다.

67 필담은 『客館璀璨集』(大阪府立中之島圖書館本)에 수록되어 있다. 이때 통신사가 처음으로 소라이의 학문에 대해 구체적인 정보를 얻었다.

68 "徂徠先生姓諱亦未聞."(『客官璀璨集』 後篇 11a)

69 이상의 필담은 『客官璀璨集』 後篇 10a~12a 참조.

에서 소라이는 신유한으로 생각되는 '申君'을 만났다고 분명히 기술했는데, 신유한은 불과 10여일이 지난 시점에서 소라이의 문인을 만나 이 사실을 부정하고 있는 것이다. 이처럼 두 자료에서 드러나는 모순된 정황을 어떻게 해석해야 할까?

신유한이 소라이와 그의 문도 두세 명을 만났지만 소라이의 존재를 특별하게 인식하지 못했을 가능성이 있다. 신유한은 에도에 체류할 때 하루에도 수십 명씩 밀려드는 일본 문인들과 일일이 시를 수창해야 하는 고충을 토로한 바 있는데,[70] 이런 상황에서 여러 번 만나거나 특별히 인상 깊은 대화를 나눈 문인이 아니라면 모두 기억하기는 힘들 것이다.[71] 그러나 소라이 정도 되는 학자를 만났는데 인상에 남지 않았을 가능성은 적은 듯하다. 더구나 고문사를 지향했던 신유한으로서는 소라이를 만났더라면 더욱 주목해서 보았을 것이다. 더욱이 소라이의 제자인 다자이 슌다이(太宰春臺, 1680~1747)는 통신사를 만난 후 소라이에게 만남을 보고하는 내용의 시를 보냈고 소라이는 여기에 대해 화답하였다. 거기에도 소라이가 통신사를 만났다는 내용은 보이지 않는다. 이런 여러 정황을 고려할 때 소라이가 통신사를 만나지 않았을 가능성이 큰 것으로 생각된다. 그렇다면 이 贈序는 무엇 때문에

70 『해유록』 10월 3일 조 참조.

71 이러한 정황을 드러내 주는 일례로 『信陽山人韓館倡和稿』를 들 수 있다. 이 필담창화집은 신유한과 세 서기, 그리고 裨將 신분으로 갔던 鄭後僑가 10월 6일 소라이의 高弟로 명성이 높았던 다자이 슌다이(太宰春臺)를 만난 기록이다. 이들이 필담을 나누기 시작하고 얼마 지나지 않아 하야시 노부아츠(太學頭 林信篤)가 접견을 원해 신유한 일행은 서둘러 자리를 파하고 만다. 이것을 아쉽게 생각한 슌다이는 통신사가 에도를 떠난 후 송서를 써서 보냈으나 신유한과 정후교의 사행록에 슌다이에 대한 기록이 전혀 보이지 않는 것으로 보아 끝내 전달되지 않은 듯하며, 따라서 슌다이의 학문과 일본 문단에서의 위상도 전혀 파악하지 못했던 듯하다.

지어진 것일까?

제2편에서 밝혔듯이 소라이는 젊은 시절부터 통신사를 만나 교류하고 싶어 했던 것으로 보인다. 통신사행이 통산 30년 정도에 한 번 이루어지는 것으로 볼 때 기해년 사행이 소라이의 생애에서는 마지막 기회였을 것으로 생각된다. 그래서 미리 통신사에게 보낼 증서를 만들었던 것은 아닐까 생각된다. 앞서 언급했듯이 세 편의 글은 각각 하나의 주제를 가지고 짜임새 있게 구성되어 있으며, 특히 제3편에서는 주자학을 칭찬하면서도 에둘러 비판하며 자신의 학문적 지향을 은근히 드러내고 있다. 그런 점에서 이 글은 실제 통신사를 만날 것을 염두에 두고 창작된 것이라고 보아도 무방할 듯하다. 그러나 모종의 이유로 소라이는 통신사를 만날 수 없게 되었고[72] 이 글은 전해지지 않았으며 문집에도 수록되지 못했던 것이다.[73]

72 당시 소라이는 큰 병을 앓았다가 회복되는 중이었고, 아끼는 제자 중 한 명인 안도 토야(安藤東野)의 죽음으로 몹시 실의에 빠진 상태였다.

73 2013년도에 「贈朝鮮使序」에 대해 처음 글을 쓸 때는 증서의 내용을 액면 그대로 받아들여 통신사와 소라이의 만남이 이루어졌던 것으로 생각하고 그렇게 썼다(이효원(2013a)). 그러나 후에 관련 자료를 두루 검토해도 이들의 만남을 뒷받침하는 증거는 찾을 수 없었다. 그래서 만남이 이루어지지 않았다는 쪽으로 생각이 기울었다. 그 후 2017년 무렵 徂徠硏究會의 澤井啓一 선생께서 여러 가지 자료를 검토하였지만 교류의 흔적을 찾을 수 없으며 만남에 대해 회의적으로 본다고 말씀해주셔서 심증을 굳히게 되었다. 지난 원고를 개고하는 차제에 바로잡는다. 같은 맥락에서 이효원(2013b)의 내용 역시 수정이 필요한데, 후일을 기약한다.

4. 소라이(徂徠) 연구의 비판과 전망 – 결론을 대신하여

「贈朝鮮使序」를 통해 지금까지 별로 언급되지 않았던 소라이의 새로운 면모를 확인할 수 있는바, 다음 몇 가지로 정리할 수 있다.

첫 번째는 소라이의 조선관 내지는 대외인식이다. 소라이는 문화적 교류를 중시하면서도 일본이 武威로 조선을 여전히 압도하고 있다고 생각했다. 통신사가 "대대로 왕업을 보존하는 예[世王之禮]"를 따라 일본의 선진 문물을 보러[觀光] 왔다고 표현한 대목에서 이런 점이 잘 드러난다. 그에게 있어 '文'에 의한 평화적 교류와 '武'에 의한 복속은 전혀 모순되지 않은 듯 보인다. 이같은 자기중심적이고 배타적인 대외인식은 다른 글에서도 보이는바 주목을 요한다. 쿠마모토 번(熊本藩)의 유학자 미즈타리 헤이잔(水足屛山, 1671~1732)이 기해년 통신사와 만나고 난 후 편찬한 『航海唱酬』에 붙인 서문[74]에서 소라이는 조선이 여전히 가토 기요마사(加藤淸正)의 무위에 굴복하고 있다고 하였고, 「츠시마 서기 아메노모리 호오슈우에게 주는 글」(贈對書記雨伯陽敍)에서는 아이누, 琉球는 이미 일본에 복속되었고, 동남아지역과 서방세계는 諸夷로서 하잘 것 없으며, 조선은 '世王之禮'를 지키며 일본과 외교관계를 유지하고 있다고 주장하였다.[75] 유학자로서 응당 지닐 법한 전쟁이나 폭력에 대한 성찰은 전혀 보이지 않는다. 사실 이러한 배타적 대외인식은 소라이에게만 특별히 보이는 것이 아니라 하야시 라잔(林羅山, 1583~1657), 야마가 소코오(山鹿素行, 1622~1685), 아사미 케이사이(淺見

74 여기에 대해서는 이효원(2012)를 참조.

75 여기에 대해서는 임형택(2012), 141~144쪽 참조.

絅齋, 1652~1712), 아라이 하쿠세키(新井白石, 1657~1725)와 같은 유학자들에게서 공통적으로 보이는 일본 사상사의 한 경향이라 할 수 있는데,[76] 소라이 역시 여기서 예외가 아니라 하겠다.

두 번째로 시문을 통한 교류를 중시하는 태도이다. 소라이의 고문사학은 고대 언어에 대한 관심에서 출발했는데, 이는 詩文을 중시하는 태도로 분화해 가기도 했다. 마루야마도 "켄엔(소라이학파를 말함-인용자)의 학풍이 文藝 제일주의로 불리기도"[77] 했다고 지적한 것처럼 소라이학파에게 있어 詩作 능력은 필수불가결한 것이었다. 이런 맥락에서 소라이는 통신사와 교류할 때 무엇보다 시의 수창이 중요하다 생각하여 서문을 통해 이를 강조한 것이다. 그런데 소라이는 조선 문인과의 교류를 '文戰'으로 인식하고 있었다. 조선 문인이 시를 민첩하게 빨리 짓는 것을 군자의 싸움이라 여기고 있으며, 이는 스스로 자랑하는 마음이 앞서서 그렇다는 소라이의 언급은 그가 조선과의 교류를 전쟁의 연장으로 인식하고 있음을 드러내 준다. 국가간의 문화적 교류마저 전쟁으로 간주하는 그의 의식은 배타적인 대외인식과도 일정한 관련이 있다고 생각된다.

마지막으로 성리학에 대한 소라이의 견해를 제3편에서 엿볼 수 있는바, 반주자학의 입장과는 조금 다른 견해라 주목된다. 소라이는 자신이

76 이를 지칭하는 '일본형화이의식'이라는 용어가 일본 학계에서 통용되고 있다. 많은 근세 일본의 유학자들이 이를 바탕으로 일본을 배타적 전체로 사고하며 조선을 조공국이라 인식했다. 이러한 인식은 고대에 형성된 神功皇后 삼한정벌 전승에서부터 이어져왔으며, 16세기 말 豊臣秀吉의 조선 침략으로 확대 재생산되었다. 통신사와 관련해서 주로 나타나는 일본 문사의 이와 같은 인식에 대해서는 이효원(2020)에서 검토하였다.

77 마루야마 마사오(1998), 227쪽.

비록 성리학을 비판하는 입장에 서 있으나 경학을 연구하는 입장에서 성리학을 완전히 배제할 수 없다고 말하고 있다. 성리학이 인간의 심성으로부터 우주에 이르기까지 광대한 사상체계를 이루고 있다는 점을 높이 평가하고 양명학 등 명대에 이루어진 성리학에 대한 비판을 일소에 부치고 있다. 그리고 이반룡의 말을 빌어 성리학이야말로 진정한 王者의 학문이라 하며 주자의 가르침을 따르는 조선을 높이 평가하였다. 반주자학의 표상으로 인식되어 온 소라이의 의외의 면모라 할 수 있겠다.

이상의 논의에서 알 수 있듯이 기왕의 연구에서는 전혀 드러나지 않았던 소라이의 또 다른 면모가 조선이라는 타자를 시야에 넣었을 때 새로이 발견된다. 서구적 근대성의 내재적 전개에 천착하는 일본 학계의 연구가 소라이의 일면만 조명해 왔음을 「贈朝鮮使序」를 통해 확인할 수 있는 것이다.

마루야마의 연구에서 정형화된, 주자학자와 정반대 지점에 위치한 것처럼 여겨졌던 소라이가 대외인식 또는 조선관에 있어서는 오히려 이들과 서로 유사한 지점을 공유하고 있다는 점은 주목을 요한다. 일본을 하나의 '배타적 전체'로 사고하며 타자를 배제하는[78] 근세 일본 유학자의 계보에 소라이 역시 속해 있는 것이다. 이러한 점은 에도 시대 사상사에서 근대를 향한 내재적 계기를 발견하는데 골몰한 연구자들에 의해 완전히 간과되어 왔다. 임진전쟁 이후 형성된 武威에 기반한 일본 중심주의를 반성이나 비판 없이 소라이가 그대로 답습하고 있다는 점을 조선과의 관계 속에서 비로소 확인할 수 있는 것이다. 이와 같은

---

78 임형택(2012), 144쪽.

소라이의 자기중심적이고 폭력적인 타자 인식은 근대 일본이 나아가고자 한 서구 편향적 근대와도 통한다는 점에서 문제적이라 할 수 있다.[79]

또 기왕의 연구에서 소라이가 정치에서 도덕을 분리한 것처럼 문예를 윤리로부터 독립시킬 것을 선언했다는 점을 강조하고 있는데,[80] 이러한 점이 오히려 교린의 장에서 이루어지는 시문 수창을 전쟁으로 인식하게 만든 것이 아닐까 생각된다. 말하자면 정치성과 윤리성이 소거된 문학이란 그 자체로 하나의 기예로 인식될 수밖에 없으며 그것에 담겨 있는 문화적 역사적 함의는 아무런 가치를 지니지 못하게 된다. 선린과 우호의 증표로 주고받는 시문이 하나의 기예로 전락하는 순간 누가 얼마나 빨리 많이 짓는 가가 문제가 되는 것이다. 여기서 조선이 詩文으로 싸움을 걸어온다는 왜곡된 발상이 비롯된 것은 아닐까. 소라이와 통신사가 시문 수창을 통해 유교적 교양을 공유하는 가운데 이루어질 수도 있었던 선린과 우호의 가능성 역시 이러한 생각 때문에 차단된 것이라 생각된다.

또한 소라이학의 탈주자학적인 성향을 부각시킴으로써 학문적 진보성을 찾으려는 연구 경향 역시 재고의 여지가 있지 않나 생각된다. 주자학은 宋代 이래 동아시아의 보편사상으로 기능했으며 근대에 이르기까지 지대한 영향을 미쳤던바, 일본도 예외는 아닐 것이다. 그런데 근대 이래 소라이 연구자들이 소라이학을 주자학과 대타적인 위치에 놓음으로써 소라이 연구는 동아시아적 맥락에서 벗어나 그 독자성을 강

79 소라이의 배타적인 조선관은 일본 근대의 대표적인 계몽사상가인 후쿠자와 유키치(福澤諭吉)에게 계승되었다고 생각된다. 여기에 대해서는 이효원(2013)의 결론에서 간략히 다루었다.

80 마루야마 마사오(1998), 같은 곳.

조하는 방향으로 나아갈 수밖에 없게 되었다. '중국·조선=주자학=봉건', '일본=소라이학=탈주자학=근대'라는 도식 속에서 소라이의 주자학에 대한 비판적인 견해만 재생산되어 왔던 것은 아닌지 생각해 볼 문제다. 소라이가 주자학을 존숭하는 조선 문사를 만났을 때 언뜻 내비친 주자학에 대한 견해는 그렇게 각박하지도 적대적이지도 않다. 소라이의 사상이 완전히 형성되기 이전 단계라는 점, 그리고 통신사에게 주는 글이라는 점을 감안하더라도 소라이는 주자학이 지닌 보편사상으로서의 역할을 일정 부분 인정하고 있는 듯이 보인다. 소라이 역시 주자학으로 유학에 입문했으며, 청년 시절에 주자학을 깊이 연구했다는 사실을 상기할 때 충분히 납득할 수 있는 반응이다. 소라이에게 중요한 것은 유학을 통한 경세였다. 주자학이 제시하는 보편적 인간성에 대한 긍정이 내포한 정치적 급진성이 무가사회 일본에는 어울리지 않는다는 점을 깨달은 소라이는 방향을 수정하여 일본에 걸맞는 학문을 구축해 나간 것이라 생각된다.[81]

그러나 주자학을 해체함으로써 근대성을 '발견'해내야 하는 연구자의 시야에는 이러한 지점이 제대로 포착될 수 없을 터이다.[82] 다시 말해 소라이학을 근대성이라는 문제의식으로만 접근할 때 간과될 수밖에 없는 지점이 존재하며, 그것은 조선이라는 타자를 경유했을 때 비로소 수면 위로 떠오르는 것이다.

81 이와 관련해서 이효원(2017)에서 시론적으로 언급한 바 있다. 근래 일본의 사상사 연구 역시 소라이의 사상을 일본적인 유학으로 보는 경향이 우세하다. 여기에 대해서는 渡邊浩(2019)를 참조.

82 夫馬進(2019)의 통신사 교류 연구가 대표적이라 할 수 있다. 이에 대한 비판은 이효원(2019)를 참조.

이상으로 「贈朝鮮使序」 분석을 통해 소라이 연구의 문제점을 짚어 보았다. 일본의 역사 연구 및 사상사 연구는 동아시아적인 보편성보다는 일국적인 독자성을 강조하는 듯이 보인다. 소라이 연구 역시 여기서 크게 벗어나지 못한 것은 분명하다. 따라서 일국적 관점이 아닌 동아시아 사상사 내지는 교류사라는 맥락 속에 소라이를 위치시킬 필요가 있다고 생각된다.[83] 그렇게 함으로써 비로소 소라이학이 지닌 다면성을 입체적으로 조망할 수 있으며, 탈아적 역사 인식에서 벗어나 동아시아의 지적 자산으로서 소라이학이 어떤 의미가 있는지 되물을 수 있을 것이다.

본고는 『한국한문학연구』 제51집에 수록된 「荻生徂徠의 「贈朝鮮使序」 연구」를 수정, 가필한 것이다. 기존의 논고에서는 소라이와 통신사의 만남을 전제로 서술했으나 후에 이들이 만나지 않았음을 확인하였으며, 본고에서 이를 바로잡았다.

83 예컨대 중화문명을 지니고 있으면 夷狄도 중화가 될 수 있다고 하는 문명중심의 화이관이 17~18세기 일본과 조선의 유학자에게 공통적으로 보인다는 桂島宣廣(2009)의 논의가 있다. 지리나 혈연이 아닌 禮文이라는 동아시아 보편문화를 전제로 한 상대적인 자타인식이 공유되고 있었다는 것이다. 「증조선사서」에서도 드러나듯이 소라이 역시 禮文을 통한 우호적인 교류 가능성을 부정하지 않았다는 점에서 문명중심의 화이관을 지니고 있었다. 그러나 다른 한편으로 '武威'에 기반한 배타적인 자기중심성이 존재한다는 점 역시 간과할 수 없다. 조선에 한해서 말한다면 소라이의 경우는 후자가 더 우세하지 않은가 생각된다. 소라이가 어느 정도 성취했다고 인정되는 근대성의 취약성이 여기서 드러난다.

참고문헌

1. 자료
『徂徠集·徂徠集拾遺』, 『近世儒家文集集成 第三卷』, ぺりかん社, 1985.
『徂徠集稿』(慶應義塾大學圖書館本)
『海游錄』(海行摠載所收)
『東槎錄』(京都大學附屬圖書館本)
『享保己亥韓客贈答』(日本國會圖書館本)
『韓客贈答』(大阪府立中之島圖書館本)
『信陽山人韓館倡和稿』(日本國立公文書館本)
『朝鮮對話集』(日本國立公文書館本)
『客館唱和集』(大阪府立中之島圖書館本)

2. 논저
阿部吉雄, 『日本朱子學と朝鮮』, 東京: 東京大學出版會, 1978.
桂島宣廣, 김정근·김태훈·심희찬 역, 『동아시아 자타인식의 사상사』, 논형, 2009.
宮島博史, 『일본의 역사관을 비판한다』, 창비, 2013.
今中寬司, 『徂徠學の史的研究』, 東京: 思文閣出版, 1992.
渡邊浩, 『일본 정치사상사-17~19세기』, 고려대출판문화원, 2019.
夫馬進, 『조선연행사와 조선통신사』, 성균관대출판부, 2019.
丸山眞男, 김석근 옮김, 『日本政治思想史研究』, 통나무, 1998.

구지현, 「1763년 통신사행과 필담창화 기록-시문창화에 대한 인식을 중심으로」, 『2010 동아시아문화연구소 추계 국제학술회의-1763년 계미 통신사행과 東亞細亞 文化 接觸』 발표문, 한양대 동아시아문화연구소 주최, 2010.
박상휘, 「자료소개: 『問槎畸賞』」, 『국문학연구』 제25집, 국문학회, 2012.
손승철, 『조선시대 한일관계사 연구』, 경인문화사, 2006.
이효원, 「1719년 필담창화집 『航海唱酬』에 나타난 일본 지식인의 조선관」, 『고전문학연구』 제41집, 한국고전문학회, 2012.
______, 「荻生徂徠의 「贈朝鮮使序」 연구」, 『한국한문학연구』 제51집, 한국한문학회, 2013a.

이효원, 「荻生徂徠와 통신사: 徂徠 조선관의 형성과 계승에 주목하여」, 『고전문학연구』 제42집, 한국고전문학회, 2013b.
______, 「18세기 徂徠學의 興起와 通信使」, 『조선통신사연구』 제21집, 조선통신사학회, 2016.
______, 「通信使와 徂徠學派의 교류 양상과 그 의미 – 文明과 武威의 착종과 충돌, 그리고 소통의 가능성」, 『한국문화』 제77집, 규장각한국학연구원, 2017.
______, 「夫馬進의 『조선연행사와 조선통신사』에 대한 비판적 검토」, 『한국한문학연구』 제75집, 한국한문학회, 2019.
______, 「통신사 朝貢使論의 허구성에 대한 역사적 고찰」, 『역사와 현실』 제116집, 한국역사연구회, 2020.
임형택, 「동아시아 삼국간의 '이성적 대화'에 관한 성찰」, 『漢文學報』 제26집, 우리한문학회, 2012.

吉川幸次郎, 「徂徠學案」, 『日本思想大系』 36, 東京: 岩波書店, 1978.
夫馬進, 「1764년 조선통신사와 일본의 소라이학」, 『연행사와 통신사』, 신서원, 2008.
夫马进, 「一七六五年洪大容の燕行と一七六四年朝鮮通信使–两者が体验した中国·日本の'情'を中心に」, 东洋史研究会, 京都: 『东洋史学研究』 第67卷, 2008.
蓝弘岳, 「徂徕学派文士と朝鲜通信使–'古文辞学'の展开をめぐって」, 『日本汉文学研究』 第9号, 二松学舍大学 东アジア学术总合研究所, 2014.
杉田昌彦, 「『问槎畸赏』の序跋について」, 『季刊日本思想史』 第49号, 东京: ぺりかん社, 1996.

제3부

세계 속의 지역어문학·문화 연구의 전망과 지평 – 한국

잡가의 지역성과 반지역성

이상원

1. 머리말

잡가는 개념이 모호하고 그에 따라 범주 설정에 논란이 많은 장르다. 그럼에도 불구하고 잡가의 정체를 부정하기는 어렵다. 잡가는 역사적으로 엄연히 실존했던 장르이기 때문이다. 한 마디로 분명히 존재하였으나 그 정확한 개념을 정리하기는 곤란한 장르로 인식되고 있는 것이 잡가라 할 수 있다. 따라서 잡가의 성격에 대한 탐구는 계속될 필요가 있다.

이 글에서는 지역성의 문제를 키워드로 삼아 잡가의 성격을 밝히는 데 일조해 보고자 한다. 흔히 음악적 특징과 그 전승 지역에 따라 잡가를 경기잡가, 서도잡가, 남도잡가로 구분하여 이해하고 있다. 이런 이해 방식에 따르면 잡가는 지역적 성격이 뚜렷한 장르라 할 수 있다. 그러나 잡가가 도시화, 상업화와 밀접한 관련을 맺으며 발달했고 특히 20세기 이후에는 라디오, 음반 등의 매체를 통해 대중들에게 널리 사랑받는 장르로 자리를 잡았다는 점을 감안하면 지역성보다는 그 외의 요소가 잡가를 규정하는 보다 중요한 자질이라고 생각할 수도 있다. 그렇다면 잡가의 정체성을 파악하는 데 있어 가장 핵심적인 것은 과연 무엇이라고 보아야 할까? 또한 잡가를 이해함에 있어 지역성은 어느 정도의 위상을 차지하고 있을까?

2. 잡가의 지역성과 반(反)지역성

앞서 밝힌 바대로 잡가는 그 전승 지역에 따라 경기잡가, 서도잡가, 남도잡가의 셋으로 구분하는 것이 일반적이다. 잡가를 이 셋으로 나누어 이해하는 것은 그 형성과 전승에 지역성이 깊이 관여하고 있다고 보기 때문이다.

경기잡가는 좌창(坐唱) 계열과 입창(立唱, 선소리) 계열로 크게 나뉜다. 좌창 계열은 다시 긴잡가와 휘모리잡가로 구분하고 있다. 긴잡가는 원래 〈유산가(遊山歌)〉, 〈적벽가(赤壁歌)〉, 〈제비가〉, 〈집장가(執杖歌)〉, 〈소춘향가(小春香歌)〉, 〈선유가(船遊歌)〉, 〈형장가(刑杖歌)〉, 〈평양가(平壤歌)〉 등 8잡가가 중심이었으나 후에 〈달거리〉, 〈십장가(十杖歌)〉, 〈방물가(房物歌)〉, 〈출인가(出引歌)〉 등 잡잡가 넷을 추가하여 12잡가로 불리게 되었다. 휘몰이잡가는 해학적인 내용의 사설을 촘촘히 엮어 빠르게 휘몰아쳐 부르는 것으로〈곰보타령〉, 〈생매잡아〉, 〈만학천봉〉, 〈육칠월흐린날〉, 〈한잔부어라〉, 〈병정타령〉, 〈순검타령〉, 〈기생타령〉, 〈바위타령〉, 〈비단타령〉, 〈맹꽁이타령〉 등이 있다. 좌창이 앉아서 부르는 것임에 비해 입창은 서서 부르는 것이다. 그래서 선소리라고도 한다. 이 입창 계열에 속하는 것으로는 〈놀량〉, 〈앞산타령〉, 〈뒷산타령〉, 〈자진산타령〉 등이 있다.

이들 노래를 경기잡가로 분류하는 것은 이 노래들이 서울을 중심으로 형성되었고 그 전승 또한 서울과 경기 일대를 중심으로 이루어졌다고 보기 때문이다. 주지하다시피 긴잡가인 12잡가는 서울의 사계축(四契軸)이라는 소리꾼들이 만들어 전파시킨 것으로 알려지고 있다. 사계축은 사계 지역 사람들이라는 말인데 이때 사계는 청파1계, 청파2계, 청파3계, 청파4계를 통칭하는 말이다. 청파사계는 19세기에 한양의 도성 외곽 지역 가운데 가장 경제력이 발달했던 곳이고 이를 바탕으로 이 지역의 소리꾼들이 도성 안의 정가와 적극 소통하는 과정에서 긴잡가가 형성·발전한 것으로 알려지고 있다.[1] 긴잡가가 잡가 가운데 가장 정가에 가까이 다가간 특성을 보이는 것은 바로 이런 이유 때문이다. 잡가 형성 초기 전설적인 3대가로 알려진 추교신(秋敎信), 조기준(曺基俊), 박춘경(朴春景) 중 박춘경이 바로 이 사계축에 속했으며 그의 노래로 전하는 것이 긴잡가 중에서도 대표작으로 꼽히는 〈유산가〉다.[2] 휘몰이잡가는 긴잡가와 같은 좌창 계열이므로 형성과 전승의 주체가 크게 다르지 않다. 반면 입창 계열은 다르다. 입창은 선소리패에 의해 형성·발전한 것으로 알려져 있다. 선소리패는 산타령을 위주로 부르는 집단이어서 산타령패라고도 한다. 산타령은 불교 계통의 노래를 선소리패가 유희적 소리로 변화시킨 것으로 이해되고 있다. 따라서 선소리패는 사당패와 관련이 있을 것으로 보고 있다. 노래패의 우두머리인

1 이에 대해서는 '신경숙, 「사계축 소리꾼 발생에서의 지역적 특성」, 『한성어문학』 제29집, 한성어문학회, 2010.' 참조.

2 이에 대해서는 '성경린, 「서울의 속가」, 『향토서울』 2호, 서울특별시사편찬위원회, 1958.' 참조.

모갑이가 장구를 메고 앞소리를 부르면 나머지 소리꾼들이 소고를 치면서 여러 가지 발림을 곁들여 뒷소리를 받는 방식으로 노래하는 것에서도 사당패의 공연 형태를 계승한 것을 볼 수 있다. 이 선소리패는 서울과 서울 근교에서 주로 활동한 것으로 알려져 있는데 뚝섬패, 한강패, 왕십리패 등이 유명했다고 전한다.

서도잡가는 황해도와 평안도를 중심으로 형성·발전한 잡가를 가리킨다. 서도잡가 역시 좌창 계열과 입창 계열로 구분된다. 서도 좌창은 〈공명가(孔明歌)〉, 〈사설공명가〉, 〈배따라기〉, 〈자진배따라기〉, 〈영변가(寧邊歌)〉, 〈제전(祭奠)〉, 〈초한가(楚漢歌)〉, 〈봉황곡(鳳凰曲)〉, 〈관동팔경(關東八景)〉 등이 있는데 이들 노래는 대부분 양반들의 기존 시창(詩唱)이나 송서(誦書) 같은 격조 높은 한문가사를 지닌 노래를 전문 창자들이 잡가화한 것으로 알려져 있다. 그러나 경기 좌창과 달리 서도 좌창의 경우는 노래 부른 주체인 전문 창자가 어떤 계층이나 집단에서 유래한 것인지 밝혀져 있지 않다. 서도 입창은 〈놀량〉, 〈사거리〉, 〈중거리〉, 〈경발림〉 등을 가리키는데 이들 노래는 서울 산타령의 명창인 의택이와 종대가 평양에 와서 선소리하는 것을 듣고 서도의 명창인 허덕선(許德善)과 김방울이 변화시킨 것이라 한다.[3] 이에 따라 〈사거리〉는 경기 입창의 〈앞산타령〉에, 〈중거리〉는 경기 입창의 〈뒷산타령〉에, 〈경발림〉은 경기 입창의 〈잦은산타령〉에 각각 대응된다. 중요한 것은 허덕선과 김방울의 정체인데 이들은 평양 날탕패(捺蕩牌)라는 선소리패를 만든 것으로 알려지고 있다. 따라서 사당패와 관련이 있는 인물들일 것으로 추정된다.

---

3 앞의 논문.

남도잡가는 좌창 계열은 존재하지 않고 입창 계열만 존재한다. 남도 입창은 〈보렴〉, 〈화초사거리〉, 〈육자배기〉, 〈자진육자배기〉가 있다. 〈보렴〉은 보시염불(報施念佛)의 준말로서 원래는 사당패 소리였다고 전한다. 사당패들이 선소리를 할 때 처음에는 불가어(佛家語)로 된 〈판염불〉을 불러 귀신을 쫓는 벽사(闢邪)나 축원을 한 후 〈놀량〉을 부르는데 이 판염불이 독립되어 이루어진 곡이 〈보렴〉이다. 특이한 것은 경기 입창이나 서도 입창에는 〈판염불〉에 해당하는 〈보렴〉이 없다는 점이다. 앞서 이미 살펴본 것처럼 경기 입창과 서도 입창에서는 〈판염불〉을 부르지 않고 바로 〈놀량〉으로 시작한다. 이에 비해 남도 입창에서는 판염불에 해당하는 〈보렴〉을 부르고 이어서 〈놀량〉에 해당하는 〈화초사거리〉를 부른다. 〈화초사거리〉는 경기 입창과 서도 입창의 〈놀량〉에 대응되는 곡인데, 조선조 말기에 전남 옥과 사람인 신방초(申芳草)가 지었다고 전한다. 신방초는 세습무 집안 출신의 예인으로 밝혀지고 있다.[4] 또한 남도 입창에서는 산타령 대신에 남도민요가 잡가화한 〈육자배기〉[5], 〈육자배기〉와 경기 입창의 〈앞산타령〉을 결합시켜 만든 〈자진육자배기〉[6]를 부르는 것도 경기 입창이나 서도 입창과 뚜렷이 구별되는 점이다. 한편 남도 입창을 부를 때는 소고를 친다든가 장구를 직접 치면서 부르지 않고 반주자가 따로 있다는 점에서도 경기 입창이나

4 박정하, 「옥과 호남검무의 전승양상과 전승의의」, 『남도민속연구』 제34집, 남도민속학회, 2017.

5 이에 대해서는 '김혜정, 「육자백이의 잡가화 과정과 음악적 구조의 변화」, 『한국음반학』 제7호, 한국고음반연구회, 1997.' 참조.

6 이에 대해서는 '김혜정, 「자진육자백이의 성립과 음악적 배경」, 『한국음반학』 제10호, 한국고음반연구회, 2000.' 참조.

서도 입창과의 차이를 느낄 수 있다.

이상의 사실을 통해 형성과 전승 과정의 측면에서 잡가는 지역성을 비교적 분명하게 가진 장르라는 것을 알 수 있었다. 잡가가 형성과 전승 과정의 측면에서 지역성을 기반으로 한다는 점은 그 음악적 특성을 통해서도 대체로 확인이 되는 바다. 즉 경기잡가는 경토리, 서도잡가는 수심가토리, 남도잡가는 육자배기토리가 중심을 차지하고 있는 것이다. 이런 사실들만 놓고 보면 잡가는 지역성이 매우 강한 장르라는 결론을 얻게 된다.

그런데 다른 측면을 고려하더라도 잡가는 지역성이 강한 장르라는 결론이 그대로 유지될 수 있을까? 서두에서 잡가는 개념이 모호하고 그에 따라 범주 설정에 논란이 많은 장르라고 말한 바 있다. 이는 잡가의 정체성을 정확히 포착하기 어렵다는 것과 같은 말이다. 잡가는 왜 정체성을 파악하기 힘들까? 그것은 잡가가 가진 잡박성(雜駁性) 때문이다. 잡가의 잡박성은 두 가지 측면에서 설명할 수 있다.

우선 상층과 하층의 가요를 가리지 않고 섞어버린다는 측면에서 잡가의 잡박성을 이해할 수 있다. 잡가는 상층에서 즐긴 정가인 가곡, 가사, 시조를 비롯하여 하층에서 즐긴 속가인 판소리, 무가, 민요 등의 노래를 가리지 않고 수용하여 섞어버린다. 이런 이유로 잡가 가운데 가장 고급스럽다는 경기 긴잡가(특히 8잡가)는 정가에 아주 가까이 다가간 것으로 평가되는가 하면 일부의 잡가는 통속민요와 구별이 되지 않는다고 평가되기도 한다. 이렇게 잡가는 편폭이 매우 넓은 것을 보여주고 있는데, 이는 한편으로는 잡가의 정체를 파악하기 힘들다는 방향으로 논의가 전개되기도 하고 또 한편으로는 향유 계층의 제한성을 극복하고 다수 대중들이 즐기는 노래로 나아갔으므로 자생적 대중가요의 효시로 볼 수 있다[7]는 방향으로 논의가 전개되기도 하였다. 이런 잡가의 잡박성에 대해서는 이미 많은 논의들이 있어 왔으므로 이 정도에서 그치기로 한다.

다음으로 발생 지역에 국한하지 않고 전승 과정에서 다른 지역의 노래 특성을 섞어버린다는 측면에서 잡가의 잡박성을 이해할 수도 있다. 앞서 형성과 전승 지역에 따라 잡가를 경기잡가, 서도잡가, 남도잡가로 나누어 이해하고 있음을 살펴보았다. 이에 따르면 경기잡가는 서울 경기 지역에서, 서도잡가는 황해도와 평안도 지역에서, 그리고 남도잡가는 전라도 지역에서 형성되어 이 지역을 중심으로 전승되어야 한다. 하지만 실상이 이에 온전히 부합하는 것은 아니었다. 경기잡가는 서울 경기 지역에 국한하지 않고 서도 지역과 남도 지역에도 전승되어 서도잡가와 남도잡가의 형성과 발달에 상당한 영향을 미쳤고, 반대로 서도잡가와 남도잡가는 해당 지역에 머물지 않고 서울로 진출하여 경기잡가와 뒤섞이는 양상으로 전개되었다. 이에 따라 경기잡가, 서도잡가, 남도잡가가 상호 영향을 주고받으며 뒤섞이는 혼효 현상을 발견할 수 있다.

경기잡가 좌창은 정가의 특성과 민요의 특성이 섞여 나타나는 것으로 알려져 있어 향유 계층의 벽을 허문 대표적 노래로 통하는데 지역적 측면에서 보면 경기소리와 서도소리가 섞여 있는 특성을 가지고 있다. 경기잡가 입창 역시 경기소리와 서도소리의 결합을 바탕으로 사당패소

7 이노형, 「한국 근대 대중가요의 역사적 전개 과정 연구」, 서울대 박사논문, 1992.; 고미숙, 「대중가요의 선구, 20세기 초반 잡가 연구」, 『역사비평』 24호, 역사비평사, 1994.; 고미숙, 「20세기 초 잡가의 양식적 특질과 시대적 의미」, 『창작과 비평』 23권 2호, 창작과 비평사, 1995.

리로의 변화를 적극 모색한 특성을 보이고 있다.[8] 서도잡가 좌창은 서도 지역에서 많이 불리던 시창(詩唱)이나 송서(誦書) 같은 격조 높은 한문가사 노래를 전문 창자들이 잡가화한 것으로, 원래는 서도 지역의 고유한 특성이 존재했을 가능성이 높다. 하지만 후대로 전승되는 과정에서는 서도 지역의 창자들이 대거 서울로 진출하여 활동하는 양상이 두드러짐으로써 자연스럽게 서도소리와 경기소리가 섞이는 형태를 띠게 되었다.[9] 서도잡가 입창은 이미 앞서 살핀 대로 서울 산타령의 명창인 의택이와 종대가 평양에 와서 선소리하는 것을 듣고 서도의 명창인 허덕선과 김방울이 변화시킨 것이므로 이미 생성 단계에서부터 경기소리를 절대적으로 참고하여 이루어진 것을 볼 수 있다. 남도잡가 역시 〈보렴〉과 〈화초사거리〉는 사당패의 〈판염불〉과 〈놀량〉을 수용하여 토착화한 것이라는 점에서 남도의 지역성만 갖는다고 보기 어렵다. 남도잡가에서는 그나마 남도민요에서 잡가화한 〈육자배기〉가 있어 가장 큰 지역성을 담보한 것으로 볼 수 있으나 이마저도 남도 지역이 아닌 서울 지역에 있는 남도 음악인들이 주도하였을 가능성이 높은 것으로 보고 있다.[10] 〈자진육자배기〉는 이미 앞서 밝힌 바와 같이 이렇게 만들어진 〈육자배기〉와 경기 입창의 〈앞산타령〉을 결합시켜 만든 것이다.

이상에서 살핀 바와 같이 잡가는 계층의 벽도 허물고 지역의 제한도 뛰어넘어 자유롭게 소통하면서 잡스럽게 뒤섞이는 양상을 보이고 있

8 이상 경기잡가의 특성에 대해서는 '김혜정, 「'경기민요'의 장르적 구분과 음악적 특성」, 『기전문화연구』 제37집, 경인교육대학교 기전문화연구소, 2016.' 참조.

9 이에 대해서는 '김문성, 「서도소리의 경제화 연구」, 『남북문화예술연구』 제5호, 남북문화예술학회, 2009.' 참조.

10 김혜정, 위의 논문, 1997. 참조.

다. 이런 잡가의 잡박성을 고려하면 잡가는 지역적 특성을 보이는 장르라기보다는 오히려 반(反)지역적 특성을 보이는 장르라고 하는 것이 좀 더 옳을 듯하다.

한편 지금까지의 논의는 좌창과 입창에 국한해 왔는데 이를 통속민요로까지 확대할 경우 잡가의 반(反)지역성은 더욱 두드러지는 것을 볼 수 있다. 통속민요는 청중을 위한 감상용 음악으로 직업음악인들에 의해 유통된 소리이지만 그 기반을 향토민요에 두고 있다는 점에서 강한 지역성을 갖는 것으로 이해되어 왔다. 그래서 통속민요의 경우에도 잡가의 경우와 마찬가지로 그 전승 지역에 따라 경기민요, 서도민요, 남도민요 등으로 구분하여 이해하는 것이 일반적이다. 하지만 기존의 통념과 달리 통속민요의 지역적 경계를 명쾌하게 구분할 수 없다는 인식이 점차 확산되고 있다. 이런 인식을 갖게 만드는 가장 단적인 사례로 같은 작품을 두고 남한에서는 경기민요로 분류하고, 북한에서는 서도민요로 분류하는 것을 들 수 있다. 이에 해당하는 작품으로 〈양산도〉, 〈서도아리랑〉, 〈군밤타령〉, 〈풍년가〉, 〈방아타령〉, 〈도라지타령〉 등이 있다.[11] 또 이와 비슷한 사례로 〈도화타령〉을 논한 연구도 있다.[12] 이런 흐름을 반영하여 최근에는 경기민요와 서도민요를 엄격히 구분하기보다는 양자를 합쳐 경서도민요로 포괄하여 부르는 경우가 점점 늘어나고 있다. 그만큼 경기민요와 서도민요는 상호 영향을 많이 주고받으며 발달한 통속민요라 할 수 있다.

---

11 이에 대해서는 '김인숙, 「통속민요의 지역권과 음악 인식의 문제-경서도의 몇몇 통속민요를 중심으로-」, 『한국민요학』 제53집, 한국민요학회, 2018.' 참조.

12 손인애, 「경·서도민요 〈도화타령〉의 음악사적 연구」, 『한국민요학』 제33집, 한국민요학회, 2011.

그렇다면 남도 통속민요는 어떨까? 경기민요와 서도민요의 관계만큼은 아니지만 경기민요와 남도민요 사이에도 역시 상호 영향을 주고받은 것이 확인된다. 경기민요와 남도민요의 연관성을 볼 수 있는 대표적인 작품으로 〈천안삼거리(흥타령)〉와 〈개구리타령〉을 들 수 있다. 현재 〈천안삼거리〉는 경기 통속민요로 분류되고 있으며, 〈흥타령〉은 남도잡가 또는 남도 통속민요로 이해되고 있다. 그런데 이 두 노래는 19세기 중후반에 형성된 사당패의 〈흥타령〉을 기반으로 하여 거의 동시에 또는 약간의 시차를 두고 만들어진 후 상호 영향을 주고받으며 발전했을 것으로 추정되고 있다.[13] 〈개구리타령〉은 경기 입창 〈자진산타령〉에 이어 부르는 것과 남도잡가 〈자진육자배기〉에 이어 부르는 것이 있다. 둘 다 잡가 입창에 이어서 부르기 때문에 잡가로 분류되기도 하고 통속민요로 분류되기도 하는 공통점을 가지고 있다. 또한 지금 현재는 사설이나 곡조의 양 측면에서 거리가 꽤 존재하지만 원래는 사당패가 향토민요를 가져와서 통속화한 것과 상호 연관성을 가지고 있을 것으로 추정하고 있다.[14]

이상에서 본 바와 같이 통속민요는 지역 민요로서의 국한된 성격보다는 지역을 초월하여 전국적으로 널리 전파되어 불린 반(反)지역성이 훨씬 강하다고 할 수 있다. 통속민요를 잡가로 볼 것이냐 민요로 볼 것이냐 논란이 많이 있지만 통속민요가 가진 반(反)지역성을 고려한다

13 이에 대해서는 '손인애, 「경기민요 〈천안삼거리(흥타령)〉에 대한 사적 고찰」, 『한국민요학』 제26집, 한국민요학회, 2009.'와 '손인애, 「남도민요(잡가) 〈흥타령〉에 대한 사적 고찰」, 『한국음악연구』 제46집, 한국국악학회, 2009.' 참조.

14 이에 대해서는 '이상원, 「〈개구리타령〉 연구」, 『국학연구론총』 제24집, 택민국학연구원, 2019.' 참조.

면 뚜렷한 지역성을 갖는 향토민요와 동일한 범주에 넣어 생각할 수는 없을 듯하다. 따라서 통속민요는 잡가로 간주함이 옳다고 본다.

3. 잡가의 반(半)지역성

2장에서 기존에 경기잡가, 서도잡가, 남도잡가 등으로 분류하여 지역성을 지나치게 강조한 문제점을 지적하고 잡가가 지역성보다는 오히려 반(反)지역성을 갖는 측면이 강하다는 점을 살펴보았다. 또한 이런 반(反)지역성의 측면에서 보았을 때 잡가 좌창, 잡가 입창, 그리고 통속민요가 차이가 없기 때문에 이들을 잡가의 범주로 이해하는 것이 바람직하다는 의견도 밝혔다. 그렇다면 이것으로 잡가에 대한 성격을 충분히 드러냈다고 할 수 있을까? 이에 대한 답은 당연히 부정적이다.

잡가의 성격을 이해함에 있어 반(反)지역성에만 초점을 맞출 경우 자생적 대중가요의 효시로 이해한 기존의 관점과 별 차이가 없게 된다. 잡가를 자생적 대중가요의 효시로 이해하는 관점은 잡가의 향유 계층이 어떤 특정 계층에 국한되지 않는다는 점 내지는 서구의 근대 시민계급에 준하는 도시 시정인들을 주요 대상으로 잡가가 불렸다는 점을 부각하는 것이다. 그래서 이들은 20세기로 접어들어 잡가가 대중들이 모인 극장에서 근대적 공연물로 각광받았다는 점, 잡가의 대중적 파급력을 간파한 유성기 음반 회사들이 앞다투어 음반을 제작하여 상업적 판매에 나섰다는 점 등을 힘주어 강조한다.[15] 20세기 초반의 이런 현상

15 고미숙, 위의 논문, 1994.

을 부인할 수 없다. 극장에서 열렬한 환호를 받으며 공연하고, 유성기 음반으로 제작되어 상업적으로 팔려나가고, 나아가 근대적 매체인 라디오 방송의 전파를 타고 전국 방방곡곡에 울려 퍼진 것은 모두 사실이기 때문이다. 이런 점에서 잡가의 대중성을 강조한 기존의 관점은 잡가가 지역을 초월하여 전국적 전파력을 가진 반(反)지역성을 특징으로 한다는 이 글의 관점과 일맥상통한다고 하겠다.

그런데 계층의 벽을 넘어 대중들에게 널리 인기를 끌었다거나 지역의 한계를 초월하여 전국적으로 전파되어 불렸다는 것이 잡가가 가진 속성을 잘 드러내 주는 측면이 분명 존재한다고 할지라도 이것이 역사의 실상에 정확히 부합하는가에 대해서는 좀 더 따져볼 필요가 있다. 앞서 잡가를 지역에 따라 구분하여 명명하는 것이 큰 의미가 없다는 식으로 반(反)지역성을 강조하였으나 역사의 실상은 어떤가? 잡가는 역사적으로 경기잡가, 서도잡가, 남도잡가로 구분되어 불렸고 지금도 이런 인식은 여전히 남아 있다. 그렇다면 이렇게 구분 지어 이해할 만한 나름의 이유가 있다고 보는 것이 정상이다. 반(反)지역성을 매우 많이 가지고 있음에도 불구하고 지역별로 나누어 잡가를 이해하는 이유가 뭘까?

답은 정해진 것이나 마찬가지다. 각 지역의 잡가는 다른 지역의 잡가와 변별되는, 고유한 지역 잡가로서의 특성을 가지고 있기 때문이다. 앞서 경기민요와 서도민요는 경계가 불분명하여 경서도민요로 불리기도 한다고 하였다. 이는 물론 틀린 말이 아니다. 그런데 이 말은 잡가 중 통속민요에 국한하여 사용할 때 타당한 것이다. 잡가에는 좌창, 입창, 통속민요가 있다. 이 중 지역을 초월하여 가장 활발한 교류를 보이는 것은 통속민요다.[16] 따라서 통속민요의 경우는 경기민요와 서도민요의 구분이 의미 없는 경우를 많이 찾아볼 수 있다. 입창의 경우는 통속민요만큼은 아니어도 상호 밀접한 관련성을 맺고 있는 것을 부인할 수 없다. 경기잡가 입창을 듣고 서도잡가 입창을 만든 것으로 전하고 있기 때문이다. 하지만 좌창은 경우가 완전히 다르다. 경기잡가의 고유한 특성을 가장 잘 보여주는 것은 경기잡가 좌창 계열이고, 그 중에서도 긴잡가(12잡가), 또 그 중에서도 8잡가라 할 수 있다. 이 8잡가는 서울의 사계축이 만들어 유행시킨 것으로 서울의 정가 문화권과 상호 소통하는 과정에서 형성·발전한 것이다. 서도잡가 역시 여타 잡가와 구별되는 고유한 특성을 가장 잘 보여주는 것은 좌창이라 할 수 있다. 서도 지역은 전통적으로 시창이나 송서가 발달한 곳이었다. 이런 전통을 계승하여 양반들의 시창이나 송서를 잡가화한 것이 서도 좌창의 특징이다.

가장 특이한 것은 남도잡가라 할 수 있다. 이미 밝힌 바와 같이 남도잡가에는 좌창이 없다. 경기잡가와 서도잡가의 고유성이 좌창에서 가장 두드러진다는 점을 고려하면 남도잡가에 좌창이 없다는 것은 남도잡가의 고유성을 의심하게 만들 수 있는 부분이다. 또한 남도잡가 대부분이 남도 지역에서 만들어졌다기보다는 서울에 있는 남도 음악인들의 주도로 만들어졌을 가능성이 높다는 견해[17]도 남도잡가의 정체성에 의문을 갖게 만드는 요소라 할 수 있다. 그러나 설사 이것이 사실이라 하더라도 남도잡가의 고유성이나 정체성이 문제되지는 않을 것으로 판단된다. 남도잡가에 좌창이 없는 것은 남도 음악인들이 좌창을 별도

16 이런 점에서 통속민요가 유행 민요로, 나아가 유행가로 전이되어 간 것은 의미심장하다.

17 김혜정, 위의 논문, 1997.

로 만들 필요성을 못 느꼈기 때문일 가능성이 높다. 경기 지역과 서도 지역의 평민 음악인들은 자기 지역 상층 가요를 모방하여 좌창을 만들고 이것으로 상호 소통을 시도하였다. 그런데 남도 지역에는 이미 평민 음악인들이 만들어 상하층이 소통하는 판소리가 있었기 때문에 좌창에 대한 욕구가 크지 않았을 것이다.

하지만 입창의 경우는 좀 달랐던 것으로 보인다. 입창은 사당패가 만든 소리로 알려져 있다. 사당패가 서울 오강(五江)-한강(漢江), 용산(龍山), 삼개[麻浦], 지호(支湖), 서호(西湖)-의 저자에 다니며 부른 소리에서 출발하여 이것만을 전문적으로 부르는 선소리패가 서울과 근교의 곳곳에 생겨났다. 그리고 서울의 선소리패는 서도 지역까지 진출하여 공연을 하였고 이를 지켜본 서도 지역의 사당패가 경기 입창을 변형시킨 서도 입창을 만들었고 이것이 서도 선소리패들로 계승되었다고 보는 것이 합리적이다. 그리하여 19세기 말~20세기 초에 경기 지역과 서도 지역에서는 입창이 상당히 인기를 누리고 있었다. 이 무렵 서울로 진출한 남도 음악인들은 이런 상황에 자극받아 남도의 특성을 살린 별도의 입창을 구상했을 것으로 보이고 이것이 〈보렴〉, 〈화초사거리〉, 〈육자배기〉, 〈자진육자배기〉 등의 틀을 갖추는 형태로 나타난 것으로 판단된다.

그런데 남도 입창은 여러 가지 측면에서 경서도 입창과 구별되는 특징을 보인다. 우선 경서도 입창은 놀량 사거리가 거의 동시적으로 형성되었을 가능성이 높다. 하지만 남도 입창은 동시에 형성된 것이 아니라 하나씩 별도로 만들어졌다. 〈보렴〉은 사당패의 판염불이 독립한 것이므로 남도 지역에서 활동하던 사당패에 의해 만들어졌을 가능성이 크고, 〈화초사거리〉는 전남 옥과의 세습무가 출신인 신방초가 만든 것으로 알려져 있다. 그리고 〈육자배기〉는 서울의 남도 음악인들이 남도민요 〈육자배기〉를 가져와서 잡가화한 것이고, 〈자진육자배기〉는 한참 뒤에 사거리의 틀을 갖추기 위해 서울의 남도 음악인들이 〈육자배기〉와 경기 입창의 〈앞산타령〉을 결합시켜 만든 것이다. 다음으로 경서도 입창은 놀량 사거리를 순서에 맞춰 한바탕 형태로 공연하는 관행이 강하게 자리 잡고 있었다. 하지만 남도 입창은 사거리가 한바탕 형태로 공연된 흔적을 거의 찾을 수 없어 사거리로 부를 수 있을지도 의문이다. 초기에 〈보렴〉과 〈화초사거리〉를 연달아 부르는 관행이 존재했던 것으로 보이지만 1930년대 초반에 〈자진육자배기〉가 등장한 이후의 연창 관행을 보면 〈보렴〉, 〈화초사거리〉, 〈새타령〉, 〈육자배기(자진육자배기)〉, 〈흥타령〉, 〈개구리타령〉 가운데 필요에 따라 취사선택하여 부르는 방식을 취하고 있다.[18] 남도잡가에 대한 인식 가운데 〈보렴〉과 〈화초사거리〉만 잡가로 이해하고 〈육자배기〉와 〈자진육자배기〉는 〈흥타령〉, 〈개구리타령〉 등과 함께 남도 통속민요로 이해하는 관점이 있는데 이는 이런 연창 관행이 판단에 영향을 미친 때문으로 보인다.

잡가는 좌창, 입창, 통속민요로 구성된다고 하였는데 이 구성 형태와 이들을 조합하여 부르는 공연 형태에서도 경기잡가, 서도잡가, 남도잡가는 일정한 차이를 보이고 있다. 우선 경서도 잡가는 좌창, 입창, 통속민요가 균형 있게 존재하는 반면에 남도잡가의 경우는 좌창이 없

18 이에 대해서는 '이용식, 「일제강점기 대중매체에 의한 남도잡가의 공연양상-경성방송과 유성기 음반의 남도잡가를 중심으로-」, 『공연문화연구』 제26집, 한국공연문화학회, 2013.' 참조.

고 입창도 경서도 잡가에 비해 제한적이며 거의 통속민요가 중심을 차지하고 있다. 다음으로 서도 입창에서는 놀량 사거리만 부르고 여기에 통속민요를 붙여 부르지 않는 반면에 경기 입창과 남도 입창에서는 통속민요를 붙여 부르는 것이 관행으로 존재했다.

한편 개별 작품의 차원에서 경기잡가와 서도잡가의 구분이 모호하거나 경기잡가와 남도잡가의 구분이 모호한 것들이 존재함을 앞서 말한 바 있는데 이 역시 세밀하게 구체적으로 들여다보면 각 지역 소리의 특성을 반영하고 있어 동일한 노래가 아니라는 것을 알 수 있다. 여기서는 모든 작품을 점검할 수 없으므로 대표적인 작품으로 〈개구리타령〉을 골라 그 차이를 설명하기로 한다. 〈개구리타령〉은 경기잡가와 남도잡가에서 공히 입창에 덧붙여 부르는 노래이다. 때문에 동일 노래로 착각하는 경우가 있으나 사실은 발생론적 연관성만 있을 뿐 꽤 거리가 있는 별도의 노래로 자리를 잡았다.

①
에- 개고리 타령 하여 보자
에헤에헤 에헤야 아하아하 어허야
아무리나 하여 보자

에- 개골개골 청개고리라
에헤에헤 에헤야 아하아하 어허야
성은 청가래도 뛰는 멋으로 댕긴다

에- 개천에 빠져서 허덕저덕한다
에헤에헤 에헤야 아하아하 어허야

수렁에 빠져서 만석당혜를 잃었네

에- 개고리 집을 찾으려면 미나리 밭으로 가거라
에헤에헤 에헤야 아하아하 어허야
뚜꺼비 집을 찾으려면 장독대로 돌아라

에- 은장도 차려다 작두 바탕을 찼네
에헤에헤 에헤야 아하아하 어허야
족두리를 쓰려다가 질요강을 썼네

에- 서산울대 단나무 장사
에헤에헤 에헤야 아하아하 어허야
네 나무 팔아서 골동댕이나 하자

에- 죽장망혜 단표자로
에헤에헤 에헤야 아하아하 어허야
천리강산 쑥 둘어간다[19]

②
어허 어허 어히야

이얘 금쥬야 왜야 이얘 롱천아 왜그러니 너 그 소식을 들엇나 아니 나는 못 들어 츈향이가 매를 맛고 거이 죽게 되얐다 아이고 이것이 왼말이냐 어서 가고 자두 가자 삼문간을 내다러

어허 어허 어히야

19 이창배 편저, 『한국가창대계』, 홍인문화사, 1976, 346~347쪽.

너 이놈 션인들아 너 이놈 션인들 장사도 조치만은 내 쌀 심청 어린 것을 사욤 사아다가 물에다가 졔슈를 하니 너 이놈들은 잘될소냐 동리 방장 사람들아 저런 놈을 그저 두어

어허 어허 어히야
여보소 마누라 여보소 이 사람아 자네가 이것이 왼일인고 마누라가 이리 설니 울면 동리 사람이 내가 붓그럽네 우지 말고 이리 오소 이리 오라면 이리 와

어허 어허 어히야
도령님을 업고 보니 조흘 호사가 절노 나 부용목단에 모란화 탐화봉뎝에 조흘 호 소상동뎡 칠백 리 일장홍안이 조흘 호로다 둥둥둥둥 내 사랑[20]

①은 경기잡가 입창을 마무리할 때 부른 〈개구리타령〉이고, ②는 남도잡가 입창을 마무리할 때 부른 〈개구리타령〉이다. 둘을 견주어 보면 〈개구리타령〉이라는 이름과 입창을 마무리하는 곡으로 사용되었다는 점만 같을 뿐 나머지는 다 다르다. 경기잡가 〈개구리타령〉은 개구리와 관련이 있는 가사에서 시작하여 후반으로 가면서 세태를 풍자하는 가사로 넘어간다. 반면에 남도잡가 〈개구리타령〉은 개구리와 관련이 있는 가사는 전무한 가운데 판소리 〈춘향가〉, 〈심청가〉, 〈흥보가〉, 그리고 다시 〈춘향가〉에서 차용한 가사들로만 내용을 구성하고 있다. 이는 남도잡가를 부른 가창자들 대부분이 판소리 명창이었던 것과 관련이 깊다.

20 〈Columbia40084-B 남도잡가 개고리타령 이화중선〉, 한국음반아카이브연구단 엮음, 『한국유성기음반』 1권(콜럼비아 음반), 한걸음·더, 2011, 103쪽.

이상의 사실을 종합하면 잡가는 발생 단계에서부터 계층의 벽을 허물기 위한 시도를 하였고 전개 과정에서는 지역의 한계를 초월하여 존재하는 양상을 보였으며, 특히 20세기로 접어들어서는 극장 공연, 유성기 음반 발매, 라디오 방송 등을 통해 대중들에게 상당한 인기를 끌었으나 그럼에도 불구하고 본래의 지역 기반이나 지역 정체성을 완전히 버린 것은 아니었다는 것으로 귀결된다.

4. 결론

이 글은 지역성의 관점에서 잡가의 성격을 재점검해 보고자 한 것이다. 논의 결과 대중문화가 형성되기 시작하던 19세기 말에서 20세기 초에 잡가가 상당한 대중성을 확보하며 전국적 인기를 누린 것이 사실이지만 그것이 전면적 양상으로 진행되었다기보다는 제한적 양상으로 진행되었다고 보는 것이 옳겠다는 결론을 얻게 되었다. 문화적 측면에서 서울 집중 현상이 가속화하면서 서도와 남도의 음악인들이 서울로 진출하여 서울의 극장에서 공연을 하고 유성기 음반을 취입하고 라디오 방송에 출연하는 등 많은 활동을 하였고 이 과정에서 경기소리의 영향을 강력히 받는 현상이 나타남으로써 서도와 남도의 본연의 소리를 어느 정도 잃어버리는 양상이 나타나기도 하였다. 그러나 그것은 어디까지나 말 그대로 '어느 정도' 선에서 일어난 것일 뿐 본래의 정체성을 상실하는 데까지 나아가지는 않았다. 이뿐만 아니라 서도와 남도의 음악이 일방적으로 경기소리를 받아들이는 쪽에만 있었던 것도 아니었다. 서도소리와 남도소리가 경기음악에 영향을 미쳐 경기음악을 일정하게 변화시키기도 하였다. 그러니까 19세기 말~20세기 초 서울 중심으로 전개된 잡가의 유행은 경기, 서도, 남도가 각자의 정체를 훼손하지 않는 범위 내에서 활발한 소통을 주고받으며 각자의 단점을 보완하는 형태로 진행되었던 것으로 보인다. 그리고 여기서 활동하던 서도와 남도의 음악인들은 다시 자기 지역으로 돌아가 고유의 정체성을 유지하면서도 문화중심지의 세련미를 가미한 새로운 스타일의 서도소리와 남도소리를 전파했던 것으로 판단된다. 그 결과 서도 지역과 남도 지역 사람들은 이들 노래를 중심으로 향유한 것이지 전국적으로 동일한 형태를 띠는 노래를 향유한 것은 아니었다. 이런 잡가의 특성을 이 글에서는 **반**(半)**지역성**으로 규정하고자 한다.

참고문헌

이창배 편저, 『한국가창대계』, 홍인문화사, 1976, 346~347쪽.

한국음반아카이브연구단 엮음, 『한국유성기음반』 1권(콜럼비아 음반), 한걸음·더, 2011, 103쪽.

고미숙, 「대중가요의 선구, 20세기 초반 잡가 연구」, 『역사비평』 24호, 역사비평사, 1994, 273~287쪽.

______, 「20세기 초 잡가의 양식적 특질과 시대적 의미」, 『창작과 비평』 23권 2호, 창작과 비평사, 1995, 115~139쪽.

김문성, 「서도소리의 경제화 연구」, 『남북문화예술연구』 제5호, 남북문화예술학회, 2009, 199~236쪽.

김영운, 「경기 통속민요의 전승양상과 음악적 특징」, 『우리춤과 과학기술』 10집, 2009, 47~75쪽.

김인숙, 「통속민요의 지역권과 음악 인식의 문제-경서도의 몇몇 통속민요를 중심으로-」, 『한국민요학』 제53집, 한국민요학회, 2018, 41~68쪽.
김혜정, 「'경기민요'의 장르적 구분과 음악적 특성」, 『기전문화연구』 제37집, 경인교육대학교 기전문화연구소, 2016, 1~19쪽.
______, 「육자백이의 잡가화 과정과 음악적 구조의 변화」, 『한국음반학』 제7호, 한국고음반연구회, 1997, 195~230쪽.
______, 「자진육자백이의 성립과 음악적 배경」, 『한국음반학』 제10호, 한국고음반연구회, 2000, 223~243쪽.
박정하, 「옥과 호남검무의 전승양상과 전승의의」, 『남도민속연구』 제34집, 남도민속학회, 2017, 59~84쪽.
성경린, 「서울의 속가」, 『향토서울』 2호, 서울특별시사편찬위원회, 1958, 52~77쪽.
손인애, 「경기민요 〈천안삼거리(흥타령)〉에 대한 사적 고찰」, 『한국민요학』 제26집, 한국민요학회, 2009, 61~94쪽.
______, 「경·서도민요 〈도화타령〉의 음악사적 연구」, 『한국민요학』 제33집, 한국민요학회, 2011, 161~192쪽.
______, 「남도민요(잡가) 〈흥타령〉에 대한 사적 고찰」, 『한국음악연구』 제46집, 한국국악학회, 2009, 161~192쪽.
신경숙, 「사계축 소리꾼 발생에서의 지역적 특성」, 『한성어문학』 제29집, 한성어문학회, 2010, 49~71쪽.
이노형, 「한국 근대 대중가요의 역사적 전개 과정 연구」, 서울대 박사논문, 1992, 1~231쪽.
이보형, 「대한제국시대 통속민요 생성에 관한 연구」, 『한국음악사학보』 45집, 한국음악사학회, 2010, 5~29쪽.
이상원, 「〈개구리타령〉 연구」, 『국학연구론총』 제24집, 택민국학연구원, 2019, 271~295쪽.
이용식, 「일제강점기 대중매체에 의한 남도잡가의 공연양상-경성방송과 유성기음반의 남도잡가를 중심으로-」, 『공연문화연구』 제26집, 한국공연문화학회, 2013, 249~303쪽.
이형대, 「선소리 산타령을 통해본 잡가의 텍스트 변이와 미적 특질」, 『한국시가연구』 19집, 한국시가학회, 2005, 299~329쪽.
전계영, 「잡가의 범주와 계열별 특성에 관한 연구」, 충북대 박사논문, 2012, 1~162쪽.

음운론적인 면에서 살펴본 중세 국어 한자어의 성격

이준환

1. 들어가며

이 글은 중세 국어 시기의 문헌에서 보이는 한자어를 대상으로 이곳에서 보이는 현실 한자음의 양상, 음운 현상의 반영 양상 등을 바탕으로 하여 한자어들의 음운론적인 성격을 살펴보는 것을 목표로 한다. 구체적으로는 훈민정음 창제 이후의 문헌에서 나오는 한글로 표기된 한자어 및 한글 표기와 한자 표기가 공존하는 한자어에서 보이는 표기 양상에서 알 수 있는 음운론적인 모습을 바탕으로 해당 한자어의 성격과 이 시기 국어 한자음의 모습을 살펴본다.

한자어는 우리나라에서 만들어진 것도 있으나, 한어에서 유입된 시기, 국어에 동화된 정도, 사용 빈도 등에 따라서 그 양상에 차이가 있다. 따라서 이런 구체적인 양상에 따라 한자어를 분류하여 이해함으로써 한자어의 다원적이고 다층적인 성격을 이해하는 것이 바람직하다. 이런 식의 이해를 위해서는 한자어의 형태와 의미 양쪽에서의 접근이 필요하다. 이 글에서는 이 중에서 형태에 관한 이해에 주목하고자 음운론적인 면에서의 접근을 시도한다.

이처럼 한글로 표기된 한자어에 관한 연구는 李基文(1965, 1991), 南豊鉉(1968가, 1968나, 1985), 南廣祐(1968: 초판, 1973: 재판), 劉昌惇(1975) 등의 연구를 거치며 본격화되었다. 李基文(1965)에서는 '보빅(寶貝)', '흉븨(胸背)' 등과 같이 服飾, 布帛, 器具 등에서 널리 보이는 근세 한어 차용어의 문제를 음운론적 대응 관계를 중시하여 다루었다. 南豊鉉(1968가)에서는 '도즉~도즉', '조심' 등의 차용 과정과 국어에 정착되는 과정을 음운론적 분석을 가미하여 고찰하였다. 南廣祐(1973)에서는 한자어의 한글 표기에서 보이는 예들을 적극적으로 포함하여 한자음을 연구하여, '잢간'에서 보이는 경음화, '牧丹'에서 보이는 ㄷ>ㄹ, '匿 숨길 릭〈신증유합〉', '禮 녜도 녜〈신증유합〉'과 같은 두음 법칙의 문제를 다루었다. 劉昌惇(1975)에서는 중세 국어 한자어만을 대상으로 한 것은 아니나 표기와 어형의 변화를 중심으로 한자어의 문제를 다루었는데, 이 과정에서 자음과 모음에서 보이는 음운론적인 변화 양상에 관한 상당한 기술이 이루어졌다.

이어서 沈在箕(1982), 趙世用(1991), 연규동(1993), 박영섭(1995), 조남호(1996, 2001) 등의 연구가 이루어졌다. 이 중 趙世用(1991)에서는 朝鮮漢字音과 한어 中原音의 대응에 주목하며 선행 연구들을 폭넓게 수용하여 음운론적인 면에서 한자어계 귀화어의 문제를 전면적으로 다룬 것이다. 조남호(1996)에서는 한자어 수용 양상, 기원에 따른 어휘의 분류와 더불어, '근원', '긔운', 'ᄂᆡ실', '시졀', '잔', '진실' 등의 한글로 표기된 한자어의 양상과 '간난(艱難)>가난' 등의 변천 과정 등을 통해 한자어가 정착하는 모습을 개관하였다. 이런 방식의 연구는 원문과의 비교로써 『두시언해』의 한자어 이해를 목표로 한 조남호(2001)에 이어져 있다.

이런 선행 연구의 덕택으로 한자어의 표기, 한자어의 어형 변화, 고유어와의 관계는 물론이거니와 한자어의 형성 또는 차용 시기 등에 관하여 상당히 많은 것이 밝혀졌다. 그 결과 『석보상절』, 『두시언해』 등의 언해서의 한자어는 물론이고, 『용비어천가』 등의 비언해서, 『훈몽자회』 등의 한자 학습서의 훈에 이르기까지 한자어의 형태적 특징, 의미적 특징에 관한 연구가 축적되어, 이 시기 한자어가 지닌 여러 가지 성격은 상당히 밝혀졌다고 하겠다.

이런 연구의 대상이 된 한자어는 한자로 표기된 것과 그렇지 않은 것이 모두 포함되어 있다. 한자로 표기된 것에는 한자음이 병기된 것과 그렇지 않은 것으로 나뉜다. 한자음이 병기된 것 중에는 단연 동국정운식 한자음이 표기된 것보다는 현실 한자음이 표기된 것이 자료적 가치가 높다.[1]

한글로만 표기된 한자어는 그만큼 해당 어휘가 대중화한 것을 뜻하는 것이니만큼 현실 한자음을 보여 주는 것으로 가치가 높다.[2] 그러나

1 그렇기는 하지만 동국정운식 한자음이 표기된 것도 언해를 통해 해당 어휘가 국어에서 쓰이는 한자어임을 알리고 그 음을 동국정운식 음으로 교육하려 하였다는 면에서 참고 자료로서 충분한 가치가 있다.

2 이와 관련하여 다음과 같은 劉昌惇(1975: 76)의 세종조의 정음 문장 표기 준칙을 참고할 수 있다. ① 正音으로만 쓸 수 있는 것은 고유어를 최대한 활용한다. ② 부득이 한자어를 쓸 때에는 꼭 漢字로 쓴다. ③ 한자어라 할지라도 널리 쓰여 대중화한 것은 正音으로 표기해도 무방하다. 그런데 『석보상절』과 『월인석보』를 비교하면 '위ᄒᆞ다〈석상 9 : 1〉 → 爲ᄒᆞ다〈월석 9 : 5〉', '미혹ᄒᆞ다〈석상 9 : 6〉 → 迷惑ᄒᆞ다〈월석 9 : 17〉', '공ᄉᆞ하다〈석상 9 : 30〉 → 工事ᄒᆞ다〈월석 9 : 50〉' 등과 같이 표기가 한글에서 한자로 바뀐 것이 적지 않다. 이는 고유어와 한자어의 대응 관계를 보여 줌과 동시에 한자어의 확대 사용 양상을 잘 보이는 것이다(劉昌惇 1975: 77~78). 이로써 볼 때 언중에게 널리 쓰이는 한글로 표기된 어휘에는 한자어 또는 한자어를 포함한 어휘가 적지 않게 있음을 볼 수 있다.

이 경우에는 어원을 확실히 알기 어려운 경우가 많아 연구 자료로서의 장벽이 낮지 않다. 또한 한자를 기준으로 삼고 음을 제시한 것이 아니라서 한자음의 정확도도 떨어진다. 따라서 이들로써 한자음을 연구하는 데에는 어려움이 있다. 하지만 국어 어휘 속에서의 한자음의 실제 모습을 볼 수 있다는 점에서 가치가 높다. 또 이들 음에 표시되어 있는 방점은 성조까지 고려하며 어원을 추정하는 데에 활용할 수 있고 한자어의 국어 어휘화 정도, 복합어의 형성 여부 등을 판단하는 데에 중요한 실마리가 된다.

이런 면에서 이 글에서는 한글로 표기된 한자어 가운데에서 방점이 찍힌 것을 대상으로 한자어의 음운론적인 면에 초점을 맞추어 살피고자 한다. 이로써 기존에 연구된 것들에 양적으로 더하고 질적으로 보완하여 한자어의 형태에 관한 이해를 더욱 높이고자 한다. 이 과정에서 중세 국어 한자음에 관한 논의도 병행하도록 하겠다.

2. 한자어의 음운론적 성격

1) /ㄹ/~/ㄴ/ 대치

이 시기 문헌의 한자음에서는 來母/l-/이 “洛 믓ᄀᆞᆺ/낙슈 낙〈광천·석천 18ㄴ〉”, “盧 쟈근집 녀〈신유 상 : 23ㄴ〉”, “力 힘 녁〈광천·석천 11ㄴ〉, 힘쁠~힘 녁〈신유 하 : 32ㄱ〉”, “鹿 사ᄉᆞᆷ 녹〈신유 상 : 13ㄴ〉”, “論 말ᄉᆞᆷ/의논 논〈광천·석천 31ㄴ〉”, “料 뇨 뇨~혜아릴 뇨〈신유 상 : 26ㄴ〉”등처럼 ‘ㄴ’으로 표기된 것이 꽤 보인다. 또한 泥母/n-/이 “濃 믈디틀 롱〈신유 하 : 52ㄱ〉”, “紐 골홈 류〈신유 상 : 31ㄱ〉”, “匿 H릭〈번소 6 : 19ㄴ, 9 : 65ㄴ〉", "숨길 릭〈신유 하 : 39ㄴ〉"과 같이 'ㄹ'로 표기된 것도 꽤 보인다.[3] 이는 /ㄹ/과 /ㄴ/이 서로 섞여 쓰일 정도로 대치 관계에 있음을 보여 준다. 이런 예들은 16세기 후반 자료, 특히 자석류 문헌에서 집중적으로 출현한다.

그렇지만 15세기 자료에서도 아래와 같이 來母가 'ㄴ'으로 표기된 것이 일부 관찰된다.[4]

① 來日: LᄂᆞHᅀᅵᆯ〈두시 21 : 31ㄱ〉~Lᄂᆡ Hᅀᅵᆯ〈두시 3 : 45ㄴ〉
② 綠豆: H녹L둣〈구간 2 : 28ㄱ〉
③ 冷: R닝Lᄒᆞ H며〈구간 1 : 5ㄱ〉, R링Lᄒᆞ H며〈구간 1 : 68ㄱ〉, R링H긔L로〈구간 1 : 32ㄱ〉
④ 羅: L노L와〈월석 23 : 72ㄴ〉, L노〈두시 8 : 49ㄴ〉, L로H란〈두시 14 : 28ㄱ〉

3 국어의 성조는 평성은 L, 상성은 R, 거성은 H로 표시하도록 한다.

4 이 글에서 이용한 한자어가 반영된 문헌의 목록은 다음과 같다. 화살표 오른쪽에 제시된 것은 이 글의 기술에서 사용할 문헌의 줄임말이다. 『龍飛御天歌』(1447)→『용가』, 『釋譜詳節』(1447)→『석상』, 『月印千江之曲』(1447)→『월천』, 『月印釋譜』(1459)→『월석』, 『楞嚴經諺解』(1461)→『능엄』, 『牧牛子修心訣諺解』(1465)→『목우자』, 『御製內訓』(1475)→『내훈』, 『杜詩諺解』(1481)→『두시』, 『三綱行實圖』(런던본)(1481)→『삼강』, 『金剛經三家解』(1482)→『금삼』, 『救急簡易方』(1489)→『구간』, 『六祖法寶壇經諺解』(1496)→『육조』, 『改刊法華經』(1500)→『법화』, 『飜譯老乞大』(1515?)→『번노』, 『飜譯朴通事』(1515?)→『번박』, 『飜譯小學』(1518)→『번소』, 『正俗諺解』(1518)→『정속』, 『二倫行實圖』(1518)→『이륜』, 『訓蒙字會』(1527)→『훈몽』, 『蒙山和尚六度普說諺解』(1567)→『몽육』, 『光州 千字文』(1575)→『광천』, 『石峯 千字文』(1583)→『석천』, 『新增類合』(1576)→『신유』, 『百聯抄解』(1576)→『백련』, 『野雲自警序諺解』(1577)→『야운』, 『小學諺解』(1588)→『소언』, 『孟子諺解』(1590)→『맹자』, 『論語諺解』(1590)→『논어』, 『長壽經諺解』(15××)→『장수』, 『詩經諺解』(1613)→『시경』, 『五倫全備諺解』(1721)→『오륜』, 『倭語類解』(1781)→『왜어』, 『蒙語老乞大』(1790)→『몽노』

이들은 그 수효가 많다고 할 수는 없으나 15세기 문헌에서의 표기법이 정연하였음을 고려할 때 본음인 /ㄹ/을 따르지 않고 'ㄴ'으로 표기된 것은 언어 현실의 솔직한 반영으로 생각함이 마땅하다. 이 중 ④는 근대 한어를 차용한 것으로 보이는 것인데, /l-/에 대한 인식이 국어 현실 한자음보다는 강했을 차용어에서도 이처럼 /ㄴ/으로 실현됨을 보이는 것은 그만큼 /ㄹ/이 /ㄴ/으로 실현되는 현상이 일반화되었음을 보여준다. 이와 관련하여 南廣祐(1973: 99~100)에서는 드물지만 15세기 말의 문헌에서 이런 양상이 나타남을 근거로 훈민정음 창제 당시에도 어두에서 /ㄹ/은 기피되었으나, 표기의 엄정성(특히 한자음)으로 'ㄴ'으로 표기되는 것이 기피되었던 것으로 이해한 바 있다.

이렇게 /ㄹ/을 지녔던 것들이 실제로 /ㄴ/으로 실현되는 양상은 다음과 같이 16세기 자료로 넘어가면 더욱 확산되는 모습을 보인다.

⑤ 兩班: H냥L반〈정속 21ㄴ〉, R냥L반〈번소 10 : 15ㄱ〉
⑥ 禮節: H녜H졀〈번소 9 : 15ㄴ〉
⑦ 龍: 뇽과〈몽육 9ㄴ〉, 뇽이〈야운 41〉
⑧ 蘭草: 난초 난〈광천·석천 12ㄱ/신유 상 : 7ㄱ〉
⑨ 鸞鳥: 난됴〈신유 상 : 11ㄴ〉

그러나 반대의 경우, 즉 /ㄴ/이 'ㄹ'로 표기된 것은 잘 보이지 않는다. 이를 종합하여 판단하여 보면 변화의 방향은 /ㄹ/>/ㄴ/이었다 하겠다.[5]

5 이렇게 된 까닭이 무엇인지를 정확히 파악하려면 어두에서 來母에 해당하는 것을 포함하는 한자어와 泥母에 해당하는 것을 포함하는 한자어의 개수, 이들의 사용 빈도 등을 종합적으로 고려하여 판단하는 작업을 할 필요가 있다.

이런 변화의 방향은 위의 자석류 문헌의 예뿐만 아니라 아래의 ⑩~⑫의 예에서 보듯 /ㄴ/을 'ㄹ'로 표기한 것이 16세기 후반 자석류 문헌에서 본격적으로 나타나는 것을 통하여 알 수 있다. 한자음을 제시하는 자석류 문헌에서 /ㄴ/을 'ㄹ'로 표기하였다는 것은 한자음의 음운론적 실현과 관련하여 의미하는 바가 크다.

⑩ 能: 릉ᄒᆞᆯ 릉〈신유 상 : 1ㄱ〉
⑪ 溺: 싸딜 릭〈신유 하 : 54ㄴ〉
⑫ 農: 녀느지을 롱/롱〈광천/석천 28ㄱ〉[6], 녀름지을 롱〈신유 하 : 24ㄱ〉

이 중 ⑩의 경우는 훈에서도 '릉'이 제시되어 1음절 한자어를 어기로 갖는 복합어 용언에서도 'ㄴ'이 아닌 'ㄹ'이 쓰일 정도로 /ㄹ/~/ㄴ/의 대치 현상이 광범위하게 퍼진 것을 보여 준다. 따라서 /ㄹ/>/ㄴ/으로 인해 /ㄴ/도 /ㄹ/로 수의적으로 대치되는 현상이 널리 확산되어 어두에서 /ㄹ/과 /ㄴ/의 구별이 점점 어려워지게 되었다는 것을 알 수 있다. 이런 현상은 ①~⑨의 예에서 볼 때 모음으로 /ㅣ/를 지닌 것이나 그렇지 않은 것이나 큰 차이가 있다고 보기는 어렵다.

2) 격음화 관련 현상

국어 음운사에서 격음을 지닌 어휘가 크게 증가한 것은 중세 국어 시기와 근대 국어 시기를 거치면서의 일이라는 것이 일반적인 인식이다. 이런 현상을 반영하듯 중세 국어 시기의 문헌 자료에는 격음화와

---

6 사선 앞의 것은 『광천』의 것을 뒤의 것은 『석천』의 것을 가리킨다.

관련하여 눈에 띄는 것들이 일부 관찰된다.

① 寶貝: R보H빅〈용가 83/석상 6 : 10ㄴ/월천 43/월석 1 : 11〉, R보L빅H로〈금삼 2 : 71ㄱ〉, R보H븨〈번박 43ㄴ〉

② 遮日: 幄 L쟈H싈 H악, 幕 L쟈H싈 H막〈훈몽 중 : 7ㄴ/13ㄴ〉[7], 쟈싈 막 幕〈백련 16ㄴ〉

위 예들은 성모가 격음을 지닌 현실 한자음 '貝 R패', '遮 L챠'와는 차이를 보인다. 이 중 ①은 李基文(1965)에서 한어계 차용어로 제시된 것이다. 이 말이 차용어인 것은 『번박』에서 확인된다.

『번박』에서는 "馬是第一寶貝"가 "Lᄆᆞ H리 R뎨H일 R보H븨H니"로 번역되어 있는데, 원문의 '寶貝'에는 '寶R밯/L봐貝H븨/H븨'와 같이 음이 달려 있다. 이곳 '貝[蟹開一去泰幫(博蓋切)]'의 좌측음과 우측음은 '패'보다는 '빅>븨'와의 관련성이 높다.[8] 이런 점에서 한자어 '보빅>보븨'에서 보이는 'ㅂ'은 '貝'의 개별 한자음에서 보이는 'ㅍ'과 달리 한어와 관련된 것으로 보는 것이 자연스럽다.

②에서는 '遮'가 현실 한자음 'L챠'와는 달리 평음으로 유통되고 있었음을 보여 준다. '遮'는 假開三平麻章(正奢切) ‖ 假開三去禡章(之夜切)과 같이 복수의 음운 정보를 지니는데, '막다, 가리다'의 의미일 때에는 正奢切을 반영한 '차'로 나타나고, '이'의 뜻으로 쓰일 때에는 '這'와 같은 뜻으로 之夜切을 반영한 '자'로 나타난다. '這[假開三上馬章(止也

7 출전 가운데 사선 앞의 것은 「예산본」의 것을 뒤의 것은 「동중본」의 것을 가리킨다.

8 한어의 음운 정보는 攝－開合－等－聲調－韻目－聲母－反切의 순서로 제시한다. 그리고 해당 음운 정보가 둘 이상인 경우에는 각 정보를 ‖으로 구분하도록 한다.

切)]'의 중세 국어 한자음은 운모의 양상이 다른 'H져', 'R져'로 나타나는 것으로 비정칙 대응을 하는 것이다.[9]

이 '遮'가 한어에서도 격음으로 대응할 만한 것은 역사적인 변천 과정은 물론이고 현대 방언 자료에서도 보이지 않는다. 이런 점에서 볼 때 '遮'가 평음 성모인 章母의 '쟈'로 나타나는 것은 국어 내부적 요인에 의해서 생겨난 것으로 이해된다. 그렇다면 '쟈'는 격음화 이전의 전승 한자음을 반영한 것으로 이해해 볼 수 있겠다.

그런데 이 '遮日'은 沈在箕(1982: 60~61)에서 한어계 차용어인지의 여부를 검토해 볼 필요가 있다고 한 것인데, 실제로 한어에서도 쓰이는 어휘이기도 하고 한어에서 '遮'의 음이 격음이 아님을 보면 '쟈실'이 한어의 영향을 받은 형태일 가능성이 있다. 그렇다면 '쟈'는 전승 한자음의 반영으로 다루기는 어렵게 된다.

3) 日母 이외의 한자음에서 보이는 /ㅿ/

전승 한자음에서 'ㅿ'은 日母/ɲ-(nʑ-)/의 한자음을 적기 위해서 사용된 문자로, 이 문자가 나타내는 소리의 음가는 /z/였던 것으로 이해되고 있다. 그런데 다음과 같이 日母가 아닌 한자를 지닌 어휘 또는 한자에서 'ㅿ'을 보이는 예가 있다.

① 每常: R믹L샹〈월석 25 : 39ㄱ〉(1474), 恒⇒R믹L샹〈두시 7 : 2ㄴ〉
② 襄: 襄L샹陽L양〈육조 하 : 24ㄴ〉

9 『全韻玉篇』에서는 이 글자의 한자음으로 정칙 대응하는 '쟈'가 제시되어 있다.

이곳의 '常'은 宕開三平陽禪(市羊切)의 음운 정보에서 보듯 성모가 禪母이므로 'ㅿ'으로 표기될 성질의 것이 아니다. 그렇지만 사용 빈도가 높은 어휘인 '每常'이 반복적으로 쓰이면서 반모음 /ㅣ/ 사이에서 '常'의 /ㅅ/이 유성음화된 것을 실제 발음에 가깝게 표기한 것이 '민샹'으로 이해된다.

이와 같이 日母가 아닌데도 'ㅿ'을 보이는 예로 ②의 '襄L샹'을 들 수 있다. 이 예는 "襄샹陽양 高고氏시의 子ᄌᆞㅣ러니"와 같이 한문 원문이 언해되면서 제시된 것으로 개별 한자의 본음이 제시되는 데에 초점이 놓인 것이다. '襄'은 宕開三平陽心(息良切)의 음운 정보를 지녀 心母이므로 마땅히 'ㅅ'으로 적혀야 하나 그렇지 않고 어두에서 'ㅿ'으로 주기되었는데, 이런 음운 환경을 볼 때 ①과는 달리 /ㅿ/으로 나타날 이유가 없다고 하겠다.

이런 점에서 볼 때 '襄'은 日母의 한자들이 '壤L샹', '攘L샹/R샹/H샹', '讓R샹'과 같이 두루 쓰이는 것에 유추된 것으로 보인다. 따라서 비음운론적인 요인에 의해서 '샹'을 지니게 된 것으로 보인다.[10] 그러므로 이후의 문헌인 『소언』, 『논어』, 『맹자』에서 보이는 'L양'은 /ㅿ/>ø의 변화 결과로 형성된 것으로 봄이 타당하다. 그렇다면 '襄'이 형성자들에 의해서 유추가 일어난 시기는 15세기 이전으로 올라간다고 생각할 수 있다.

10 '襄'이 본래 心母/s-/임을 반영하여 『全韻玉篇』에서는 '샹俗양'과 같이 '샹'이 정음임을 표시하고 있다.

4) /·/의 음운론적 성격

국어 음운사에서 /·/는 비어두에서는 /·/>/ㅡ/, 어두에서는 /·/>/ㅏ/의 변화를 단계적으로 거친 것으로 널리 이해된다. 이런 변화에서 한자음은 한자의 형태적, 의미적 자립성으로 말미암아 2단계의 변화를 따라 /·/>/ㅏ/를 보이는 것이 일반적이다. 이런 /·/의 음운론적 성격을 이해하는 데에 난제가 되는 흥미로운 대상이 있다.

① 盜賊

ㄱ. L도L즉[盜賊]〈용가 30/월석 1 : 5ㄱ/능엄 1 : 46ㄱ〉, L도L즈H기〈석상 9 : 24ㄴ/두시 20 : 49〉, L도L즈H기H니〈월석 2 : 21ㄴ/월석 22 : 49ㄴ〉, L도L즈H갯〈능엄 1 : 46ㄱ〉, L도L즉H호H딕〈월석 10 : 28ㄱ〉, L도L즉H힋L다H가〈월석 10 : 25ㄴ〉, L도L즉L힋H리H오〈능엄 6 : 113ㄱ〉, L도L즉L흘〈육조 하 : 43ㄴ〉, L도H즉H글 〈이륜 3ㄱ〉, L도H즉과 〈소언 5 : 73ㄴ〉

ㄴ. R도H적〈소언 6 : 18ㄱ〉

ㄷ. 賊們: L도L즉H들H히〈번노 상 : 27ㄴ〉

② 寶貝: R보H빅〈석상 6 : 10ㄴ/용가 83/월천 43/〈월석 1 : 11〉, R보H빅H로〈석상 13 : 19ㄱ/19 : 41ㄴ〉, R보H빅H롤〈석상 24 : 36ㄴ〉, R보H빅H옛〈월천 71ㄱ〉, R보L빅〈원각 서 : 46ㄴ/목우자 45ㄴ〉, R보L빅H로〈금삼 2 : 71ㄱ/원각 서 : 77ㄱ〉, R보H븨〈석보 6 : 10ㄴ/월석 2 : 31ㄱ/번박 43ㄴ〉

①의 '賊'은 曾開一入德從(昨則切)의 음운 정보를 지닌다. 이 登韻(德韻)의 한자음에서는 핵모음으로 /ㅡ/가 가장 널리 나타나고, /·/나 /ㅓ/로 대응하는 것도 나타난다. 이 중 /·/ 또는 /ㅓ/로 대응하는 것은 /ㅡ/보다는 古音을 반영한 것으로 추정되고 있다. 이를 고려한다면 ㄱ,

ㄴ, ㄷ에서 보이는 양상은 같은 한자에 여러 층의 음이 공존하는 것으로 이해할 수 있다. 이 중 /ㅓ/로 대응하는 것이 /·/에 대응하는 것보다는 고층의 음으로 논의된 바 있는데(河野六郎, 1968), 운미의 구개성의 영향으로 모음 상승이 일어난 결과로 /ㅡ/로 대응하는 것이 늘게 되었다는 논의도 있다(伊藤智ゆき, 2002).

이와는 다른 방향에서 南豊鉉(1968가=2014: 364)에서는 '도즉'이 쓰이다가 모음 조화로 인해 '도ᄌᆞᆨ'으로 바뀐 것이 아닐까 추정한 바 있다. '도즉'이란 형태가 극히 일부에서 보임을 고려한다면 이 가능성도 충분히 고려해 봄직하다. 그런데 한자어에 모음 조화를 상정하기가 주저되는 면이 있으며, /ㅡ/를 /·/보다는 고음으로 생각하기에는 한어 음운사와의 괴리와 크다는 점이 부담스럽다.

국어 문헌에서의 양상을 보면 'ᄌᆞᆨ'이 '적'보다는 이른 시기의 문헌에서 보이며 뒤 시기 문헌에서는 '적'이 많아진다. 이를 曾攝이 梗攝과 합류한 근대 한어에서의 변화에 구개성 운미의 영향을 함께 고려하여 보면 /·/가 전설화되고 고모음화되면서 /ㅓ/로 바뀐 것으로 이해된다. 그렇다면 /·/가 /ㅓ/보다는 고음을 반영한 것으로 보는 것이 타당할 것이다. 이런 고음이 이곳에서 오랫동안 잔존할 수 있었던 것은 '盜賊'과 '賊'이 고빈도 한자어인 것과 관련되어 보인다.

이를 종합적으로 고려한다면 /·/>/ㅡ/로 보는 것이, 한자음의 면에서는 曾攝과 梗攝의 합류와 구개성 운미의 영향에 의한 전설고모음화에 따라 'ᄌᆞᆨ>즉'이 일어난 것으로 볼 수 있고, 국어 음운사 면에서는 국어 어휘로서 널리 쓰이던 '盜賊'이 비어두에서의 /·/>/ㅡ/에 따른 것으로 볼 수도 있다는 점에서 이점이 있다.

이를 살피는 데에는 성조의 양상도 큰 참고의 대상이 된다. 국어 한자음에서 平聲은 L로, 上聲은 R로, 去聲은 R 또는 H로, 入聲은 H로 나타나는 것이 일반적이다(이돈주(1995), 권인한(2006)). 그러므로 '賊'의 성조도 정칙 대응에 해당하는 H일 것이 기대된다. 『이륜』과 『소언』의 예는 이런 기대에 부합하는 형태라 하겠다. 그렇지만 실제로는 L로 나타나는 것이 다수인 점을 주목할 필요가 있다. 그리고 去聲인 '盜[效開一去號定(徒到切)]'는 한어와 국어 한자음 사이의 일반적 대응에 따르면 R 또는 H를 보일 것이 기대되나 다수의 예에서 L을 보인다. 이처럼 통상적인 성조의 대응에서 벗어나 있다는 것은 그만큼 '도ᄌᆞᆨ'이 국어 어휘화하였음을 보여 주는 것으로 이해된다.

②의 '보ᄇᆡ'는 국어 현실 한자음과 비교할 때 운모의 모습이 다르다. '보ᄇᆡ'와는 형태가 다른 '보븨'는 각 형태의 출현 시기를 볼 때 비어두에서의 /·/>/ㅡ/에 따른 변화의 결과로 이해해 볼 수 있다.

그리고 성조도 차이가 있다. 『금삼』에서는 'R보Lᄇᆡ H로'가 보인다. '寶[效開一上皓幫(博抱切)]'와 '貝[蟹開一去泰幫(博蓋切)]'의 음운 정보를 고려할 때 기저 성조의 연쇄에서는 RR 또는 RH의 연쇄가 기대된다. 실제로 위에서 예를 든 "R보Hᄇᆡ H로〈석상 13 : 19ㄱ/19 : 41ㄴ〉", "R보Hᄇᆡ H를〈석상 24 : 36ㄴ〉", "R보Hᄇᆡ H옛〈월천 71ㄱ〉" 이외에도 "R보Hᄇᆡ H라〈용가 83〉", "衆寶Hᄂᆞᆫ L한 R보Hᄇᆡ H라〈월석 8 : 10ㄴ〉"에서 볼 수 있듯이 RH를 보이고, 이것이 조사 및 계사와 결합할 때에도 본래의 성조를 유지하고 있다.

그런데 『용가』, 『석상』, 『월천』, 『월석』보다 후대의 문헌인 『금삼』에서 RLH를 보이는 것은 '보ᄇᆡ'가 조사와 결합하여 하나의 율격 단위를 이루면서 성조 율동 규칙에 따라 去聲不連三이 적용되어 RHH→RLH의 변동을 거친 것으로 이해된다. '보ᄇᆡ>보븨'에서 보이는 이런 성조의 연쇄는 율동 규칙을 따르지 않은 것과 비교할 때 좀 더 국어 어휘화된 것에서 비롯된 것이 아닌가 생각된다.

5) 성조 실현에서의 차이

15세기 문헌과 16세기의 문헌에서 보이는 방점은 한자음의 성조 실현을 파악하는 데에 유익하다. 이런 방점이 한자어의 음운론적 이해를 하는 데에 도움을 주는 것을 살펴보도록 하겠다.

① 棋: L바H독R쟝L긔[將碁/將棋]〈두시 6 : 7ㄴ〉~L바H독R쟝L긔Hᄅᆞᆯ〈두시 14 : 17ㄱ〉~R쟝H긔〈훈몽 중 : 9ㄴ/19ㄱ〉
② 板: R쟝H긔H파Lᄂᆞᆯ[將碁板-]〈두시 7 : 4ㄱ〉~板 R널 H판〈훈몽 중 : 7ㄴ/14ㄴ〉

①의 '쟝긔'는 모두 한문의 '奕碁'에 대응하는 것이다. 이 '弈'은 "R쟝H긔 H혁 一云圍棊〈훈몽〉"에 음훈이 실려 있는데, 이 훈의 성조 H와 『두시』의 L은 성조가 다르다. '棊=棋'의 음운 정보가 止開三平之羣(渠之切) 임을 감안하고 『훈몽』의 "棊 L바H독 L긔 俗呼圍棊又R쟝L긔曰象棊"를 고려하면 L로 대응하는 것이 일반적인 경향을 따른 것이라 하겠다.

이를 종합적으로 고려하면 『훈몽』의 'R쟝H긔'에서 H로 실현되는 것은 성조 율동 규칙을 따른 것으로 보이는 반면에, 『두시』의 예들은 그렇지 않은 것으로 보인다. 이는 '쟝긔'가 선행하는 '바독'과 하나의 율격 단위로 실현되지 못하고 중간에 휴지를 둔 句로 실현되었음을 보이는 것으로 이해된다. 이런 점에서 이때의 H는 '棊=棋'의 한자음 자체의 성조를 표시한 자료로는 이용하기가 힘들다 하겠다.

②에서 'R쟝H긔H파L늘'은 한문 원문의 "碁局"에 대응하는 것이다. 여기에서 '板'은 H로 나타나는데, 이 글자가 山合二上潸幫(布綰切)의 음운 정보를 지니고 있는 것을 고려하면 H로 대응하는 것이 정칙 대응으로 보인다. 여기에서 눈에 띄는 것은 거성이 세 개가 연쇄되었다는 점인데, 이것은 '쟝긔파늘'이 하나의 율격 단위가 아니었다는 것을 보여 준다. 따라서 『두시』의 예는 '쟝긔'와 '판' 사이에는 휴지가 놓여 句로서 인식된 것이라 하겠다.

6) 기타 음운 현상의 반영

한자를 구성 요소로 포함한 어휘 중에는 개별 한자의 음과는 차이가 있는 것들이 있다. 이들 가운데에는 한자음의 문제로 볼 수 있는 것도 있지만 그렇지 않은 것도 있다.

① 例: L샹H녜〈석상 서 : 6ㄴ/법화 6 : 13ㄴ〉, L샹H녜H를〈월석 17 : 73ㄴ/능엄 1 : 20ㄴ〉, L샹H녤〈법화 6 : 64ㄱ〉, L샹H녜L니〈금삼 4 : 61ㄴ〉, L샹H녜L릇L외H디〈두시 6 : 26ㄴ〉, L샹H녜L릇L왼〈두시 17 : 12ㄴ〉, L샹H녜L릇H이〈내훈 1 : 68ㄴ〉, 常例〈용가 27〉, L샹R례〈번소 8 : 6ㄴ〉 ※R례H숫 R례〈훈몽 상 : 18ㄴ/35ㄱ〉, 녜ᄉᆞ 녜〈신유 상 : 25ㄱ〉

② 瓜: 冬瓜子 L동L화H씨〈구간 3 : 77ㄴ〉, 冬瓜汁 L동L화L즙 L디L허 L뽄 L즙二合〈구간 3 : 88ㄱ〉, 冬L둥/H둥瓜L과/H과 : L동L화〈번노 하 : 38ㄱ〉

①의 경우 來母인 '例'는 비어두에서 '녜'로 나타난다. 이는 얼핏 보면 /ㄹ/~/ㄴ/의 대치 현상으로 이해될 수 있다. 그러나 15세기 중기 자료

에서도 이 음이 보이고 '常例'란 어휘에서 이런 현상이 반복적으로 관찰됨을 볼 때 그 원인이 다른 곳에 있을 가능성이 있다.

중세 국어에서는 'ᄃᆞᆮ-+니-'의 결합으로 이루어진 합성어의 경우 'ᄃᆞᆮ니-'뿐만 아니라 'ᄃᆞᆫ니-'로 비음화를 반영하여 표기된 것들도 보이는 반면, 활용형에서는 이런 변동을 반영하고 있지 않음은 주지의 사실이다(김성규, 1996: 33). 즉 합성어의 형성이 완료되었다고 인식되는 경우에 구성 요소가 긴밀하게 결합되었음을 음운 현상을 반영한 표기로써 구분하고 있다고 볼 수 있다.

이런 점을 참고하면 '샹녜'의 경우도 합성어가 형성되면서 일어난 치조 비음화 현상을 반영한 표기로 이해해 볼 수 있을 것이다. 즉 이곳의 '녜'는 한자음에서 보이는 /ㄹ/~/ㄴ/의 대치 현상과 관련되는 것이기보다는 합성어 형성 과정에서 생긴 치조 비음화를 표기에서도 반영하고 있는 것으로 볼 수 있는 것이다.

그러나 『번소』의 '샹례'에서 볼 수 있듯이 '常例'를 한자어 각 구성 요소의 본래의 형태에 맞게 표기한 예도 있다. 이런 표기 양상은 'ᄃᆞᆮ니-'와 'ᄃᆞᆫ니-'의 표기가 공존하는 것과 닮은 점이 있다.

그런데 『신유』를 보면 '例'는 '녜ᄉᆞ 녜'로 음훈이 주기되어 있어서 'R례Hᄉᆞᆺ R례'로 주기된 『훈몽』과는 달리 'ㄹ'과 'ㄴ'의 표기가 갈려 확연한 차이를 보인다. 이는 전술한 바와 같이 來母가 16세기 중엽을 거치면서 泥母처럼 나타나는 양상이 확산된 것과 관련이 되는 것으로 이해해 볼 수 있는 것으로 '샹례~샹녜'와는 성격이 같다고 하기는 어려워 보인다.

②는 '瓜[假合二平麻見(古華切)]'가 '冬瓜'라는 어휘에서 '동화'와 같이 나타나 見母/k-/의 일반적 대응 양상에서 벗어난 초성 /ㅎ/을 보이는

경우이다.[11] 이처럼 '瓜'가 /ㅎ/을 보일 근거를 한자음 정보로는 찾기가 어렵다. 또한 형성자 중에 '瓠'와 같이 반절이 胡化切인 匣母의 글자가 있기는 하나 이 글자는 벽자일 뿐 아니라 중세 국어 자료에서는 쓰임이 전혀 보이지 않는 것으로 이 글자에 의한 유추의 가능성도 생각하기 쉽지 않다.

이런 점에서 볼 때 '冬瓜'과 '동화'로 나타나는 것은 '동과〉동화〉*동와〉동아'와 같이 유성음 사이에서 /ㄱ/이 음운론적으로 약화되어 마찰음화한 것을 반영한 것으로 생각된다. 즉 /k/〉/h/가 있었음을 보여 주는 것으로 이해된다.[12] 이렇게 생긴 '동화'가 이후 유성음 사이에서의 /ㅎ/이 탈락하고 원순성 활음 /w/를 잃으면서 오늘날의 '동아'로 변한 것으로 이해된다.

3. 음운론적 성격을 통한 어원 이해

중세 국어 문헌을 보면 한자어로 추정되는 것들 중에 한자 표기가 보이지 않아 해당 어휘의 어원을 분명히 알기 어려운 것이 적지 않다. 이런 것들은 해당 어휘의 의미, 성모·운모·성조의 표기, 언해서의 경

---

11 이 말은 현대 국어에서는 '동아'로 남아 있다. 또한 함북에서는 '동아꼬지'가 '호박꽃'의 방언으로 쓰인다(『우리말샘』 참고). 이는 劉昌惇(1975: 82~83)에서 『조선어사전』에 실린 '동아'를 바탕으로 'ㄱ〉ㅇ'의 변화의 예로 제시된 것인데, 이 논의에서 /ㄱ/〉/ㅎ/의 변화는 주목되지 못하였다.

12 15세기 국어에서는 /ㄹ/ 또는 반모음 /ㅣ/ 뒤에서 /ㄱ/이 약화되어 /ɦ/가 되는 '알고→알오', 'ᄃᆞ외고→ᄃᆞ외오'와 같은 현상이 있었으나, 이와는 음운론적인 조건이 달라 같이 묶어 이해할 수 있는 것인지는 더 생각해 볼 필요가 있다.

우 원문과의 대비 등을 통하여 정확한 어원이 무엇인지를 추적하는 것이 필요하다. 이에 중세 국어 한자어 가운데에서 어원을 정확히 추정하는 데에 어려움을 겪고 있는 것들을 대상으로 하여 이와 같은 추적 작업을 하여 보도록 하겠다.

① 丈家: R댱L가H들H며〈석상 6 : 16ㄴ〉, R댱L가H드L리H고〈석상 6 : 22ㄱ〉, R댱L가H드L리H를 ᄒᆞ며〈석상 23 : 34ㄴ〉 ※娶 댱가들 쥐〈신유 하 : 40ㄴ〉

② 筯~箸: 玉筯 ⇒ 玉H져H왜〈두시 15 : 23ㄴ〉

③ 斫刀: L쟉L도H와〈월석 21 : 45ㄴ〉, 鍘 L쟉L도 H찰〈훈몽 중 : 8ㄴ/15ㄴ〉 ※쟉도 斫刀〈왜어 하 : 16ㄴ〉

④ 操心: R조L심〈석상 9 : 37ㄱ〉, R조L심〈내훈 2 : 51ㄱ〉, R조L심LᄒᆞH고〈두시 11 : 24ㄱ〉 ※ 操心ᄒᆞᆫ다〈오륜 4 : 3ㄴ〉, 操心ᄒᆞ야〈몽노 1 : 24ㄴ〉

⑤ 行迪: R힝H뎍〈석상 9 : 14ㄴ〉, R힝H뎌H글〈석상 9 : 14ㄴ〉, 行蘊H은 R힝H뎍L홀H씨H오〈월석 1 : 35ㄴ〉, 紀善行(H긔R션R힝)ᄒᆞ야⇒ H어L딘 R힝H뎍H을 H긔H록HᄒᆞL야〈번소 6 : 2ㄱ〉

⑥ 鍮鉐: 眞鍮 ⇒ 眞實ㅅ L듀L셕H이L라H도〈금삼 2 : 71ㄱ〉, 鍮鉐 L토L셕〈법화 1 : 76ㄱ〉(1500), 鍮 L듀L셕 L듀, 鉐 L듀L셕 H셕〈훈몽 중 : 15ㄴ/31ㄴ〉

⑦ 上佐: R샹H재〈석상 6 : 1ㄴ〉

⑧ 白魚: 鰷 R빅L어 L됴 俗呼麵條魚〈훈몽 상 : 11ㄱ/20ㄴ〉 ※ 鰷 빅어〈시경 19 物名〉

①의 '丈'은 宕開三上養澄(直兩切)의 음운 정보를 지닌 것으로 『훈몽자회』에는 'R댱 L댱'으로 실려 있고 다른 문헌들에서도 'R댱'이 보인다. 'R댱'은 '丈'의 음운 정보와 잘 대응한다. '家'도 'L가'로 나타나는데 이

는 假開二平麻見(古牙切)의 음운 정보를 반영한 음인 'L가'와 잘 일치한다. 이런 면을 고려할 때 '댱가' 또는 '댱가'로 적힌 것들은 그 어원을 '丈家'로 추정하는 데에 큰 문제가 없다.

②에서 『두시』의 '玉H져H왜'는 원문의 "玉筯"를 번역한 것이다. 이곳 '玉H져'의 'H져'는 원문의 '筯'에 대응하고 '筯'는 '箸'와 통하는 것이라는 점에서 이 한자의 음을 반영한 것으로 볼 여지도 있다. 그런데 '筯'와 '箸'는 모두 遇開三去御澄(遲倨切)의 음운 정보를 지니는 것으로 구개음화를 반영하지 않고 있는 『훈몽』의 양상을 감안할 때, '뎌'로 나타날 것이 기대된다. 그러므로 '져'는 국어 한자음과 대응하는 것이라고 보기는 어렵다.

그런데 만일 이 '져'가 '筯' 또는 '箸'의 근세 한어를 차용한 것이라면 달리 볼 수 있는 여지가 있다. 한어에서는 이미 설상음의 정치음화가 일어나 설상음은 모두 파찰음이 되었는데, 이런 변화 이후에 '筯' 또는 '箸'의 한어를 차용한 것이라면 '져'로의 수용은 전혀 문제될 것이 없다. 이런 점을 고려해 볼 때 '져'는 차용에 의해 형성된 한자어일 가능성이 있다고 판단된다.

③에서 '쟉도'는 『왜어』의 예와 한자의 뜻과 음을 고려할 때 '斫刀'를 어원으로 하는 것임을 추정할 수 있다. '斫[宕開三入藥章(之若切)]'의 음운 정보와 국어 한자음 사이의 통상적인 대응을 고려한다면 '斫'의 음은 'H쟉'으로 나타날 것이 기대된다. 그러나 'L쟉L도'와 같이 L로 나타나 통상적 대응 양상에서 벗어나는데 이는 국어 어휘화하는 과정에서 생긴 성조의 변화로 추정된다.[13]

13 『훈몽』에 실린 훈 중 한자어로 보이는 것에서도 어두에서 평성화된 것들이 적지 않다.

④에서 '조심'은 어원을 '操心'으로 보는 것이 일반적인데, 이와는 달리 '調心'으로 보는 견해도 있다(南豊鉉, 1968가=2014: 391). '調心'에는 어지러운 마음을 가라앉히고 평온한 상태를 유지함의 뜻이 있어서 의미적으로 볼 때에는 '조심'의 어원이 될 가능성이 충분히 있다. 그러나 '調'는 效開四平蕭定(徒聊切) ‖ 效開四去嘯定(徒弔切)의 음운 정보를 지닌 것으로 15세기 국어 자료에서는 '조'로 나올 수 없다는 점에서 그 가능성이 배제된다. 따라서 '調'보다는 '操'가 그 어원이 될 가능성이 높다고 하겠다.

그러나 여기에도 문제가 없는 것은 아니다. 그것은 '操'가 效開一平豪清(七刀切) ‖ 效開一上皓心(蘇后切) ‖ 效開一去號清(七到切)의 음운 정보를 지니고 있고 국어 한자음에서는 성조가 L을 보이는 반면에 '조심'에서는 R로 나타난다는 것이다. 그러나 七到切에 해당하는 것이 『集韻』 등의 운서에 "所守也, 持念也"로 그 뜻이 실려 있어서 "持念也"의 의미를 지님을 고려하면 의미 면에서 평성과 거성의 것은 서로 통할 수 있는 면이 크다. 이런 점에서 七到切을 반영한 것이라면 국어 한자음과 한어 사이의 일반적인 성조 대응 관계에 비추어 볼 때 R로 나타나는 것이 충분히 예측되고 자연스러운 것이라는 면에서 '操心'이 RL로 나타나는 것은 이해가 가능하다.

"酗 L쥬H졍L훌 H후[酒 : 流開三上有精(子酉切)]〈하 : 7ㄱ/15ㄱ〉", "芥 L계Hᄌᆞ R개[芥 : 蟹開二去怪見(居拜切)]〈상 : 7ㄴ/14ㄱ〉", "匠 L쟝L신 H쟝[匠 : 宕開三去漾從(疾亮切)]〈중 : 1ㄴ/2ㄱ〉", "醋 L초 R초, 醯 L초 L혜[醋 : 遇合一去暮清(倉故切)]〈중 : 10ㄴ/21ㄱ〉" 등이 그 예이다. 이 중 'L쟝L신'과 같이 L 앞에서 L이 되는 것은 복합어 형성 규칙에 따른 것일 수도 있다. 복합어 형성 규칙에 관해서는 김성규(1994: 34~40)을 참고. 그러나 나머지 것들은 이에 따라 설명하기 어려운 것으로 이 한자어들이 국어 어휘화하는 과정에서 일어난 특이성으로 이해된다.

⑤의 '힝뎍'에서 '힝'에 대응하는 한자가 '行'임은 의심의 여지가 없다. 그러나 '뎍'에 대응하는 한자에 관해서는 거의 대부분의 논의에서 '蹟' 또는 '績' 또는 '跡'으로 지적되어 왔다. 그런데 '蹟', '績', '跡'은 모두 精母에 해당하는 것으로 '뎍'을 설명하기에는 어렵다는 점에서 문제가 있다. 이런 점에서 '뎍'의 어원을 '蹟' 또는 '績' 또는 '跡'으로 보는 것은 재고를 요한다.

그래서 음과 뜻을 모두 고려하여 '뎍'에 대응할 만한 것을 찾아보면 定母인 '迪'을 하나의 후보로 골라 볼 수 있다. 이 '迪'은 梗開四入錫定(徒歷切)의 음운 정보를 지닌 것으로 『신유』에 '인도홀 뎍'으로 음훈이 주기되어 있다. 또한 '蹟' 또는 '跡'과 [가다]의 의미를 공유하는 것으로 의미도 유사하다. 그리고 道[길], 遵循[좇다, 이끌다], 出走[가다], 實踐·實行, 繼承의 의미를 지니는 것으로 '蹟' 또는 '績' 또는 '跡'과 의미가 두루 통하는 것들이다. 이런 면에서 볼 때 '힝뎍'의 어원은 '行迪'으로 판정해도 무리가 가지 않을 것으로 생각된다.

⑥과 관련하여 南豊鉉(1968가=2014: 364~365)에서는 근거를 찾기는 어렵다고 하면서 '듀셕'은 중국 구어를 모델로 한 직접 차용으로 추정한 바 있다. 그런데 한어에서 이 음이 성모가 평음으로 대응하고 운모가 'ㅠ'로 나타날 만한 것을 찾기가 어렵다. 『집운』에는 '鍮'와 관련하여 "或作鋀"와 같이 '鋀[流開一平侯透(託侯切)]'와의 통용에 관한 기술이 있으나 '鋀'의 현대 국어 한자음은 '두'인데 아쉽게도 중세 국어 한자음을 확인할 수 없다. 하지만 이 글자의 음운 정보를 고려할 때 '듀'를 기대하기가 어려운 것은 분명하다.

이런 점을 고려할 때 '듀셕'은 한어와의 관련성을 생각하기는 어려운 음으로 보인다. 이보다는 국어 내부적으로 형성된 음으로 봄이 가능성이 있지 않을까 생각된다. 즉 이 '듀'는 성모는 차청음에서도 평음으로 대응하는 것이 적지 않다는 점을 고려하고, 형성자들이 '俞[遇合三平虞以(羊朱切)]', '喻[遇合三去遇以(羊戍切)]' 등과 같이 운모가 'ㅠ'임을 고려하여, 이 두 가지 양상이 혼효되어 나타난 것으로 생각해 볼 수도 있을 것이다.

⑦의 '샹재'는 『석상』의 "샹재 ᄃᆞ외에 ᄒᆞ라"를 볼 때 '샹자+ㅣ'의 결합으로 이해해 볼 수 있다. 국어사전, 일본어사전 등을 참고하여 보면 이곳 '샹자'는 '上佐'에 대응하는 것으로 되어 있다. 이와 달리 南豊鉉(1968가=2014: 376)에서는 이 '샹자'를 和尙의 補佐者로 보고 '尙佐'로 처리하였다는 점에서 차이가 있다.

'尙'이나 '上' 모두 음이 '샹'인데 성조를 보면 '尙'은 대개 H를 보이고 일부 R를 보이는 반면에 '上'은 R가 절대적으로 우세하고 일부 H를 보인다. '佐'는 'R좌'가 우세하나 'H좌'도 한 예가 보인다. 이런 성조의 대응을 고려한다면 '샹자'는 '尙佐'보다는 '上佐'로 보는 것이 부담이 적고 자연스럽다.

다음으로 '佐'가 '자'로 나타나는 것은 果開一去箇精(則箇切)의 음운 정보를 고려할 때 근대 한어의 영향을 받아 원순성 개음이 첨가되기 이전의 전승음을 유지한 것을 볼 수 있다. 다만 '佐'의 성조가 R가 아닌 H로 나타나는 것은 좀 더 고찰이 필요하다. 이것은 '上佐'가 이미 한 단어가 되었기에 이 과정에서 성조의 변화가 있었을 수 있고, 게다가 한 음절로 축약된 보격 조사 'ㅣ'와 결합하며 성조의 변동이 일어난 것일 가능성 또한 고려해야 한다. 이런 점에서 '佐'가 'H자'로 나타나는 것은 성격을 단정하기는 어렵다.

⑧에서 '鰷'는 "R빅L어 L됴 俗呼麵條魚"와 같은 『훈몽』에 실려 있는

데, 『시경』에서는 '鰷됴'가 物名에서 'ᄇᆡᆨ어'로 실려 있다. 그리고 후대의 문헌이기는 하지만 『한불자전』(1880)에는 "ᄇᆡᆨ어 白魚 ᄇᆡᆼ어", "ᄇᆡᆼ어 白魚 ᄇᆡᆨ어", "ᄲᅣᆼ어 白魚"가 나타나고, 『국한회어』(1895)에는 "백어 白魚"가 실려 있다. 이런 것을 고려할 때 이 'ᄇᆡ어'는 '白魚'에서 온 말임이 틀림없다 하겠는데, 이런 형태를 갖게 된 것은 다음과 같이 생각해 볼 수 있겠다.

첫째, 근대 한어에서 운미가 탈락한 형태를 받아들여 'ᄇᆡ어'가 생겼을 가능성이 있다. 둘째, 우리 음으로 읽은 'ᄇᆡᆨ어'도 실제로 쓰였음을 알 수 있다. 셋째, 후대에 '*ᄇᆡᆼ어'가 있는 것을 보면 문증되지는 않지만 'ᄇᆡᆨ어 〉 *ᄇᆡᆼ어 〉 ᄇᆡᆼ어'와 같이 비음화를 겪은 형태가 있었을 가능성이 있다.

이 중 비음화의 가능성은 후대의 것이기는 하나 '烏賊魚'에 대응하는 말이 『동의보감』(1613)과 『역어』에서 '오증어'로 나타나는 것을 참고할 수 있다. 이와 관련하여 劉昌惇(1975: 83)에서는 '오즉어'의 /ㄱ/이 /ㅇ/으로 바뀐 것으로 제시한 바 있다. 그러나 이런 음운 변화가 일어난 과정에 관해서는 설명이 제시되어 있지는 않았다.

음운 변화가 무조건적인 변화가 아니라면 어떤 환경에서 해당 변화가 일어났는지를 살펴보아야 한다. 이에 따라 생각하여 보면 입성 운미 /-ㄱ/을 지닌 '賊'이 '증'으로 나타나는 것은 후행하는 '魚'의 초성이 /ŋ-/로 발음되었다고 보아야만 자연스럽게 설명할 수 있다. 17세기 초의 자료에서 '오증어'가 보임을 보면 이미 중세 국어 시기에는 '*오즉어 〉 *오증어'의 비음화가 일어났다고 보는 것은 어렵지 않을 것이다. 그러한바 'ᄇᆡᆨ어 〉 *ᄇᆡᆼ어 〉 ᄇᆡᆼ어'의 과정을 거쳐서 'ᄇᆡᆼ어'가 형성되어 쓰이게 된 것을 충분히 이해해 볼 수 있다고 판단된다.[14]

이처럼 음운론적인 면에서의 고찰을 통하여 한자어의 어원을 추적하여 본바, '져'는 구개음화와 관련지어 볼 때 한어계 차용어로 보는 것이 타당함을 알 수 있고, '힝뎍'의 경우도 구개음화에 대한 과도 교정을 생각하기 어렵다는 점에서 종래의 추정과는 달리 '行迪'으로 봄이 타당함을 알 수 있고, '듀셕'은 성모와 운모의 양상을 고려할 때 한어의 음을 반영한 것으로 보기보다는 국어 내부에서 유추에 의해 형성된 음으로 보인다는 것 등을 확인할 수 있었다. 따라서 한자어를 살피는 데에 이와 같은 한자음의 성모, 운모, 성조를 모두 유심히 살펴서 한어와의 대응 관계를 잘 살피는 것이 중요함을 알 수 있다.

4. 한자음 자료로서의 한자어의 가치

1) 한자음 자료의 확충

중세 국어 문헌에서 한글로 표기된 한자어 가운데에는 중세 국어 한자음 자료에서는 확인할 수 없는 한자음을 제공하는 경우가 상당히 있다. 이에 관하여 자료를 제시하고 살펴보도록 하겠다.

① 高喊: L고H함H코[高喊-]〈월석 10 : 29ㄱ〉, L고H함HᄒᆞH야〈월석 23 : 86ㄴ〉, L고H함H호HᄃᆡH〈삼강 충 : 21〉

② 彼便: R비L편〈두시 7 : 25ㄱ, 24 : 16ㄴ〉~R피L편〈두시 25 : 39ㄱ〉

14 『동국신속삼강행실도』(1617)에는 "쇼경대왕이 틍명으로 벼슬 올리시고 금 샹됴애 정문ᄒᆞ시다〈효 6 : 21ㄴ〉"에서 '틍명'이 보이는데 이는 후행하는 /ㅁ/에 선행하는 /ㄱ/이 동화되어 /ㅇ/으로 나타난 '特命'을 표기한 것이다.

③ 苗: L모〈두시 7 : 36ㄴ〉

④ 反: L공L번H히〈능엄 8 : 94ㄴ〉, L공L번HᄒᆞH샤〈법화 4 : 38ㄴ〉, L공L번HᄒᆞH야〈월석 15 : 23ㄴ〉, 公反〈내훈 1 : 34ㄱ〉, 公⇒L공L번LᄒᆞH고〈소언 5 : 13ㄱ〉

⑤ 誇: L과HᄒᆞH샤〈석상 11 : 27ㄱ/용가 106〉, L과HᄒᆞLᄉᆞHᄫᆞH니〈용가 57〉 ※誇 쟈랑 과〈신유 하 : 16ㄱ〉

①처럼 '고함ᄒᆞ-'가 쓰이는 예들이 일부 보이는데, 이것의 어원과 관련하여 南豐鉉(1968가=2014: 354~355)에서는 '高喊'을 뜻하는 것으로 보았다. 한편 이 '고함'은 '鼓喊'으로 이해해 볼 수 있는 여지도 있다.[15] 이 '고함'이 쓰인 "爲頭 도ᄌᆞ기 기쩌 ᄀᆞ마니 出슈호ᄃᆡ……ᄌᆞ낙ᄌᆞ나기 자ᄇᆞ라 ᄒᆞ고 ᄒᆞᆫᄢᅴ 고함코 나거늘〈월석 10 : 28ㄴ-29ㄱ〉"이나 "金氏 ᄒᆞ오ᅀᅡ 내ᄃᆞᄅᆞ니 버미 ᄒᆞ마 남지ᄂᆞᆯ ᄆᆞ러 ᄃᆞᆮ거늘 金氏 나모활 들오 고함코 나ᅀᅡ가아 왼소ᄂᆞ로 남진 잡고 올ᄒᆞᆫ소ᄂᆞ로 버믈 티니〈삼강 충 : 21〉"을 고려할 때 '鼓喊'이 지니고 있는 의미보다는 '高喊'이 지닌 의미로 이해하는 것이 자연스러움의 정도가 높다. 그러나 이런 의미에 기반을 둔 판단만으로는 불투명한 점이 있으므로 음운론적인 양상을 살펴서 이해해 볼 필요가 있다.

'高[效開一平豪見(古勞切)]', '鼓[遇合一上姥見(工戶切)]', '喊[咸開一上感曉(呼覽切) ‖ 咸開二上豏匣(下斬切) ‖ 咸開二上豏曉(呼豏切)'의 음운 정보와 중세 국어 한자음을 비교하여 보면, '高'는 'L고'로 나타나며, '鼓'는 'H고' 또는 'R고'로 나타난다. 따라서 '고'의 성조가 L로 되어 있음을

15 이 말은 "북을 치면서 여러 사람이 함께 큰 소리를 지름."의 의미를 지닌 것을 『표준국어대사전』에 올라 있다.

고려하면 '고'는 '鼓'보다는 '高'에 해당하는 것으로 봄이 타당하다.

이어서 '喊'은 중세 국어 한자음을 알 수 없는 한자이다. 그러나 이곳에서 보듯이 'H함'으로 실려 있고, 'L고'에 이어서 나온 것이므로 성조율동 규칙의 적용의 결과는 아니므로 기저의 성조를 반영한 것으로 판단된다. 이 'H함'은 '喊'이 지닌 음운 정보와도 잘 어울린다. 이를 종합적으로 검토하면, 우리는 '喊'이 15세기에 'H함'이란 음을 지니고 있었던 것임을 알 수 있다. 따라서 이를 중세 국어 한자음의 정보로 사전에 추가할 수 있게 된다.

②와 관련하여 南豊鉉(1968가=2014: 373~374)와 이기문(1999: 129)에서는 『두시』의 'R비L편[敵]'과 'R피L편[敵]'을 고려하여 '彼便'에서 왔음을 쉽게 추정할 수 있다고 하였다. 즉 '彼'의 음에 '피' 이외에 '비'가 있었음을 알 수 있다고 한 것이다.

'彼[止開三上紙B幫(甫委切)]'의 음운 정보를 고려하면 성모가 전청의 幫母이므로 '비'가 일반적인 대응 양상을 따른 것이고 '피'가 비정칙 대응을 보이는 것이다. 이를 고려하면 '비〉피'의 변화를 겪은 것으로 추정함이 가능성이 높다. 이 글자의 성모가 幫母임을 고려할 때, 이런 격음화가 일어날 만한 요인을 한어에서 찾기는 어렵다. 이에 다른 요인을 검토할 필요가 있다.

이 글자의 성부는 '皮'인데 '皮[止開三平支B竝(符羈切)]'의 중세 국어 한자음은 'L피〈육조, 훈몽, 논어, 맹자〉'로 나타난다. 이 '皮'는 竝母로 전탁음이기는 하나 濁音淸化하면서 次淸化한 것이다.[16] 이런 한어의

16 현대 자전 중에 『명문』을 보면 '피'와 더불어 '비'란 음도 실려 있다. 이 '비'는 격음화하기 전의 음을 반영한 것이 아닌지 조심스럽게 추정해 볼 수 있다. 만일 그렇다면 '비'는

변화가 '皮'의 음에 영향을 미쳤을 수 있다. 또한 '皮'를 포함하는 글자들 중에 '坡, 波, 破, 頗' 등이 '파'란 음을 갖는다. 이런 글자들이 성모가 /ㅍ/으로 대응하는 것이 '皮'의 음에 영향을 미쳤을 가능성도 아울러 생각해 봄 직하다.

③과 관련하여 "이는 "秧은 禾莖이니 揷秧은 모심기라〈두시 7 : 36ㄴ〉"과 같이 '苗'에 대응하는 말이 'L모'로 쓰임을 발견할 수 있다.[17] 이에 관해서 趙世用(1991: 75)에서는 '모'를 '묘>모'의 변화를 거친 것으로 기술한 있다. 이런 설명은 '票[效開三平宵滂(撫招切)]'가 강원, 경상, 전남, 평북, 함경 등의 방언에서 '포'로 쓰임을 볼 때 충분히 고려할 만한 것이다.

이 '苗[效開三平宵B明(武瀌切)]'의 음운 정보를 보면 宵韻 B류, 明母의 글자임을 고려할 때 이른바 重紐에 따른 운모의 대립과 관련되는 경우이다. 전승 국어 한자음에서는 이곳 宵韻에서는 A류와 B류의 구별이 없이 모두 /ㅛ/ 형태로 나타난다(이돈주(1995), 권인한(2006) 등). 그러나 越南 한자음에서는 이런 중뉴의 구별이 확연히 나타나는데(平山久雄 1967), A류에 속하는 '票'는 [phiếu]로 나타나고 B류에 속하는 '苗'는 [meo]로 나타나서(漢典 https://www.zdic.net/), 개음이 보존된 경우와 탈락된 경우로 구별된다. 이런 개음의 음성적인 특징을 고려하여 판단하면 '苗'에서 보이는 '모'는 漢語 원음이 지니는 개음의 차이를 반영한 음일 가능성도 있다.

'皮'가 들어와서 초기부터 유통되던 음을 여전히 유지한 것으로 생각해 볼 수도 있을 것이다.

17 이보다 후대의 자료이지만 17세기 초의 『현풍 곽씨 언간』에도 "나도 모 심기옵고 타작ᄒᆞ온 휘면〈현풍 140〉"에서처럼 '모'의 쓰임이 보인다.

이런 면을 종합적으로 고려하면, 宵韻에서 중뉴의 구별이 음의 차이로 나타나지 않는 국어 한자음의 틀에서는 '표 > 포'와 같은 '묘 > 모'의 변화가 있었을 것이라고 봄이 가능성이 높아 보인다. 그러나 宵韻의 중세 국어 한자음에서 중뉴의 구별이 보이지 않게 된 것이 唐代 이후에 점차 중뉴가 소실되면서 재편된 漢語의 음이 덧씌워진 결과일 수도 있다. 만일 그렇다면 '모'는 고형의 음이고 '묘'는 신형의 음이 된다고 할 수 있다. 이렇게 본다면 도리어 중세 국어 한자음은 '모 > 묘'의 변화를 거친 결과라고 할 수도 있다. 여기에 또 하나의 가능성으로서 외래어로서 '苗'가 유입되어 정착된 경우라고 한다면 그 유입 시기가 '모'로 청취되던 때였다고 볼 수도 있다. 이렇게 유입된 '모'는 외래어의 특성으로 말미암아 전승 한자음과는 다른 형태를 유지하며 계속 쓰인 것으로 생각할 수도 있다.[18]

④와 관련하여 『내훈』에서는 '公反'이 노출된 채로 쓰이는데, 여기의 '公'을 『소언』에서는 '공번ᄒᆞ고'로 번역하고 있다. 그리고 『논어』에서는 '反'이 'L번'으로 주기된 것이 보인다. 따라서 '公反'에서 '反'에 대응

18 '苗'가 언제부터 '묘'란 음을 가지게 되었는지를 파악하는 것은 상당히 중요한 의미를 지닌다. 그것은 이 글자를 성부로 하는 형성자 描[效開三平宵明(武瀌切) ‖ 效開二肴明(莫交切)], 猫=貓[效開三平宵明(武瀌切) ‖ 效開二肴明(莫交切)], 錨[效開三平宵明(武瀌切) ‖ 效開二肴明(莫交切)], 淌[效開二平爻明(謨交切)] 등이 '묘'란 음을 갖는 것과 밀접한 관련을 맺고 있어서이다. 南廣祐(1973: 33)에서는 1등자인 畝[流開一上厚明(莫厚切)]가 『훈몽』, 『신유』의 '모'와는 달리 『천자』에서 '묘'란 음을 갖는 것을 '苗·猫·貓' 등의 음이 '묘'인 것에 유추된 것으로 다룬 바 있다. 이렇게 지목된 글자 가운데에서 『훈몽』에는 '貓'에 대해서 "正音毛"이란 주석이 달려 있다. 즉 정음이 '모'임을 알 수 있는 것이다. 이로써 이 글자와 같은 음운 정보를 지니는 '描'도 '모'란 음을 정음으로 지님을 짐작할 수 있다. 이런 점에서 聲符의 역할을 하고 가장 사용 빈도가 높은 '苗'가 '묘'란 음을 갖게 된 원인이 무엇이고, 그 시기가 언제인지를 밝혀내는 것은 관련을 맺는 위 글자들이 '묘'란 음을 갖게 된 것을 풀어내는 데에 중요한 의미가 있다.

하는 '번'도 '反'의 음으로 '번'이 실제로 쓰이고 있었음을 보여 주는 것이라 하겠다.

이어서 '反[山合三平元敷(孚袁切) ‖ 山合三上阮非(府遠切)]'은 복수의 음운 정보를 지닌다. 그리고 이 중 운모가 '안'인 것이 '언'인 것보다는 고형일 가능성이 있다(李潤東(1997), 권인한(2006)). 이를 모두 고려한다면 이곳의 '반'은 고형, '번'은 신형의 음으로 볼 수 있다.

南豊鉉(1985=2014: 325~326)에서는 '공번(公反)'이 이두문을 통하여 국어 어휘로 차용되어 대중화한 것으로 논의된 바 있다. 만일 그렇다면 한자음 층위에서는 신형의 음에 해당하는 '번'이, 역사적 전통을 잘 유지해 오고 있는 이두의 독법과 어떻게 연관되어 이해될 수 있는지를 설명하는 것이 하나의 과제가 되리라 생각한다.

⑤의 '과ᄒᆞ-'는 "大王이 과ᄒᆞ샤 讚嘆ᄒᆞ샤ᄃᆡ 됴ᄒᆞᆯ쎠 됴ᄒᆞᆯ쎠〈석상 11 : 27ㄱ〉", "義士ᄅᆞᆯ 올타 과ᄒᆞ샤 好賢 ᄆᆞᅀᆞ미 크샤 官爵ᄋᆞᆯ 아니 앗기시니 〈용가 106〉"과 같이 칭찬의 의미를 담고 있는 것이다. 이 말이 『신유』에서는 '쟈랑'으로 나타나는데, '자랑'은 자기뿐만 아니라 남에게도 두루 쓰이는 것은 현대 국어나 중세 국어나 차이가 없다. 그리고 자기 자신을 자랑할 때 "스싀로 쟈랑호ᄃᆡ〈두시 19 : 47ㄴ〉"과 같이 목적어를 드러내는 형태로 쓰인 것을 보면 '쟈랑'이 자기 자신에게 우선적으로 쓰이는 것은 아닌 것으로 보인다.

이 '誇[假合二平麻溪(苦瓜切)]'의 음훈은 『신유』의 '誇 쟈랑 과'와 같이 16세기 후기 자료에서 비로소 확인할 수 있다. 따라서 성조의 실현 양상을 알기는 어렵다. 그러나 『석상』과 『용가』의 'L과'를 통하여 15세기 한자음도 통상적인 대응 양상에 걸맞은 'L과'임을 알 수 있다.

이상에서 볼 수 있듯이 중세 국어에서 한글로 표기된 한자어를 분석하여 보면 문헌에서 확인하기 어려웠던 한자의 음과 성조를 확인할 수 있는 것들이 들어 있다. 따라서 한자어의 음운론적 고찰 작업을 통하여 한자어의 어원을 밝힘은 물론이거니와 한자음을 포함하여 음운적인 연구 자료를 확보할 수 있다는 가치를 볼 수 있다.

2) 근대 한어의 차용

중세 국어 한자음 자료 가운데에서는 전승 한자음과는 성모 또는 운모에서 차이를 보이는 것들이 제법 있다. 이들 중 상당수는 근대 한어를 차용한 결과로 보이는 것들인데 이와 관련하여 살펴보겠다.

① 茶飯: 茶L짜/R차飯H빤/H반⇒H차H반〈번노 상 : 20ㄴ〉

② 錢糧: R쳔L랴H이〈석상 6 : 13ㄱ〉, 錢L쪈/R쳔⇒R쳔L량, R쳔〈번노 하 : 54ㄴ〉, 錢L쪈/R쳔⇒ R쳔L량〈번박 45ㄱ〉

③ 水精: 水R쉬/L쉬精L징/H징⇒ R슈L청〈번노 하 : 67ㄱ-67ㄴ〉

④ 條環: 條L턍/L툐環L햔/R환⇒H토L환〈번노 하 : 69ㄴ〉 ※條 H세L툿 L됴〈훈몽 중 : 11ㄴ/23ㄴ〉

⑤ 頂子: L금L딍H즈〈번노 하 : 52ㄴ〉

⑥ 鹿角: 鹿H룽/H루角H갸/R교⇒鹿角〈번노 하 : 32ㄴ〉, 鹿H룽/H루角H갸/R교⇒H로H각〈번노 하 : 68ㄱ〉

⑦ 湯水: 湯L탕/H탕水R쉬/L쉬⇒R탕R쇠〈번노 하 : 39ㄱ〉

⑧ 伴當: 下H햐/H햐頭L띃/R투伴R뻔/H번當L당/H당們H믄/H믄⇒L아H랫H번H당〈번노 하 : 39ㄴ〉

⑨ 雙六: 雙L숑/H숑六H룽/H루十H씽/H시副H부/H부⇒L솽L륙H열H부〈번노 하 : 68ㄴ-69ㄱ〉

⑩ 貨: 貨H훠/H호物H뿡/H부⇒H황H호〈번노 하 : 66ㄱ〉

①의 '茶[假開二平麻澄(宅加切)]'는 음운 정보를 볼 때 국어 한자음에서는 '다'로 나타남이 정칙이다. 그러나 이처럼 '차'로 나타나는데, 이는 한어에서 설상음의 정치음화를 반영하고 전탁음의 차청화를 반영하여 파찰음과 격음으로 받아들인 결과이다.

이곳의 '茶飯'은 현대 국어에서 쓰이지 않는 한자어인데, 이는 음식을 뜻하는 말로 한어로부터 차용된 것이다. 그런데 평성인 것과 달리 어두에서 H로 나타난다. 이를 이해하기 위하여 '茶'의 한어음을 보면 'L짜/R차'로 되어 있어서 우측음이 'R차'로 되어 있다. 여기에서 R는 한어에서의 성조가 상성임을 가리키는 것이 아니고, 한어와 국어 사이의 調値의 차이로 인하여 국어의 R가 한어의 陽平의 음성적 실현 양상이 가까움을 이용하고자 한 것이다(신용권, 2019: 99~122). 따라서 이곳의 원문의 우측음에서 보이는 R와 언해문에서 보이는 H를 관련지어 이해할 수는 없다.

이런 점을 고려할 때 'H차H반'에서 보이는 H는 '茶飯'이 차용이 되어 국어 어휘화되는 과정에서 이루어진 성조의 변화로 이해함이 바람직하다고 하겠다.

②의 '錢糧'에서 '錢'은 국어 한자음에서는 보기 어렵게 격음화되어 있고 성조도 차이를 보인다. '錢'은 山開三平仙A從(昨仙切) ‖ 山開三上獮A精(卽淺切)의 음운 정보를 지니고 있는 것으로 전승 한자음인 'L젼'과는 'R쳔'처럼 격음화한 것은 전탁음인 從母가 근대음에서 차청음화한 것을 반영한 결과로 볼 수 있다.

이 '쳔'이 '錢'에 대응함은 "錢去 ⇒ 쳔 내라 가노라〈번박 19ㄴ〉"과 같은 번역 양상에서 뚜렷이 볼 수 있다. 따라서 중세 국어 문헌에서 보이는 'R쳔'은 근대 한어를 반영한 한자어로 볼 수 있다. 다만 성조의 대응은 설명하기가 쉽지 않은데 이는 국어 어휘화하는 과정에서 비롯된 결과로 이해해 두고자 한다.

③에서 '水精'은 『석상』에서도 볼 수 있는 어휘로 그 쓰임이 오래된 것으로 보이는데, 『번노』에서 'R슈L청'의 원문이 "水R쉬/L쉬精L징/H징"임을 볼 때 한어와도 잘 대응한다. 따라서 한어를 차용한 어휘로 볼 가능성이 충분하다. 그런데 '精'은 전청의 성모이고 근대 한어에서도 성모상의 변화가 없었다는 점을 고려할 때 이곳에서 격음 대 평음이 대응하는 성모의 양상은 다른 곳에 원인을 두고 있는 듯하다. 또한 운모의 양상은 '精'의 근대 한어의 변화에는 영향을 받지 않고 전승 한자음의 틀 위에서 이루어져 있다.

④에서 'H토L환'으로 나타나는데, 원문과의 비교로써 "絛L탛/L탛環L햔/R환"에 해당하는 말임을 알 수 있다. 여기에서 '絛'는 『훈몽』의 "H셰L톳 L툐"와는 운모에서 차이가 있다. '토'와 '툐'를 비교하여 보면 '토'가 '툐'보다는 效開一平豪透(土刀切)의 음운 정보에 잘 부합하는 음이라 하겠다. 따라서 전승 한자음은 정칙음에서 벗어나는 것임을 알 수 있다.

그러나 성조가 어두에서 H로 대응하는 것은 이런 한어와의 대응으로는 설명하기가 쉽지 않다. 따라서 이 또한 국어화하는 과정에서 일어난 변화의 하나가 아니었나 생각된다.

⑤의 'L딩R즈'는 『번노』에서 "都L두/H두有R잉/L잉金L긴/H긴頂R딩/L딩子R즘/H즈"를 "L우H희 R다 L금L딩H즈L잇H더H라"와 같이 번역한 것에서 확인할 수 있다. 즉 '頂'에 대응하는 음으로 'L딩'을 볼 수 있는데, 이때의 '頂[梗開四上迥端(都挺切)]'의 음은 전승음인 'R뎡'과는 거리가 있다. 따라서 이는 근대 한어음이 庚靑韻/−iəŋ/의 운모 양상에

잘 대응하는 한어음을 반영한 것으로 보인다. 그러므로 이곳의 'L딩R ᄌᆞ'는 근대 한어 시기에 국어에 차용되어 쓰이게 된 것으로 판단하여 볼 수 있다.

⑥의 'H로H각'는 『번노』의 번역의 예를 볼 때 '鹿H롷/H루角H걓/R교'에 대응하는 말임을 알 수 있다. 즉 '鹿[通合一入屋來(盧谷切)]'이 입성 운미가 소실되면서 魚模韻/-u/가 된 결과를 반영하고 있는 것이다. 그러나 핵모음은 /ㅜ/가 아닌 /ㅗ/임을 볼 때 전승음의 기반 위에 운미의 탈락이 반영되어 있는 것으로 이해된다.

⑦은 『번노』를 보면 "湯L탕/H탕水R쉬/L쉬"에 "R탕R쇠"가 대응한다. 비록 운모의 대응은 차이가 있으나, 'R쇠'는 '水'의 근대음에 대응하는 형태임을 알 수 있다.

⑧에서 '伴'은 山合一上緩並(蒲旱切) ‖ 山合一去換並(蒲半切)의 음운 정보를 지닌 것으로 중세 국어 한자음은 'R반'으로 대응하는 것과는 달리 'H번'으로 대응하여 성조와 운모가 다른 대응 양상을 보인다. 이는 『번노』의 원문에 주기한 한어의 음과 비교하여 보면 유사함을 알 수 있다. 따라서 이 또한 근대 한어를 반영한 음으로 볼 수 있다.

⑨에서 '雙六'이 『번노』에서 'L솽L륙'을 보이는 것은 원문의 "雙L솽/H솽六H롷/H루"와 비교하여 볼 때 근대 한어를 반영한 것임을 어렵지 않게 알 수 있다. 이 '솽'은 『훈몽』에서 "雙 R두 L솽"과 같이 훈음을 적고 있는 것과 비교할 때 그 음이 정확히 일치한다.[19] 이는 근대 한어에서 江陽韻/-uaŋ/이 되면서 合口的인 성격을 갖게 된 이 글자의 변화

19 이곳 원문에서 보이는 '副'는 의미를 고려할 때 한 쪽, 두 쪽 등의 쪽을 나타내는 말로 이해된다.

와 잘 일치한다.

⑩에서 'H호'는 『번노』에서 "貨H훠/H호物H뭉/H무"를 'H황H호'로 번역되어 있음을 볼 때 '貨'에 대응하는 것이다. 이 'H호'는 '貨[果合一去過曉(呼臥切)]'에서 보이는 전승음과는 거리가 있는 것이다. 운모 /ㅗ/는 歌戈韻/-ɔ/이 된 근대 한어에서의 양상과 잘 일치한다. 성조 H는 'H황H호'를 고려할 때 성조 율동 규칙에 의해서 생긴 것일 수도 있어 보이지만, '貨'의 음운 정보를 고려할 때 국어 한자음에서는 R 또는 H로 나타날 가능성이 높고 이 글자의 좌우측음이 모두 H임을 유지하고 있음을 참고하면 기저 성조가 H임을 부정하기는 어렵다.[20]

이상에서 볼 수 있듯 ①~④는 성모에서, ⑤~⑩은 운모에서 근대 한어의 변화와 대응할 만한 양상을 보이고 있는 것들이라 할 수 있다. 따라서 중세 국어 한자어 중 상당수는 근대 한어를 받아들인 것임을 알 수 있고, 이 중 적지 않은 수가 국어 전승 한자음과는 거리가 있는 한자음이다.

이 가운데에서 '천량'의 경우는 "개인 살림살이의 재산"이라는 의미로 현대어에서도 쓰이고 있고, '차반'의 구성 요소인 '차'의 경우도 널리 쓰이고, 이곳에서는 다루지 않은 '설탕'의 '糖'도 널리 쓰이는 것이기는 하나 대개의 경우는 현대어에서는 그 자취를 보기가 어려운 것들이다. 이처럼 차용어로 보이는 것들이 『번노』, 『번박』과 같은 역학서에서 널리 제시되어 있고, 『훈몽』에도 상당히 제시되어 있다. 이는 근대 한어의 음과 어휘에 정통한 최세진의 편찬 태도와 지향점과 관련해서도 관심을 가지고서 살펴볼 필요가 있다고 하겠다.

---

20 거성을 나타내는 방점은 좌측음, 우측음 모두에서 1점이 사용되어 있다.

5. 나오며

이 글은 중세 국어 시기의 문헌에서 보이는 한자어를 대상으로 하여 현실 한자음의 성모, 운모, 성조, 음운 현상의 반영 양상 등을 중심으로 음운론적인 성격을 살펴보고자 한 것이었다. 이를 위해 한글로 표기된 한자어, 한글 표기와 한자 표기가 공존하는 한자어를 중심으로 하여 표기 양상을 살피고, 이곳에서 엿볼 수 있는 음운론적인 모습을 바탕으로 해당 한자어의 성격을 이해하고자 하였다.

먼저 음운론적인 면에서 (1) /ㄹ/~/ㄴ/ 대치, (2) 격음화 관련 현상, (3) 日母 이외의 한자음에서 보이는 /ㅿ/, (4) /·/의 음운론적 성격, (5) 성조 실현에서의 차이, (6) 기타 음운 현상의 반영 등으로 나누어 고찰을 하였다.

이 중 (1)은 /ㄹ/~/ㄴ/이 시간적으로 일찍 나타나고 이어서 /ㄴ/~/ㄹ/이 나타나는 양상으로 /ㄹ/과 /ㄴ/의 변별이 성모에서는 이루어지지 않는 양상으로 나타남을 볼 수 있다. (2)와 관련해서는 '遮'가 '쟈'로 나타난 것에서 보듯 전승음인 '챠'와는 달리 평음으로 나타나는 것이 관찰되었다. (3)과 관련해서는 'ᄆᆡ샹[每常]'과 같이 유성음 사이에서 /ㅅ/>/ㅿ/을 보이는 것들도 있으나 '襄ㄴ샹'과 같이 이런 환경과는 무관하게 /ㅿ/을 보이는 것도 있는데 이는 유추에 의해 형성된 것으로 이해되었다. (4)와 관련해서는 /·/>/ㅓ/, /·/>/ㅡ/를 반영한 예가 보여, 일반적으로 나타나는 /·/>/ㅏ/의 변화와는 차이를 보이는 것이 있음을 살펴보았다. (5)와 관련해서는 한어와 국어 한자음과의 일반적인 성조 대응으로는 설명할 수 없는 성조의 실현 양상이 있는데, 이 경우에는 상당수 국어의 성조 율동 규칙과 관련하여 이해해 볼 수 있는 한자어가 있으며, 그렇지 않은 것들은 국어화하는 과정에서 일어난 성조의 변화를 반영한 것으로 보인다. (6)과 관련해서는 '샹녜[常例]'와 같이 치조비음화를 반영한 것으로 보이는 것도 있으며 '동화[冬瓜]'와 같이 /ㄱ/>/ㅎ/의 약화 현상을 반영한 것으로 보이는 것도 있다. 이들은 국어 어휘 내에서의 음운 현상의 한 모습을 보이는 것으로서 이해되는 것으로 한자음 자료로 이용하기보다는 국어 음운사 연구 자료로 적극적으로 활용할 수 있는 대상이 된다. 이들과 같이 중세 국어 한자어에는 음운론적인 면에서 여러 가지 이질적인 성격을 가지고 있는 바 세밀하게 살펴볼 필요가 있다.

이어서 한자음의 성격을 이용하여 한자어 어원을 추정하는 작업도 상당히 하여 볼 수 있음을 알 수 있었다. 구체적으로 '玉H져'에서 'H져'는 어원이 '筯' 또는 '箸'로 추정되는데 이 둘은 모두 설상음 澄母이므로 15세기 국어 현실에서는 구개음화를 생각하기는 어렵다는 점에서 '筯'의 근대 한어를 차용한 것으로 볼 수 있는 것이다. '조심'은 '操心' 이외에 '調心'을 어원으로 설정하는 논의도 있는데, 이 시기에 아직은 구개음화되지 않은 설두음 定母의 특성을 감안할 때 '調心'을 어원으로 보기는 어렵다는 것을 알 수 있다. 이와 같은 면에서 'R힝H뎍'의 'H뎍'의 어원도 치두음인 精母 '蹟' 또는 '績' 또는 '跡'보다는 설두음 '迪'을 설정하는 것이 타당한 것으로 판단되었다. 그리고 "R샹H재 ᄃᆞ외에 ᄒᆞ라"의 '샹자'는 '尙佐' 또는 '上佐'를 어원으로 볼 수 있는데, 성조를 보면 '尙'은 대개 H이고 일부 R인 반면에 '上'은 R가 절대적으로 우세하고 일부 H를 보임을 고려할 때 '샹자'는 '尙佐'보다는 '上佐'로 보는 것이 부담이 적고 자연스러움을 다루어 보았다.

그리고 중세 국어 한자음 자료를 이용하여 'L고H함H코'를 통하여

'高喊'의 '喊'이 'H함'임을, 'R비L편'을 통하여 평음으로 쓰인 '彼R비'가 있었음을, 'L모'를 통해서 '苗'에 '묘'가 아닌 '모'란 음이 있었음을, '공번'을 통하여 '公反'의 '反'에 '번'이란 음이 있었음을 알 수 있었다. 이처럼 한자어를 잘 분석하여 보면 중세 국어 한자음의 실제 모습을 볼 수 있는 것이 꽤 숨어 있다는 것을 알 수 있다.

마지막으로 중세 국어 한자음 자료에는 '錢R쳔', '絛H토', '頂子L딩H즈', '鹿角H로H각' 등과 같이 근대 한어를 받아들인 것으로 보이는 것이 적지 있음을 볼 수 있다. 이에 반해서 근대 한어를 받아들였으면서도 '水精R슈L청'이 『번노』에서 "水R쉬/L쉬精L징/H징"에 대응하는 한자어로 보이면서도 '精'의 격음화 문제가 있기는 하나 근대 한어의 변화를 잘 반영하지 않은 예도 있음이 보인다.

이처럼 중세 국어 한자어는 국어 한자음 연구 및 자료의 확보, 한자어의 국어 어휘와 과정, 한어계 한자어의 차용에 관한 것 등을 종합적으로 살펴볼 수 있는 국어 음운사 연구 자료로서 의미가 있는 것을 볼 수 있다. 이를 살피는 데에는 성모와 운모는 물론이고 성조도 중요하게 고려해야 할 요소가 됨을 알 수 있었다. 이런바 중세 국어 자료 전반에 걸쳐 현실음 자료를 반영한 한자들을 대상으로 전면적인 고찰을 통하여 국어 어휘뿐 아니라 국어 음운사 연구 자료로서의 한자어에 관한 관심을 기울이기를 바라는 바이며, 이와 관련한 후속 연구를 이어가고자 한다.

참고문헌

국립국어연구원, 『15세기 한자어 조사 연구』(책임 연구원 : 홍윤표 교수), 국립국어연구원, 1993.

권인한, 「중세국어 한자음」, 『國語史와 漢字音』, 박이정, 2006, 57~94쪽.

權仁瀚, 『中世韓國漢字音訓集成』(개정판), 제이앤씨, 2009.

金星奎, 「中世國語의 聲調 變化에 대한 硏究」, 서울대 박사 논문, 1994.

김성규, 「중세 국어 음운」, 『국어의 시대별 변천·실태 연구 1-중세 국어-』, 국립국어연구원, 1996, 7~55쪽.

南廣祐, 『朝鮮(李朝) 漢字音 硏究-壬亂前 現實漢字音을 중심으로-』(再版), 一潮閣, 1973.

南豊鉉, 「15世紀 諺解 文獻에 나타난 正音 表記의 中國系 借用 語辭 考察」, 『국어국문학』 39·40, 국어국문학회, 1968가.[재수록 : 南豊鉉, 『韓國語와 漢字·漢文의 만남-韓中 言語接觸論』, 월인, 2014, 351~314쪽.].

______, 「中國語 借用에 있어 直接借用과 間接借用의 問題에 대하여-『初刊朴通事』를 중심으로 하여-」, 『李崇寧博士頌壽紀念論叢』, 乙酉文化史, 1968나.[재수록 : 南豊鉉, 『韓國語와 漢字·漢文의 만남-韓中 言語接觸論』, 월인, 2014, 332~346쪽.].

______, 「國語 속의 借用語-古代國語에서 近代國語까지-」, 『국어생활』 2, 국어연구소, 1985.[재수록 : 南豊鉉, 『韓國語와 漢字·漢文의 만남-韓中 言語接觸論』, 월인, 2014, 314~331쪽.].

박영섭, 『국어한자어휘론』, 박이정, 1995.

蕭悅寧, 「韓國語近代漢音系借用語硏究」, 성균관대 박사 논문, 2014.

宋在漢, 「韓日漢字音과의 비교를 통한 베트남漢字音 3等 甲乙類 구별에 대하여-中古漢語 陽聲韻을 중심으로-」, 『한국민족문화』 56, 2015, 417~441쪽.

신용권, 『『老乞大』와 『朴通事』 언해서의 중국어음 연구』, 서울대 출판문화원, 2019.

沈在箕, 『國語 語彙論』, 集文堂, 1982.

______ 編, 『國語 語彙의 基盤과 歷史』, 태학사, 1998.

劉昌惇, 『語彙史 硏究』, 三友社, 1975.

연규동, 「용비어천가의 한자어에 대하여」, 『언어학』 15, 한국언어학회, 1993,

241~249쪽.
李基文, 「近世中國語借用語에 對하여」, 『亞細亞研究』 8-2, 1965.
______, 『國語 語彙史 研究』, 東亞出版社, 1991.
이기문, 「'딤치'와 '디히'」, 『새국어생활』 9-1, 국립국어연구원, 1999, 127~133쪽.
李相怡·李京哲, 「베트남 한자음 牙音系의 반영 양상-한일 한자음과의 비교를 중심으로-」, 『동북아문화연구』 49, 동북아시아문화학회, 2016, 471~488쪽.
李潤東, 『韓國漢字音의 理解』, 牛骨塔, 1997.
이진호·최영선·이수진·선한빛, 『15세기 국어 활용형 사전』, 박이정, 2015.
정광 외, 『역학서와 국어사 연구』, 태학사, 2006.
조남호, 「한자어의 고유어화-형태면에서의 有緣性 상실을 중심으로」, 『國語史 資料와 國語學의 研究』(安秉禧先生 回甲紀念論叢), 문학과지성사, 1993, 842~854쪽.
______, 「중세 국어 어휘」, 『국어의 시대별 변천·실태 연구 1-중세 국어-』, 국립국어연구원, 1996, 114~151쪽.
______, 『두시언해 한자어 연구』, 태학사, 2001.
趙世用, 『漢字語系 歸化語 研究-15세기 이후의 朝鮮漢字音과 中國 中原音으로 書寫된 漢字語를 中心으로』, 高麗大學校 民族文化研究所, 1991.
伊藤智ゆき, 「朝鮮漢字音の研究」, 東京大學 博士論文, 2002.
平山久雄, 「中古漢語の音韻」, 『言語』-中國文化叢書 1, 東京 : 大修館書店, 1967, pp.112~166.
河野六郎, 『朝鮮漢字音の研究』, 天理 : 天理時報社, 1968.

'방언'의 개념 형성과 변천에 대한 고찰

개념사적 논의를 중심으로

조재형

1. 서론

이 연구의 목적은 특정 시기의 우리 사회를 지배한 이데올로기의 변화에 따른 '방언'의 개념 변화를 개념사[1]의 관점[2]에서 살펴보는 것이다.[3]

1 박근갑 외(2015: 63): "개념사의 개념은 언어가 역사세계의 기본구조라는 단순한 생각에 기초한다. (중략) 하지만 언어학의 역사를 거슬러 올라가 보면 언어와 실제 사이의 관계가 시대에 따라 서로 전혀 다른 양상을 보인다는 사실을 발견한다. 바로 이 관계를 서술하는 것이 개념사의 방법인데, 이를 통하여 전통적인 실재론적 역사 연구와 현대적인 개념적 역사 연구 사이의 구별이 이어진다."

2 박근갑 외(2015: 8): "포괄적인 개념 없이는 정치적·사회적 행위 단위가 근거를 잃지만, 그 반대로 개념들은 반드시 사회와 정치의 체계에 바탕하기 때문이다. 개념사는 그렇게 한 '사회'와 그 '개념'들이 서로 겹치기도 하면서 또 따로 서는 지점을 포착하면서 일반적인 구조주의와 탈구조주의의 한계를 극복한다."

3 나인호(2011: 29)에 따르면, 역사가들은 일반적으로 단어와 개념, 그리고 이념과 정치·사회적 실재를 하나로 일치시키는 경향이 있지만, 언어의 역사와 실재의 역사 사이에는 안정적인 관계가 형성되지 않기 때문에 실재와 실재를 지칭하기 위해 사용되는 개념들은 기본적으로 균열과 불일치가 존재한다. 역사적으로 언어와 실재는 변화해왔고, 언어의 변화는 현실의 변화에, 현실의 변화는 언어의 변화에 서로 영향을 미치기 때문

지금까지의 '방언'에 대한 선행연구들은 다음과 같이 몇몇 한정된 주제만을 논의해 왔다.[4]

(1) '방언' 관련 연구들
① ○○ 지역어와 ○○ 지역어 대조연구 - 음운현상을 중심으로
② ○○방언의 문법
③ ○○·○○의 접촉과 어휘사
④ 방언자료 제보자의 개인정보 보호

위 (1)의 내용을 살펴보면, 그동안 '방언'을 주제로 논의해 온 연구들은 일반적으로 다음과 같은 논의 결과를 도출하였다.

(2) ① 국어음운론의 관점에서의 특정 방언의 음운과 음운현상
② 국어문법론의 관점에서의 특정 방언의 형태론적·통사론적 특성
③ 국어어휘론의 관점에서의 특정 방언의 어휘적 특성
④ 국어방언론 관점에서의 방언 연구 방법론
⑤ 사회언어학적 관점에서의 특정 방언의 언어 변화
⑥ 특정 지역 방언 간의 비교와 대조

위 (2)의 내용은 그동안 국어학계에서는 '방언'을 국어음운론, 국어

에 개념의 해석 방식은 다차원적으로 진행되어야 한다.

4 여기에서 제시하는 연구 논문과 저서는 'https://www.krm.or.kr'에서 '방언'을 키워드로 검색한 결과물이며, 연구 주제가 중첩되는 것을 제외하고 특정 연구 주제를 보여주는 결과물들만을 제시하였다. 다만, 이 연구들은 지금까지의 연구 동향을 보여주기 위한 것이지, 절대 이 연구들에 대해 어떤 평가를 부여하기 위함이 아니라는 점을 밝힌다.

문법론, 국어어휘론 등의 연구 방법만으로 특정 방언의 언어적 일반성과 개별 특성만을 논의 대상으로 삼았다는 점을 보여준다. 지금까지의 '방언'에 대한 선행연구들이 거의 다루지 않았던 점은 다음과 같다.

(3) ① '방언'의 개념은 무엇이고 '지역어' 등과의 개념적 차이는 어떠한가
② '방언'은 그동안 학문적 차원에서 '지역어' 등과 어떻게 달리 취급되어왔는가
③ '방언'은 그동안 국가 정책적으로 어떻게 다루어져 왔는가

이런 논의들과 달리, 근래에는 개념사의 관점에서 '방언'을 다룬 논의들도 있었다. 백두현(2004)와 이병기(2015)가 대표적이라 할 수 있다. 그러나 이 두 논의에서는 '방언'의 원의미와 우리 사회에서의 개념 변화를 도외시하고 있으며, 그 통시적 개념 변화 과정을 하나의 개념으로만 설명하고 있다.[5]

'方言'은 西漢 揚雄의 『方言』에서 최초로 사용한 것으로 알려져 있는데, 『方言』에서의 '方言'은 단지 '(여러) 지방의 말'이라는 가치·중립적 의미로 사용되었고,[6] 더욱이 '方言'의 조어 방식을 감안하면 '方言'을 굳이 '중국 중심'적 관점을 부여해서 이해해야 하는지 의문이다.[7]

5 나인호(2011: 53)에 의하면, 개념이 갖는 의미는 그것들이 관계하는 시대적, 정치·사회적 맥락과 논쟁의 맥락, 그리고 전통 등 다양한 언어적 비언어적 맥락들에 따라 다르며, 경우에 따라서 원래의 단어적 의미와 분리될 수 있다. 즉, 단어가 개념이 되려면 역사성을 갖고 있어야 한다는 것이다.

6 이연주, 「揚雄 『方言』과 중국어에 있어 방언의 문제」, 『인문과학연구』 26, 강원대 인문과학연구소, 2010, 103~124쪽.

7 張允熙, 「近代 移行期 韓國에서의 自國語 認識」, 『한국학연구』 30, 인하대 한국학연구소, 2013, 49~92쪽.

한편, '개념'은 감각에 의한 印象·知覺 또는 상당히 복잡한 경험에서 창조된 논리적인 구성이며, 어디까지나 진술된 준거틀 안에서만 의미를 갖는 것이다. 예를 들어, 나무로 만든 책상 형태의 물건은 학생에게는 공부하는 도구로 인식될 것이고, 추워서 떨고 있는 사람에게는 '땔감'으로 인식될 수도 있을 것이다. 즉, '책상'이라는 용어는 특정의 용도와 성질만을 가진 것이지 그 물건이 가지고 있는 본질을 말한 것이 아니며, 준거틀을 달리하면 그 개념도 달라질 수 있다.[8] 이런 '개념'의 특성을 '방언'에 투영하면, 특정 시기의 특정 사회 언중들의 경험적 차이에 따라 '방언'의 개념이 달라질 수 있다.[9]

또한, 특정 시기의 언중들의 개념적 경험은 그 시기를 지배하는 이데올로기에 따라서 달라질 수 있다. 예를 들어, 유교적 가치관이 아직 우리 사회를 강력히 지배하던 1960~70년대에 '연예인'이라는 직업은 당시 우리 사회 구성원들에게는 과거 우리 사회의 미천한 신분이었던 '광대'에 비유할 수 있었던 직업이었고, 이를 반영하는 어휘로 '딴따라'가 있었다. 그러나 유교적 가치관이 쇠퇴하고 전통적 직업관이 격변하고, 물질만능주의가 지배하는 지금에 와서 '연예인'이라는 직업은 과거의 '광대'에서 벗어나 돈을 많이 벌 수 있고, 사회적으로 주목받을 수

8 하동석·유종해, 『이해하기 쉽게 쓴 행정학 용어사전』, 새정보미디어, 2010. (https://terms.naver.com/list.nhn?cid=42152&categoryId=42152)

9 박근갑 외(2015: 70): "하지만 코젤렉에 따르면 과거 사회가 지녔던 지식(즉, 과거 사람들이 알았던 바 또는 알았다고 여겨지는 바)은 항상 오늘날 우리가 바로 그 시대, 그 주제에 대하여 아는 바에 의해 간섭받기 마련이다. 이전의 역사서술체계에서 과거 사람들이 지녔던 지식은 결국에는 그르고, 믿을 수 없고, 환상에 불과하다고 판명됨으로써 항상 거부와 비판의 대상이 되었다. 오직 현재의 '과학적' 지식만이 '참'된 지식으로 받아들여졌다."

있는 '스타' 직업이 되었으며, 특히 청소년들이 가장 선호하는 직업이 되었다. '연예인'에 대한 사회적 인식 변화의 원인으로는 여러 가지가 있을 수 있지만, 旣述한 바와 같이 그 사회를 지배하는 이데올로기의 변화가 이러한 변화의 원인이라고 말할 수 있을 것이다.

특정 이데올로기가 '개념'에 영향을 미친 예로 일본의 '国語(こくご)' 정책을 들 수 있다. 일본에서의 언문일치는 제국주의로 나아가려는 일본의 부국강병을 위한 국가의 언어 정책 안에 자리를 잡게 되었다. 이 시기 일본의 '国語(こくご)' 정책의 가장 중요한 역할은 각 지방의 방언들이 병존하는 상황을 '国語(こくご)'에 의해 통일하는 것으로, 이를 위한 가장 효과적인 방법이 학교 교육을 통한 方言의 교정이었다.[10] 즉, 제국주의화를 가속화하기 위해 일본의 언어 정책은 '方言'을 교정의 대상으로 삼았다는 것이다. 따라서 이러한 국가 정책으로 인해 일본 언중에게 '方言'은 '저속하고, 교양없는' 것으로 인식되기 시작하였다.[11] 이러한 일본의 정책은 일제강점기에 우리 사회에 지대한 영향을 끼친 것으로 보인다.

上述한 바와 같이 이 논문에서는 '방언'의 개념을 다루되, 사회 이데올로기의 관점에서 '방언'의 개념과 그 변화를 논의하고자 한다. 다만, 전체 시기의 전체 이데올로기를 언급하는 것은 부적절하므로 '방언'의 개념 변화와 관련된 이데올로기만을 언급하고자 하며, 시대별 이데올

10 이연숙, 「일본에서의 언문일치」, 『역사비평』 70, 역사비평사, 2005, 342쪽.

11 박근갑 외(2015: 15): "대체로 18세기 중엽부터 시작하는 그 기간에 과거에서 유래하는 시간경험들은 미지의 기대와 충돌한다. (중략) 바로 그 시작점에서 고전적인 상투어들이 심각한 의미 변화를 겪는 한편, 신조어들이 한꺼번에 등장하면서 본격적인 '개념투쟁'이 시작되었다(Koselleck, Reinhart, 2003: 302)."

로기의 변화에 따른 '방언'의 개념 변화를 논의하고자 한다.

이 글에서는 논의를 원활히 진행하기 위해, 우선 2장에서는 중국에서의 '方言' 개념의 형성과 그 변화를 살펴보고, 3장에서는 신라 시대부터 근대 전환기까지의 우리 사회에서의 '方言' 개념의 사적 고찰을 하고자 한다. 4장에서는 일본에서의 '방언' 개념의 변화와 이로 인한 일제강점기 우리 사회의 '方言' 개념과 현대 한국 사회에서의 '方言'의 개념 변화에 대해 알아보고자 한다.

2. 중국에서의 '방언'의 개념

이익섭(2006)에서의 '방언'에 대한 설명을 정리하면 다음과 같다.

(4)[12] ① 방언이란 특정 언어에 고유한 체계적 언어변형이다.
② 언어학 내지 방언학에서 방언이라고 할 때는 한 언어를 형성하고 있는 하위단위로서의 언어체계 전반을 곧 방언이라 한다.
③ 일반적으로 방언이란 별개 언어로 구분될 정도의 큰 분화를 일으키지 않은, 적어도 한 언어로서의 공통점을 유지하는 한도 안에서의 분화를 거친 분화체들을 일컫는다.
④ 독자적인 체계의 정서법과 표준어를 갖는 언어의 하류로 규정하기도 한다.

(4)에서의 '방언'에 대한 기술은 일반적으로 학문적 정의라고 할 수

12 이익섭, 『방언학』, 민음사, 2006, 1~11쪽.

있다. 그런데 학문적 정의는 일반 언중의 지식에 영향을 주기도 하지만, 반대로 일반 언중의 지식이 학문적 정의에 영향을 줄 수도 있다. 일반 언중의 '방언'에 대한 지식은 사전[13]에서 그 예를 찾아볼 수 있다.

(5) ① 한 언어에서, 사용 지역 또는 사회 계층에 따라 분화된 말의 체계.
② [같은 말] 사투리(어느 한 지방에서만 쓰는, 표준어가 아닌 말).

결국, 이익섭(2006)에서의 '방언'의 정의는 사전에서의 '방언' 의미 중, (5) ①에 해당하는 것으로 볼 수 있다. 그런데 일반 언중들은 주로 '방언'하면 '사투리', 즉 사전에서의 (5) ②의 의미를 떠올릴 것이다. 그렇다면 '방언'이라는 어휘가 생성되었을 때에는 어떤 의미를 가졌을까?

이를 알아보기 위해서는 고대 중국에서의 '方言'의 의미를 살펴볼 필요가 있다.

1) 中國 古典에서의 '方言'의 意味

중국에서의 '方言'에 대한 의미를 알아보기 위해서는 우선 '方'과 '言[14]'의 고전적 의미를 찾아봐야 한다. 여기에서는 '方'의 고전적 의미

---

13 본문에서의 '사전'은 『표준국어대사전』을 가리킨다.

14 '方言'의 의미 중, '言'의 의미를 제시하지 않는 이유는 楊雄의 『方言』에서의 '言'의 용법이 그 의미와 상관없이 '語'와의 차이를 두기 위해 사용된 것으로 보이기 때문이다. 『方言』에서의 '言'과 '語'의 용법에 대해 鍾如雄·胡娟(2019: 208)에서는 다음과 같이 記述하고 있다.
"하지만 '語'와 '言'의 表意는 사실 다르다. '語'는 언어 중의 한 '면'(글자·단어 및 그의 조합규칙)이고 '言'은 언어 중의 한 '점'(글자·단어)에 치중한 것이다. 하지만 고국(춘추

만을 알아보고자 한다.

(6)[15] ① 『說文解字注』[16]:

併船也。周南。不可方思。邶風。[17] 方之舟之。釋言及毛傳[18]皆曰。方、泭也。今爾雅改方爲舫。(中略) 若許說字。則見下从舟省而上有竝頭之象。故知併船爲本義。編木爲引伸之義。(中略) 又引伸之爲方圓，爲方正，爲方向。[19]

② 『康熙字典』[20]:

·전국 시대의 제후국)의 명칭 뒤에 揚雄은 '某語也' 혹은 '某之語也'만으로 표시하였는데 '某言也', '某之言也' 등의 표현은 보이지 않는다.[但是'語'與'言'的表意實則不盡相同, '語'表示語言中的一個'面'(字詞及其組合規則), 而'言'則偏重語言中的一個'點'(字詞). 但在古國名後面, 楊雄衹用'某語也'或 '某之語也'來表示, 沒有發見'某言也', '某之言也'之類的說法.]"

15 (6)의 자료는 'https://www.zdic.net/'에서 참고하였다.

16 『說文解字』는 後漢의 許愼이 쓴 책으로, 漢字를 부수에 따라 분류하고 배열한, 중국의 가장 오래된 字書이다. 淸의 段玉裁가 『說文解字』의 注釋書로 쓴 것이 『說文解字注』이다.

17 『詩經』은 黃河 中原 지방의 시집으로, 周初부터 春秋 초기까지의 노래 305편을 수록하고 있다. 원래 3,000여 편이었으나 孔子가 311편으로 간추려 정리했다고 알려져 있다. 『詩經』에서는 15개국의 '國風'을 묘사하고 있는데, 周南과 邶風이 여기에 속해 있다.

18 현존하는 『詩經』의 텍스트는 前漢의 毛亨과 毛萇이 작성한 주석본이며, 이중, 毛亨의 주석본을 『毛詩詁訓傳』이라 하는데, '毛傳'은 『毛詩詁訓傳』의 略稱이다.

19 '方'은 '船'을 병렬한 것이다. 周南과 邶風에서 나타나는 '方'은 그 글자의 의미를 해석하나 『毛傳』으로 보나 '方'은 우리말의 쪽배와 같은 것('泭')이며 현재에 이르러 '方'을 우아하게 하여 '舫'으로 한다. (중략) 만약 글자의 해설로 나아가면 아래에는 '舟'의 생략으로 볼 수 있고 위에는 병렬하고 있는 형태로 볼 수 있다. 그러므로 '併船'이 本義이며 '나무를 묶다'는 이로부터 파생된 의미이다. (중략) 또 '方圓(일정한 반경 내의 범위 또는 무엇을 에두르다)', '方正(정방형을 만드는 것 또는 정직함)', '方向(방향)'을 의미를 파생하였다.

20 淸 康熙帝의 칙명에 의해 30여 명이 5년에 걸쳐 『說文解字』와 그 이후로 간행된 字書 『字彙』, 『正字通』 등과 韻書 『唐韻』, 『廣韻』, 『集韻』, 『韻會』, 『洪武正韻』 등의 내용을 인용하고 종합하여 1716년에 간행한 字典.

《易·坤卦》六二直方大。《註》地體安靜, 是其方也。《周禮·冬官考工記》圜者中規, 方者中矩。《淮南子·天文訓》天道曰圓, 地道曰方。方者主幽, 圓者主明。

③『康熙字典』:

《易·觀卦》君子以省方觀民設教。《疏》省視萬方。《詩·大雅》監觀四方。《周禮·天官·冢宰》辨方正位。《註》別四方。《釋文》視日景, 以別東西南北四方, 使有分別也。《禮·內則》教之 數與方名。《註》方名, 如東西

(6) ①은 '方' 字의 형성과 관련된『說文解字注』의 기술이다.

이 내용에서 우리의 주목을 끄는 것은 '方圓(일정한 반경 내의 범위 또는 무엇을 에두르다)', '方正(정방형을 만드는 것 또는 정직함)', '方向(방향)'의 의미이다. 애초 우리가 인지하는 '方'의 의미, 즉 '方圓, 方正, 方向'에서의 '方'의 의미는 원의미인 '船'에서 파생된 것이다. 그런데 (6)의 ②와 ③의 '方'의 의미는 (6) ①과는 다르다는 것을 알 수 있다.

(6) ②『易·坤卦』에서의 '六二直方大'는 '六二는 곧고 모나고(方) 크다.'를 의미한다. 즉, '方'은 '大地의 지형'을 의미한다. '註'의 '地體安靜, 是其方也'은 '대지가 조용한 것은 대지가 넓고 장방형 또는 정방형(方)이다.'라는 것을 의미한다.『周禮·冬官考工記』의 '圜者中規, 方者中矩'에서 '方' 또한 형태적인 것을 말하고,『淮南子·天文訓』의 '天道曰圓, 地道曰方'은 '하늘은 둥글며 땅은 네모난 공간(方)'이라는 것을 말한다. 즉, (6) ②의 '方'은 모두 공간, 특히 땅과 관련된 공간을 의미한다는 것을 알 수 있다.

(6) ③의『易·觀卦』의 '君子以省方觀民設敎'는 '군자는 각 지역의 민속 풍경을 관찰하고 교육을 진행하여야 한다.'를 말하는데, 여기에서의

'方'은 '지역[21]'을 의미한다. 『疏』의 '省視萬方'의 '方'도 '지역'을 의미한다. 『詩·大雅』에서의 '監觀四方'의 '方'도 위와 같다. 『周禮·天官·冢宰』의 '辨方正位'는 '여러 지역의 구분을 잘해야 한다.'이므로, 여기에서의 '方'도 위와 같은 '지역'의 의미를 나타낸다고 할 수 있다. '註'의 '別四方'은 '주위의 모든 지역을 잘 구별해야 한다.'를 의미하며, 여기의 '方'도 '지역'을 의미한다. 『釋文』의 '視日景 以別東西南北四方 使有分別也'는 '해의 그림자로 동서남북 네 개 지역을 구분하고 서로 차이가 있도록 한다.'를 의미하고, 『禮·內則』의 '敎之數與方名'와 '註'의 '方名如東西也'에서의 '方'은 모두 '지역'으로 해석할 수 있다. 즉, (6) ③의 모든 '方'은 '지역'을 나타내고 있다는 것을 알 수 있다.

따라서 (6)의 '方'의 의미는 '方'이라는 漢字의 형성 단계에서는 '船'이고, 여기에서 '地形' 또는 '空間'의 의미가 파생되었고, '地域'이라는 공간적 의미로 확대되었음을 확인할 수 있다.

이러한 '方'의 의미는 다음의 현대 중국어 사전에서도 확인할 수 있다.

(7) ① 방형(方形)
② 구역(區域)
③ 지역, 지방.

21 본문에서는 '지역'과 '지방'을 구분하여 사용하고자 한다. 사전에서의 '地方'의 의미는 '1. 어느 방면의 땅.', '2. 서울 이외의 지역.', '3. 중앙의 지도를 받는 아래 단위의 기구나 조직을 중앙에 상대하여 이르는 말.'인데 이 글에서는 주로 3의 의미로 사용하고자 한다.
사전에서의 '地域'의 의미는 '1. 일정하게 구획된 어느 범위의 토지.', '2. 전체 사회를 어떤 특징으로 나눈 일정한 공간 영역.', '3. 구기 경기에서, 경기자가 맡고 있는 일정한 구간.'인데, 이 글에서는 주로 1의 의미로 사용하고자 한다.

④ 사면(四面), 주위(周圍), 사방(四旁).
⑤ 위치, 지위의 일변 혹은 일면.
⑥ 대나무로 엮은 뗏목.
⑦ 방속(方俗), 지방 풍속.
⑧ 규칙, 도리.
⑨ 방법.
⑩ 처방, 약방문.

특히, (7)의 ①, ②, ③[22], ④에서의 '方'의 의미는 (6)의 ②, ③의 '方'의 의미와 매우 관련이 깊다는 점을 알 수 있다.

'方言'은 흔히 '五方之言'의 준말로도 알려져 있다. 지금까지의 '方'의 의미를 고려하면, '五方之言'은 '다섯 지역의 말', 즉 '동쪽과 서쪽, 남쪽, 북쪽, 중앙의 언어를 이르는 말'로 풀이할 수 있으며, 따라서 '方言'은 각 지역에서 쓰이는 말을 가리킨다고 볼 수 있다.[23] 결국, 본래의 '方言'은 현대의 중앙과 지방의 이분법적 사고가 확립되기 이전에 생성된 개념으로, 현대의 지역어와 그 뜻이 유사한 것을 확인할 수 있다.

한편, '方言'이란 어휘는 西漢의 揚雄(B.C. 53~A.D. 18)이 편찬한 것으로 알려진 『輶軒[24]使者絕代語釋別國方言[25]』의 略稱인 『方言』에서 유

22 중국어 사전에서는 (7)③의 의미를 설명하면서 "고대 땅을 '方'으로 불렀다.(有朋自遠方來, 論語· 學而)"라고 기술하고 있다.

23 정승철, 『한국의 방언과 방언학』, 태학사, 2013, 12쪽.

24 '輶軒'이란 옛날 임금의 사신이 타던 작은 수레로서, 應劭의 『風俗通義』 '序'에 "周·秦 때에 항상 8월이면 유헌이라는 사신을 파견하여 서로 다른 시대의 방언을 구하여 돌아와서 이를 임금께 아뢰고 비실에 소장했다(周秦常以歲八月遣輶軒之使, 求異代方言, 還奏籍之, 藏於秘室。)."라고 이르고 있다.

25 이연주(2012: 250)에 따르면, 일부에서 '輶軒使者絕代語釋別國方言'을 "輶軒使者가 絕

래된 것으로 알려져 있다.[26]

『方言』에 수록된 여러 지역의 언어 중 상당수가 서로 소통이 어렵거나 이질적인 언어였을 가능성이 매우 높으며, 이는 秦·漢代의 변방과 이민족 지역에 국한되는 것이 아니라 春秋·戰國 時期의 제후국 중 吳, 越, 楚와 같은 변방 제후국들의 경우도 그러했던 것으로 보인다.[27]

그런데 이 시기는 아직까지 '中國'[28]이라는 개념이나 漢語圈의 범주가 명확하다고 말하기 어려운 시기라는 점에서 『方言』의 저술 목적이 당시 漢語의 방언을 조사·기록하는 것이었다고나, 당시 민족의 통합을 통해 중국 영토 내 각 지역(別國)의 언어나 어휘 대부분이 漢語化된 상태였을 것으로 추정하는 것은 적절하지 않다.[29]

代語(공통어)로 別國方言을 해석한 책"으로 해석하는 것은 잘못된 것이다. '絕代語'는 공통어가 아니라 대가 끊긴 말, 즉 옛말을 뜻하기 때문이다. 따라서 "周·秦 때 輶軒使者가 했던 일을 이어받아 옛말과 방언을 수집하고 풀이한 책" 정도로 해석하는 것이 적절하다.

26 이연주(2010: 106~108)에 따르면, 『方言』의 저술 시기는 漢代 前期로 중국이 중앙집권적 봉건왕조로서의 기틀과 정치적 통합을 다지던 시기로, 통치기반의 강화를 위해 유학이 통치이념으로 자리 잡았고, 훈고에 대한 관심과 연구가 활발히 이루어지기 시작하던 때였다. 이런 상황에서 이러한 연구의 목적은 순수 학문적 관심보다는 민심의 순화와 통치기반의 강화라는 황제의 의도에 봉사하는 것이었고, 방언 어휘의 수집과 조사 범위는 당시 영토의 확장이 이루어지던 상황에서 수집 가능한 영토의 전 지역을 대상으로 하였을 것으로 보인다.

27 이연주, 「揚雄 『方言』과 중국어에 있어 방언의 문제」, 『인문과학연구』 26, 강원대 인문과학연구소, 2010, 112쪽.

28 김한규(2004: 29~37)에 의하면, '中國'이라는 개념의 역사상 첫 등장은 春秋時代로, '中國' 혹은 '諸夏'라는 역사공동체와 구별되는, 또 다른 역사공동체를 의미하는 '四夷'의 상대개념이었다. 이는 특정한 문화양식이 존재하는 문화권역을 의미하였으며, 동시에 周가 주도한 특정한 정치적 공동체를 가리키기도 했다. 그러나 이는 단순한 지리개념이나 문화개념 혹은 국가개념이 아니었으며, 민족 혹은 종족개념도 아니었다. 따라서 고대 중국에 있어서의 방언문제를 논함에 있어서 이러한 점을 반드시 고려해야 한다. [이연주(2010), 위의 논문, 119쪽. 재인용.]

이러한 언어적 상황과 역사적 사실을 고려하면, 揚雄이 '方言'을 수집·정리한 목적은 당시 漢 영토 내의 모든 지역에서 사용되던 어휘를 수집·정리하고 비교하는 것[30]이지, 이들을 漢語의 방언 어휘로 규정하고 작업을 한 것은 아니라는 것을 알 수 있다. 따라서, 揚雄이 사용한 '方言'이라는 어휘의 의미는 오늘날 우리가 흔히 사용하는 표준어와 대비되는 '方言'을 의미하거나, 언어학적인 '方言'을 의미하는 것이 아니라, 당시 여러 지역(別國)에서 사용되던 말들을 가리키기 위해 사용했을 가능성이 크다.[31] 이러한 추정은 『方言』에서의 지역 구분에 있어 당시의 행정구역보다 그 이전 戰國 시기의 國名을 주로 사용했다[32]는 점에서 그 근거를 찾을 수 있다. 즉, 漢의 영토가 확장되고 행정구역의 재편이 있었지만 당시의 언어 상황은 여전히 이전 시기인 戰國 시기와 비슷한 형국이었음을 보여준다는 것이다.[33]

한편, 鍾如雄·胡娟(2019: 210)에서는 『方言』에서의 '通語'와 '凡語'의 관계에 대해 논의하면서 '通語'를 다음과 같이 기술하였다.[34]

29 이연주(2010), 위의 논문, 107~108쪽.

30 이연주(2012: 249~250)에서도 『方言』에서의 '方言'의 의미를 別國, 즉 漢 이전 시기의 국가 또는 지역을 포함한 여러 지역에서 수집한 어휘로 보고 있다.

31 이연주(2010), 「揚雄 『方言』과 중국어에 있어 방언의 문제」, 『인문과학연구』 26, 강원대 인문과학연구소, 119~120쪽.

32 이러한 양상은 이연주(2010: 109)에 따르면 『方言』 이후의 저작인 『說文解字』에서도 마찬가지로 나타난다.

33 이연주(2010), 앞의 논문, 109쪽.

34 "通語""別語"兩個語言學術語是揚雄的發明。《方言》中"通語"的含義應為：第一,在漢代全國內通用的字詞；第二，在漢代某一個或某些方言區內的字詞. 因為"通語"的"語"實際上是"詞". 為了區分以上兩層含義，楊雄有時在"通語"前面加限制成分來表示. 如果屬於"在全國內通用的字詞" 就用"四方之通語"來表示，如果衹屬於在某一個或某些方言區內通用的字詞，則用"某某之間通語" "某某之外通語"或"某某之通語""某,通語" "某，其通

(8) ① 漢代 전국에서 통용된 단어였다.
② 漢代에서 어느 한 지역이나 혹은 어떤 방언 구내의 단어였다.
③ '通語'의 '語'는 '사(詞)'[35]라는 뜻이다.
④ 전국에서 통용된 단어에 속해 있다면 '사방의 통어(四方之通語)'로 표시하였고 어느 한 지역 혹은 어떤 방언 구내에서만 통용된 단어라면 '某某之間通語', '某某之外通語', '某某之通語', '某通語', '某其通語' 등으로 표시하였다.

또한, 鍾如雄·胡娟(2019: 212)에서는 『方言』에서의 '凡語'에 대해 다음과 같이 기술하였다.[36]

(9) ① '通語'는 '凡語', '凡通語', '總語', '通名', '通詞'로도 불렀다.
② '凡通語'는 '凡語'와 '通語'의 종합 명칭이었고, 이로 인해 『方言』에서의 '凡語'와 '通語'는 동의관계였다.
③ 『方言』에서의 '通語'"는 '凡語' '凡通語' '總語' '通名'과 동의어였으며 모두 '전국에서 통용된 단어' 또는 '어느 한 지역 혹은 어떤 방언 구내에서 통용된 단어'라는 두 가지 의미를 지닌다.

濮之珍(1997: 109)에서는 "통용어는 凡語, 凡通語, 또는 通名이라 칭

語"等來表示.

35 漢代 이전에는 '말'이란 뜻으로 '辞'를 썼고, 漢代 이후부터는 점점 '辞' 대신 '詞'를 사용하였다.

36 在《方言》中, "通語"又叫"凡語", "凡通語" "總語""通名""通詞", "通語"可以說成"凡語", 在《方言》中沒區別. "凡通語"是"凡語"與"通語"的綜合稱謂. 它在《方言》中的使用, 更能證明 "凡語"與"通語"的同義關係. 楊雄《方言》中的 "通語"與 "凡語" "凡通語" "總語" "通名"是一組同義詞,都表示在"全國內通用的字詞"和"在某一個或某些方言區內通用的字詞"兩種意義.

해지는데, 전국적으로 통용되는 말이다. 이것은 지역적 제한이 없으며, 西漢 시기에 통행 지역이 비교적 광범위했던 공동어를 말한다."라고 기술하면서, "각 방면의 문헌 자료들은 모두 중국어가 漢代에 이미 '독특한 漢민족의 민족공동어'로 형성되도록 발전하였다는 사실을 나타내준다. 揚雄의 『方言』에 보이는 '通語'는 그 좋은 증거다."[37]라고 주장하였다.

그러나 이러한 기술 태도는 '通語'를 당시 중국어에서 전국적으로 통용되는 공통어로 해석하는 것으로, 『方言』의 '通語'와 『論語』 '述而篇'의 '雅言'[38]이라는 용어를 고대 중국어에 있어 구어로서의 공통어의 구체적 실증을 확보하는[39] 연구 태도와 연결된다. 즉, 『方言』의 '通語'와 『論語』의 '雅言'을 바탕으로 당시 중국어에는 현대적 의미의 방언도 존재하였고 전국적인 공동어(일종의 표준어)도 존재했다고 보는 것인데, 이러한 해석은 다수의 중국 쪽 저술과 논문뿐만 아니라 국내 저술이나 논문에서도 종종 그대로 수용되기도 하고, 때로는 더 확대되기도 한다.[40]

그러나 이에 대해 이연주(2012)에서는 『方言』의 '通語'를 전국적으로

37 이연주(2012), 앞의 논문, 265쪽, 재인용.

38 '子所雅言, 《詩》《書》執禮, 皆雅言也.'
양세욱(2005: 140)에 따르면, 『論語集注』에서는 '雅'를 '常'으로, '雅言'을 '常言', 즉 '늘 하는 말씀'의 의미로 해석하였으며, 淸의 학자들은 '雅言'을 당시의 '官話'로 해석하였다. 한편, 濮之珍(1997)에서는 위 구절에 대한 鄭玄의 해석을 토대로 이를 정규적인 독서 언어로 해석하기도 하였고, 淸의 학자들의 해석대로 '雅言'을 당시의 공동어로도 해석하기도 했다. [이연주(2012), 앞의 논문, 264쪽. 재인용.]

39 이연주(2012), 앞의 논문, 264쪽.

40 이연주(2012), 앞의 논문, 265쪽.

통용되는 공통어로 해석하는 것은 무리라고 보았다.[41] 이연주(2012)에서는 '通語'를 전국적으로 통용되는 공통어로 해석할 때의 6가지의 문제점을 지적[42]하며, 『方言』에서 통용지역이 어느 한 방언 지역 또는 몇몇 방언 지역으로 국한된 어휘가 '通語'라고 불린 것은 『方言』의 '通語'가 현대 방언의 상대개념으로서의 공통어가 아닌 다른 의미로 사용되었을 것으로 보았다.[43] 즉, 당시 '通語'는 언어학적으로 정의된 개념이 아니었고, 揚雄은 '通語'를 해당 어휘의 일상적인 의미, 즉 '통용되는 어휘'라는 뜻[44]으로 사용했다고 보았다. 이러한 내용을 바탕으로 이연주(2012)에서는 『方言』의 '通語'는 당시 공통어라는 의미로 사용된 것으로 보기 어려우며 '通語'로 지칭된 어휘는 "어느 지역, 또는 몇몇 지역에 걸친 보다 넓은 지역에서 널리 통용되는 어휘"라는 의미로 해석되어야 하며, '通語'를 당시의 공통어의 존재에 대한 구체적 증거로 보는 시각은 수정되어야 한다고 보았다.

이상의 논의를 통해, 중국 고전, 특히 『方言』에서의 '方言'의 의미는 현대적 방언의 의미가 아닌, 특정 지역의 말 또는 언어를 의미하는 것

41 이에 대한 근거로 이연주(2012: 263)에서는 다음과 같은 근거를 제시하였다.
① 중국은 고대에 각지의 사람들 간에 언어가 통하지 않았다.(『禮記』 '王制': 五方之民言語不通.)
② 秦이 중국을 통일했을 때에도 각국의 말은 소리가 다르고 문자는 형태가 달랐다.(『說文解字』 '序': 語言異聲, 文字異形.)
③ Pulleyblank(1995: 3)에서 언급하는 바와 같이 춘추·전국시기의 문헌들에서 상당한 언어적 다양성과 차이가 존재한다.

42 이에 대해서는 이연주(2012: 261)을 참조.

43 이연주(2012), 앞의 논문, 261~262쪽.

44 柳玉宏(2007)에서도 『方言』의 '通語'들의 용례를 통해, '通語'는 어떤 단어의 통용되는 정도를 해석하기 위한 용도로 사용되었다(解釋某個詞通行情況的說法)고 보았다. [이연주(2012), 앞의 논문, 262쪽. 재인용.]

으로 이해할 수 있을 듯하다. 즉, 현대적 개념의 '지역어'[45]와 매우 흡사한 의미였음을 알 수 있다.

2) 中國에서의 '方言' 개념의 확대

앞서 우리는 '方言'은 흔히 '五方之言'의 준말이며, '五方之言'은 '동쪽과 서쪽, 남쪽, 북쪽, 중앙의 언어를 이르는 말'로 풀이하였다.

한편, 현재 중국에서의 '方言'의 쓰임은 일반적으로 '동서남북 + 방언'이 아닌 '지역명 + 방언'의 형식으로 쓰이고 있다.[46] 그러한 이유는 중국의 영토가 너무 넓어서 특정 위치의 관점에서 '동, 서, 남, 북'과 같은 방위사를 사용하여 특정 지역의 방언을 정확히 가리키기가 힘들다는 점에서 기인한 것으로 보인다.[47]

한편, 지역어를 의미하는 '방언'은 서로 말이 다른 타 국가의 언어를 가리킬 때도 사용된 것으로 보인다.

(10) 又<u>高麗方言</u>謂白曰漢。見 孫穆 雞林類事 〈康熙字典〉

---

45 사전에서의 '지역어'에 대한 의미 풀이는 다음과 같다.
'어떤 한 지역의 말. 주로 방언 구획과는 관계없이 부분적인 어떤 지역의 말을 조사할 때에 그 지역의 말을 이른다.'

46 이러한 양상은 '전라도 방언, 경상도 방언, 충청도 방언' 등처럼 우리 사회에서도 확인할 수 있다.

47 현대 중국의 방언은 '北方方言, 吳方言, 贛方言, 湘方言, 閩方言, 客家方言, 粵方言'의 7방언로 나눌 수 있으며, 이중 가장 많은 인구가 사용하는 방언은 '北方方言'이며 이를 다시 '북경관어, 동북관어, 기로관어, 중원관어, 고료관어, 란은관어, 사념관어, 장화이관어' 등으로 나눌 수도 있다.

(10)은 孫穆의 『雞林類事』에서 高麗 方言의 어휘에 대해 언급하고 있는데, 기존의 논의들에서는 대개가 '高麗方言'을 '고려어' 또는 '고려말'로 그 의미를 기술하였다. 그러나 기본적으로 현대 어휘 의미 파악에 있어서 '한국어, 중국어, 일본어' 등과 같이 '국가명 + 어'의 구조를 가진 어휘는 '해당 국가의 언어'로 이해한다는 점에서 '고려어, 고려말'은 현대인들에게는 '고려라는 국가의 언어' 정도로 이해할 수 있다. 그러나 이러한 의미 해석은 당시의 '方言'의 의미를 올바르게 이해한 것이 아니다. 이를 위해서는 현대적인 행정 경계, 국경선, 국가의 개념이 확립되기 이전의 중국에서의 '영토' 등에 대해서는 전통적인 중국의 특성을 잘 나타내는 '中華思想'의 이해가 필요하다.

中華思想은 중국에서 나타난 자문화 중심주의적 사상으로서, 中華 이외에는 夷狄으로 간주하고 이를 천시하고 배척하는 관념이 있다. 즉, 中華는 자신들이 온 천하의 중심이면서 가장 발달한 문화를 가진다는 選民 의식을 가졌으며, 자신들 이외의 他者들을 南蠻·北狄·東夷·西戎으로 구분하여, 天의 대리자인 中國의 天子가 모든 異民族을 敎化하여 天下를 대리통치하는 '天下觀'을 낳았다.[48] 따라서 西周 시대의 天下란 천자가 천명에 의해 지배하는 범위를 의미했다.[49] 漢 武帝 때 유학이 國學으로 채택되면서 유학은 華夷사상과 封建사상이 理想化한 형태로 정치사상에 반영되었고, 그에 따라 황제는 天命을 받아 天意를 대행하는 세계 유일의 통치자로 부상했고, 漢의 통치영역은 夷夏를 포함하는

48 두산백과 온라인(https://www.doopedia.co.kr)

49 金翰奎, 古代中國的世界秩序研究, 일조각, 1982, 103~106쪽. [장석재, 「西漢의 西域邊疆政策」, 『中國史研究』 115, 중국사학회, 2018, 3쪽. 재인용.]

天下로 확대 설정되었다.[50]

황제를 정점으로 內藩과 外藩으로 정치조직을 구성하고, 통치영역을 규정했는데, 황제가 직접 통치하는 郡縣과 諸侯왕국 및 列侯國들의 內藩지역과 그 외의 外藩지역으로 구분했다. 郡縣과 內藩은 황제의 德과 禮, 法이 모두 미치는 지역인 반면, 外藩은 夷狄의 首長이 정치 군사적으로 독립해 직접 통치하는 지역으로 이 지역에는 황제의 통치력이 직접 미치지 못하고, 禮와 德 등의 王化만이 미친다.[51]

이런 '天下觀'에서 현대적인 '領土'와 유사한 개념이 바로 '疆域'이다.

(11) 疆域과 領土의 區分[52]

구분	전통적 '疆域'	근대적 '領土'
주권과의 관계	주권(행정구역)과 일치하지 않음	국제법상 주권과 일치
범위	육지에 국한	육지, 영행, 영공 육지의 지하와 영해의 해저 포함
영토와 국경에 대한 인식	영토와 국경이 모호함 (문화적 華夷觀과 天下觀)	영토와 국경은 국제법상 승인과 보장
국경선	경계선이 모호함	경계선이 명확함

국가 판도의 범위를 지칭하는 용어는 '領土', '疆土' 등이 있는데, 일반적으로 중국 학계에서는 '疆域'을 많이 사용한다. '疆域'의 '疆'과 '域'은 그 어원으로 볼 때 각각 '경계'와 '지역'에 가까운 의미로 해석될 수 있다.[53] '강역'은 주권이 명확한 내부 지역뿐 아니라 그렇지 않은

50 李春植, 中華思想, 교보문고, 1998, 295쪽. [장석재(2018), 앞의 논문, 4쪽. 재인용.]

51 장석재(2018), 앞의 논문, 4쪽.

52 이춘복, 「明代 疆域에 대한 청말 혁명파의 근대적 領土인식-『民報』에 나타난 영토적 공간인식을 중심으로-」, 『중국근현대사연구』 63, 중국근현대사학회, 2014, 29쪽.

바깥 지역도 포괄하며, 屬國이나 藩國 혹은 羈縻 지역 등을 그 예로 들 수 있다. 이러한 지역에도 주권이 미칠 수 있으나, 그렇지 못한 경우도 많이 있다. '강역'은 "각자의 표준에 따라 어디까지가 자기의 강역에 속하는지를 결정"하는 것으로 "온 하늘 아래가 왕의 땅이 아닌 곳이 없다(普天之下莫非王土)."는 고대 중국인들 관념의 대표적인 예로 '강역'의 범위는 주관적으로 결정되는 특징이 있다.[54]

이러한 중국의 '天下觀'의 관점에서 '高麗'는 황제의 통치력이 직접 미치지 못하고, 禮와 德 등의 王化만이 미치는 外藩으로, 당시의 '天下觀'에 따르면 '高麗'는 중국의 '疆域'에 포함된 하나의 지역이 되고 만다. 따라서 (10)의 '高麗方言'은 '고려어', '고려말', '고려라는 국가의 언어'가 아닌 '(중국 중심 천하관 내의)고려 지역어'로 이해해야 한다.

결국, 중국에서의 고전적인 '方言'의 의미는 '내가 속하거나 우리가 속한 지역의 말 또는 그 이외 지역의 말' 정도로 해석할 수 있는 것이다.

한편, 근대 전환기에 이르러 중국에서 '方言'이 외국어를 지칭하기도 하였다.

상하이의 동문관[55]의 공식 명칭은 '學習外國語言文字同文館'이었고, 약칭은 '上海同文館'이었다. 그런데 1867년 말과 1869년에 공문에서

53 김승욱, 「중국의 역사강역 담론과 제국 전통」, 『역사문화연구』 63, 한국외국어대 역사문화연구소, 2017, 105쪽.

54 金錫佑, 「'역사상의 중국'과 자국사 범주에 대한 중국 학계의 이해–葛劍雄의 『역사상의 중국』(2007)을 중심으로–」, 『한국고대사탐구』 8, 한국고대사탐구학회, 2011, 264~265쪽.

55 柳鏞泰(2012: 147)에 따르면, '同文館'이란 용어는 宋代에 처음 등장하였고, 1862년에 설립된 상하이의 동문관은 明代 四夷館과 淸初 四譯館, 18세기 俄羅斯文館 및 拉丁文館을 이어받아 다소 변형시킨 형태로 설립된 것이다.

'廣方言館'으로 표기된 이후, 이 명칭으로 불리게 되었다. 이러한 명칭의 변경에는 두 가지 해석이 제시된다. 즉, "중국인이 외국인으로부터 배운다는 것을 체면 손상으로 여겨 고의적으로 외국어를 중국의 한 방언으로 불렀다."는 해석과 "방언이 세계 각국의 언어를 지칭하는 것"으로의 해석이 그것이다.[56]

柳鏞泰(2012: 150)에서는 이러한 해석에 대해 "이는 中華를 '體'로 보고 그 주위의 四土를 '方'으로 간주해 體와 方을 대비시키는 전통적 천하관의 반영"이며, 이 논리에 따르면 "중국의 영토가 팽창함에 따라 원래 국외의 사방이었던 곳이 국내의 지방으로 편입되고 그에 따라 방언의 의미도 확대"되었다고 보았다. 즉, 근대 전환기의 중국에서의 '方言'은 중국 내의 지역어뿐만 아니라 四方의 타국어도 지칭하였고, 이는 中華思想의 '天下國家觀'에 의거한 외국어 인식의 표현[57]으로 볼 수 있을 것이다.[58]

한편, '王化思想'[59]은 '天下觀'에서 유래한 것으로[60], 戰國時代에서 秦

56 柳鏞泰, 「方言에서 外國語로: 근대 중국의 외국어 인식과 교육」, 『역사교육』 123, 역사교육연구회, 2012, 149~150쪽.

57 柳鏞泰(2012), 위의 논문, 151쪽.

58 柳鏞泰(2012: 152~153)에 따르면, 중국에서 국가에 의해 공식적으로 '외국어'를 지칭할 때 방언이 아닌 다른 명칭이 사용되기 시작한 것은 근대학제가 공포·시행된 1902년부터이다. 1902년 欽定京師大學堂 장정에서 교과목명으로 '외국문'이란 용어가 등장하였고, 1904년 奏定學堂章程의 대학당 장정과 중학당 장정에 외국어를 가르치는 교과목 명칭으로 각각 '외국어문'과 '외국어'라는 용어가 사용되었다. 學堂이 學校로 개칭된 중화민국 수립(1911) 이후에서야 외국어를 가리킬 때 방언이란 명칭 대신 '外國語'라는 명칭이 일반화되었다. 그러나 여전히 '외국어'라는 명칭에 대한 반감과 부정적 인식은 오래 지속되었다.

59 王者의 덕으로 백성을 교화하는 것을 이상으로 하는 儒家의 王道政治 이론.

60 신봉수, 「동아시아 국제관계와 화이유교규범의 변화」, 『세계정치』 12, 서울대학교 국

·漢에 걸쳐 형성되었고, 그 이후 淸에 이르는 2000년 동안 황제 정치체제 밑에서 유교 관료, 지식인층에 의해 정착되었다.[61] '王化思想'에서 종족적 민족적 차이는 별로 문제가 되지 않는다. 또한, '王化思想'은 무한하게 퍼질 가능성을 포함하기 때문에 현대적인 국경 관념이나 영토 관념을 가지지 않는다. 19세기 이후, 서구열강이 비교적 용이하게 중국의 영토나 이권을 분할할 수 있었던 것도 왕화사상에 의해 중국측에 명확한 국경이나 영토 관념이 없었던 것이 하나의 원인이 되기도 하였다.[62]

이러한 '외국어'를 의미하는 '方言'의 의미도 중국 고전에서의 '方言'의 의미와 크게 다르지 않다. 즉, 고전적인 '지역'의 범위와 경계가 확대되었을 뿐, 근대 전환기 중국에서의 '方言'도 '내가 속하거나 우리가 속한 지역의 말 또는 그 이외 지역의 말'을 의미한다고 볼 수 있을 것이다. 다만, 중국 고전에서의 '方言'에 비해 근대 전환기의 '方言'은 어휘 의미 저변에 '中華思想'이라는 강력한 이데올로기가 그 저변에 장착되어 있다는 점이 다르다고 할 수 있을 것이다.

3. 근대 전환기까지의 한국에서의 '방언' 개념의 사적(史的) 변화

우리나라 문헌에서는 이른 시기부터 '方言'의 쓰임을 확인할 수 있

제문제연구소, 2009, 45~46쪽.

61 손정윤 편저, 『원불교 용어사전』, 원불교출판사, 1993.

62 두산백과 온라인(https://www.doopedia.co.kr)

다. 그런데 이 쓰임에 대해 대부분의 선행연구들에서는 현대적 의미로 해석하거나, 中華의 관점에서 그 의미를 파악하려는 경향이 있다. 여기에서는 近代化 時期까지의 '方言'의 개념에 대한 선행연구들을 중심으로 논의하고자 한다.

1) 新羅와 高麗에서의 '方言'의 의미

(12) ① 지금 신라의 사실을 기록함에 그 방언을 그대로 쓰는 것이 마땅하다.[63] 〈『三國史記』 卷4 新羅本紀 第四 智證麻立干〉

② '元曉'는 또한 方言(신라어)이니 당시 사람들은 모두 鄕言으로 '始旦'이라 칭하였다.[64] 〈『三國遺事』 卷4 義解 5 元曉不羈〉

③ 설총이 방언으로 구경을 읽었다.[65] 〈『三國史記』 薛聰傳〉

④ 김대문이 말하기를 '次次雄'은 '方言'인데 무당을 이른다.[66] 〈『三國遺事』 卷一 紀異第一〉

⑤ 여러 나라의 방언이 각기 다르니 음악(聲音)이 어찌 한결같을 수 있겠는가[67] 〈『三國史記』 卷三十二 雜志 第一〉

⑥ 바기(巴只)는 方言으로 小兒를 가리키는 말이다.[68] 〈咸昌金氏丙子年准戶口, 1336〉

⑦ '廊'이라는 것은 관청의 명칭인데 '方言'으로는 '曹設'이라고 한다.[69] 〈『高麗史』 卷77 西京留守官〉

---

63 今記新羅史 其存方言亦宜矣.

64 元曉亦是方言也, 當時人皆以鄕言稱之始旦也.

65 以方言讀九經.

66 金大問云 次次雄方言謂巫也.

67 王以謂諸國方言各異聲 音豈可一哉.

68 巴只方言小兒之稱.

69 廊者官號 方言曹設.

백두현(2004)에서는 (12)의 ①, ②, ⑤를 근거로 고대 시대부터 우리나라에서 중국어(漢語) 이외의 다른 나라의 언어를 '方言'이라 칭했다고 보았다. 또한, '方言'의 이러한 용법이 『三國史記』, 『三國遺事』 등 각종 문헌에 나타나며, 우리나라 역사서나 다른 문헌에 사용된 '方言'이라는 용어는 '우리말'을 가리키기도 하지만 일반적 의미로 '특정국의 언어 혹은 어떤 지역의 언어'를 지시한 용례도 있다[70]고 하였다.

정승철(2011)에서는 (12) ③의 '方言'은 중국의 변방어로서, 직접적으로는 한국어를 가리키고 있으며, (12) ④의 『三國遺事』에서의 '方言'은 신라어를 가리키는 것으로 보이며, 이 역시 '方言'은 중국의 변방어를 의미하며, 이러한 용법은 조선 시대에서도 면면히 유지된다[71]고 보았다. 이승재(2001)에서는 (12) ⑥, ⑦의 '方言'은 당시 우리말인 고려어를 가리킨 것으로 보았다. 이병기(2015)에서는 앞선 논의들에서 알 수 있듯이 '方言'이라는 용어는 고대부터 꾸준히 사용된 것이며 '중국의 변방어', '한 나라의 언어'라는 기본적인 뜻에서 화용론적 확장을 통하여 '우리말'을 지시한 것으로 보면서, '方言'이 가지는 '한 나라의 언어'와 '우리말'이라는 두 의미는 현대의 '국어'와도 상통되며, '方言'은 기본적으로 '중국'을 중심으로 사고한다는 점에서 차이가 있다[72]고 보았다.

우리는 2장에서 중국 고전에서의 '方言'의 의미는 현대적 방언의 의미가 아닌, 특정 지역의 말 또는 언어 즉, 현대적 개념의 '지역어'로 그 의미를 파악하였으며, 이런 의미의 특성으로 외국어까지도 '方言'으

70 백두현, 「우리말[韓國語] 명칭의 역사적 변천과 민족어 의식의 발달」, 『언어과학연구』 28, 언어과학회, 2004, 118~120쪽.

71 정승철, 「'方言'의 개념사」, 『방언학』 13, 한국방언학회, 2011, 62쪽.

72 이병기, 「'국어' 및 '국문'과 근대적 민족의식」, 『국어학』 75, 국어학회, 2015, 171쪽.

로 칭하는 것을 확인하였다. 이러한 관점에서 (12)의 '方言'의 의미를 살펴보자.

우선적으로 고려해야 할 사항은 (12)의 ①, ②, ③, ④, ⑤의 '方言'은 신라나 가야에서 '方言'이란 어휘를 사용했다는 것이 아니라 후대의 고려인의 視點에서 사용되었다는 것이다. 그러나 (12) ⑥, ⑦의 '方言'은 각각 고려와 조선 시대에 사용되었다는 점에서 당대에 '方言'이란 어휘를 사용했음을 알 수 있다. 즉, (12)의 '方言'은 모두 고려 시대 이후부터 사용했다는 점이 분명하다는 것이다. 따라서 (12) ①~⑤의 '方言'은 고려인의 관점에서 신라 지역의 말과 가야 지역의 말을 지칭할 때 사용된 것으로 볼 수 있을 것이다.

한편으로는 고려는 현재의 중부방언이 중심언어권이었고, 신라어와 가야어는 현재의 동남방언이 중심언어권이었다는 점에서 현재의 경상 지역어를 가리켰을 가능성을 배제할 수 없다. 그러나 이러한 가능성에서도 중요한 점은 특정 지역의 말을 지칭할 때 '方言'을 사용했다는 점이다. 또한, 중국 '方言'이 꼭 중심부에서 멀리 떨어진 변방의 말을 지칭했다는 근거가 없다는 점에서 '方言'에 대한 정승철(2011)과 이병기(2015)에서 언급하는 '方言'은 중국의 변방어를 가리킨다는 것과 '方言'은 기본적으로 '중국'을 중심으로 사고한다는 전제를 수용할 수 없을 것이다.

한편으로는 이병기(2015)에서 언급한 바와 같이 '方言'이라는 용어가 어떤 기본적인 뜻에서 화용론적 확장을 경험했을 가능성이 있다고 생각한다. 그러나 백두현(2004), 정승철(2011), 이병기(2015)에서 기술한 것처럼 중국의 변방어가 의미 확장을 통해 우리말을 가리키는 의미를 획득한 것이 아니라 특정 지역어를 가리키는 '方言'이 내가 속하지 않은 지역을 가리키다가 내가 속한 지역까지 가리키게 된 것으로 이해해야 중국 고전의 '方言'이 의미하는 지역어로서의 개념 변화를 설명할 수 있을 것이다. 이러한 논의는 旣述한 바와 같이 揚雄이 사용한 '方言'의 의미는 당시 여러 지역(諸侯國)에서 사용되던 말들을 의미했을 가능성이 크다는 점에서 그 근거를 찾을 수 있다.

한편 선행연구들이 가지는 다른 하나의 문제점은 '중화사상' 즉 중국을 세계의 중심이라고 생각하는 관점에서 '方言'을 '중국의 변방어', '한 나라의 언어'로 해석하고 있다는 점이다.

이에 대해 장윤희(2013)에서는 '方言'을 '중국의 주변 지방의 말'이라는 의미로 조어된 것으로 보아 중국 중심의 사고와 연관시켜온 것이 일반적이지만, (우리나라에서 사용된) '方言'이라는 말의 의미에 굳이 '중국 중심' 여부를 부여해야 하는지 의문[73]이라고 문제를 제기한 바가 있다.

역사학계에서는 '海東天下'라는 용어를 통해 고려가 중국 또는 북방 왕조에 대한 事大를 수용하면서도 내부적으로는 자신의 독자적인 천하를 설정하는 이중적 체제를 구현했다는 점이 일찍부터 지적되었다.[74] 특히 이 '海東天下'라는 개념은 고려에서부터 그 전형이 보이지만, 그 단초는 신라의 '三韓一統意識'[75]부터 나타나고 있었다고 한다.

---

73 장윤희, 「近代 移行期 韓國에서의 自國語 認識」, 『한국학연구』 30, 인하대 한국학연구소, 2013, 57쪽.

74 윤경진, 「고려 건국기의 三韓一統意識과 '海東天下' 인식」, 『한국중세사연구』 55, 한국중세사학회, 2018, 239쪽.

75 윤경진(2018: 241)에 따르면, '三韓一統意識'은 '三韓'이라는 동일한 정체성에 근거하여 삼국을 하나로 통합한다는 이념이다. 신라의 '三韓一統意識'이 구현된 가장 대표적인 사례는 경문왕 때의 皇龍寺九層木塔의 改建이다. 경문왕은 皇龍寺九層木塔의 개건

'海東'[76]은 중국 기준의 상대적 위치이면서 그 자체가 하나의 완결된 공간을 함의하는데, 이것은 '海東天子'나 '海東孔子' 등 특정 지표와 관련하여 중국과 대비되는 단위를 표현하는 것에서 잘 드러난다.[77] 즉, '海東'은 '중화천하'의 일부를 의미하면서 동시에 별개의 천하[78]로서 '중화천하'와 대칭될 수 있었다.[79]

고려 시대 사대부들이 가진 유교 문화에 대한 보편적 인식은 자국에 대한 주체 의식이 전제되어 있다. 즉, 중국 중심의 유교 문화 수용에 있어서 고려만의 문화적 주체성과 자기의식을 견지[80]했다.[81] 고려는 건국 초기부터 중국에 대해 형식적이고 의례적인 사대관계를 유지했고,

---

을 통해 천하의 수립을 희구하였다(윤경진, 2018: 240).

76 '三韓'과 '海東'은 사실상 같은 범주이며, 이후 우리나라를 가리키는 개념으로서 대표성을 가진다[김한규, 「우리 나라의 이름: '東國'과 '海東' 및 '三韓'의 槪念」, 『李基白古稀紀念論叢』, 간행위원회, 1994, 1419~1470쪽. 윤경진(2018), 위의 논문, 240쪽에서 재인용].
또한, '三韓'과 '海東'은 하나의 천하를 구축한다는 의미를 공유한다[윤경진(2018), 위의 논문, 254쪽.].

77 윤경진(2018: 267)에 따르면, 고려 초기에 건립된 비문에는 신라 및 고려가 표방한 해동의 천하관이 잘 나타나 있다.

78 윤경진(2018: 267)에 따르면, '중화천하'와 대칭 개념으로서의 고려의 '해동천하'의 인식은 고려 시대에 사용한 皇帝 관념의 표현을 통해 그 면모를 알 수 있다.

79 윤경진(2018), 앞의 논문, 254~259쪽.

80 도현철(2000: 110)에 따르면, 崔瀣는 『東人之文』에서 우리나라는 한문을 쓰지만, 언어가 화와 구별되기 때문에 중국과 다른 우리 식의 글쓰기가 있다고 하였고, 李穀은 고려는 옛날 삼한의 땅으로 풍속과 언어가 중국과 같지 않으므로 의관과 전례가 스스로 하나의 법이 되어 진한 이래로 신하로 삼지 못했다고 하였다. 金台鉉의 『東國文鑑』, 趙云仡의 『三韓詩龜鑑』, 金祉의 『選粹集』에서도 이러한 인식이 반영되어 있고, 李承休의 『帝王韻紀』와 一然의 『三國遺事』의 단군 인식이 이와 같은 흐름을 반영한다고 할 수 있다.

81 도현철, 「원명교체기 고려 사대부의 소중화 의식」, 『역사와현실』 37, 한국역사연구회, 2000, 109~110쪽.

元 간섭기에도 元의 유교문화의 보편성은 인정하면서도 제후국인 고려는 동인이라는 언어와 문화의 유구성·독자성을 계속 견지하였다. 이는 통일신라 최치원이 보여준 '東人意識'[82]의 연장선으로 볼 수 있으며, 고려 초기부터 원 간섭기까지 이어온 자국 인식과 대외인식을 보여주는 것이다.[83] 원명교체기 이후 고려 사대부는 명을 천자국으로 파악하였고, 문명국화를 지향하는 고려 사대부의 '用夏變夷'[84]적 중국관으로 인해 朱子學이 수용되고 개혁이 추진되면서 고려 사대부는 소중화를 모색하게 된다.[85]

한편, 고려가 원명 교체기에 소중화 의식을 견지했다는 것은 중국 중심의 질서를 인정하며 고려는 제후국이 되었음을 의미하는데 이는 국가의 존속을 위해 국제 관계 속의 사대성·예속성을 내포한 것이었다. 그러나 다른 한편으로 소중화 의식은 중국 중심의 동아시아 질서에서 개혁 정치를 추구하고 정체성, 즉 독자적인 문화를 견지하려는 자기의식을 확보하는 논리[86]이기도 하였다.

이상의 논의에서 확인할 수 있는 것은 역사학계에서는 신라와 고려는 중화를 수용하면서도 나름의 언어와 문화의 유구성·독자성을 지키

82 우리나라 사람으로서의 주체의식 또는 자기의식을 의미한다. 최치원의 '東人意識'은 '四山碑銘'에서 唐을 일관적으로 '西國'으로 칭했다는 점에서 확인할 수 있다. 즉, 지리적으로 대륙의 극동부에 위치한 우리나라는 해가 뜨는 나라로 시작과 창조의 땅인 '海東'이라는 것이고, 중국은 우리에게 있어서 '西國'이며 중국은 해가 지는 나라라는 것이다.

83 도현철(2000), 위의 논문, 110쪽.

84 풍속으로써 오랑캐의 풍속을 바로잡는다는 뜻.

85 도현철(2000), 앞의 논문, 114~118쪽.

86 도현철(2000), 앞의 논문, 110쪽.

려고 했다고 평가한다는 점이다. 따라서 중화사상의 관점에서 (12)에 사용된 '方言'을 '중국의 변방어', '한 나라의 언어'로 해석하는 것은 적절하지 않다[87]고 생각한다.

2) 朝鮮에서의 '方言'의 意味

姜玟求(2007)에서는 조선 士人의 우리말 인식에 대해 논의하면서, 중세 한자문화권 내에 속하였던 우리나라에서는 우리말을 '方言'·'俗言'·'諺文' 등으로 칭하였고, 그중 가장 일반적으로 사용되었던 것으로 '方言'을 제시하면서 조선 士人의 인식 체계에서 '方言'은 다음과 같은 의미 층위를 갖는다[88]고 기술하였다.

(13) ① 중국 방언은 각 지방마다 같지 않다. 중국 사람 역시, '山西의 음이 가장 알기 어렵다.' 하였다.[89] 〈『薊山紀程』 附錄 言語〉

② 신라의 설총이 방언으로 九經을 해석하였다.[90] 〈『增訂東國文獻備考』 藝文考〉

③ 왜인들이 한자를 모르므로 方言을 48자로 나누어서 일본 언문을 만들었는데[91] 〈『亂中雜錄』〉

④ 金正喜(1786~1856)는 徐光啓(1562~1633)와 李之藻(1565~1631)

87 장윤희(2013: 57)에서도 揚雄의 『方言』에서 '方言'의 의미는 어떤 중심적인 것에서 벗어난 말이라든지 한 언어의 분화형이라든지 하는 의미는 찾아볼 수 없고 단지 '(여러) 지방의 말'이라는 가치 중립적 의미로 사용되었다고 보았다.

88 姜玟求, 「우리나라 중세 士人의 '우리말'에 대한 인식」, 『동방한문학』 33, 동방한문학회, 2007, 7~11쪽.

89 中國方言, 各自不同, 華人亦云, 山西音最難曉.

90 新羅薛聰, 以方言, 解九經.

91 以倭人不解文字, 依方言以四十八字分作倭諺.

가 번역한 카톨릭의 성경을 비판하면서 성경을 '사교의 방언'으로 간주함.[92] 〈『阮堂全集』〉

⑤ 童子가 方言을 알아듣는다.[93] 〈鵝溪遺 箕城錄 破屋〉

姜玟求(2007)에서 말하는 첫 번째 층위는 중국 내에서 중앙과 지방을 지역적으로 분할할 때 지방의 언어문자를 '方言'이라고 지칭했으며, 이에 대한 예로 (13) ①을 제시하였다. 두 번째 층위는 漢語를 표준어라고 할 때 기타 제민족의 언어 문자를 '方言'이라고 지칭했으며, 이에 대한 예로 ②, ③, ④를 제시하였다. 세 번째 층위는 중국 이외의 민족 언어 내부에서 중앙어와 지방어를 구분할 때 후자의 언어문자를 방언으로 지칭하며, 이와 관련하여 우리말에서의 사투리를 '京'과 '鄕'이라는 구별 의식에 입각하여 후자의 공간에서 사용되는 언어를 方言으로 간주하였고, 그 예로 ⑤를 제시하였다.

그러나 본고에서 旣述한 바와 같이 중국 내에서 중국 내에서 중앙과 지방을 구분하면서 지방의 언어, 문자를 '方言'이라고 지칭한 바가 없다는 점에서 姜玟求(2007)의 첫 번째 층위에 대한 설명은 부적절하다. 또한, 두 번째 층위에 대한 설명은 전형적인 중화주의 관점의 설명으로, 조선 시대가 이전 시대에 비해 小中華 思想이 심화된 것은 사실이나 현대적 개념인 표준어와 방언은 한 언어의 하위 분류에 해당한다는 점에서 이 역시 적절한 설명은 아니다. 세 번째 층위에 대한 설명은 첫 번째 층위에서의 논의를 우리말에 투영한 것이며, '사투리 = 方言'의

92 如徐光啓·李之藻一種邪黨鬼怪之輩, 强飜邪教之方言, 敢以中國之天字當之, 是何說.

93 童子解方言. 李山海(1539~1609)가 유배지에서 쓴 시로 여기에서의 '方言'은 평안도 지역의 말을 의미한다.

관점은 개화기 이후에 나타난다는 점에서 적절하지 않다고 생각한다.

(14) ① 지금의 우리 전하는 (중략) 또 어리석은 백성이 법을 잘 모르고 금법을 어기는 일이 있을까 염려해서 주무 관청에 명하여 『대명률』을 방언으로 번역케 해서 대중으로 하여금 쉽게 깨우치게 하였고[94] 〈『三峰集』 8, 憲典, 摠序〉

② 『소학』이란 책은 사람의 도리에 가장 절실한 것이니, 음식, 물, 불이 없을 수 없는 것과 같다. 다만 우리나라 사람들이 문자를 잘 아는 이가 적으니, 만일 방언으로 해석해 주지 않으면[95] 〈『小學諺解』 跋 1ㄱ〉

③ 시는 마음으로 깨쳐야 하는 것이니 어찌 주해할 일이겠으며, 주해할 일이 없는데 하물며 방언으로 번역할 일이겠는가?[96] 〈『重刊杜詩諺解』 序 1ㄱ〉

(14)의 '方言'은 모두 조선 시대의 용례인데, 장윤희(2013)에서는 이에 대해 모두 '우리말', 즉 '조선(지역)의 말' 정도로 사용되며, 이는 이전 시기와 달리 조선 시대에 우리말을 '方言'으로 부르고 있다는 점을 차이점으로 보면서도 이전 시기의 '方言'의 의미와 크게 다르지 않다[97]고 하였다. 즉, '方言'이 '조선 지역에서 쓰고 그 외의 지역에서는 통하지 않는 말'이라는 의미로 해석할 수 있으므로 이전의 '方言'과 그 의미가

94 今我殿下 (중략) 又慮愚民無知觸禁爰命攸司將大明律譯以方言.

95 小學一書 最切於人道 如菽粟水火之不可闕 第吾東人鮮曉文字 如不以方言爲之解.

96 詩須心會 何事箋解 解猶無所事 況譯之以方言乎.

97 장윤희, 「近代 移行期 韓國에서의 自國語 認識」, 『한국학연구』 30, 인하대 한국학연구소, 2013, 58~59쪽.

달라졌다고 보기는 어렵다는 것이다. 또한, (14)의 '方言'에서 '다른 지역(넓게는 다른 나라)의 말과 구별되는 말'이라는 의미는 분명히 찾을 수 있겠으나, 이를 백두현(2004)에서 주장하는 '모국어 인식'[98]으로의 확대 해석을 경계하였다.

(15)[99] ① 조정에서 사역원을 설치하여 漢, 淸, 蒙, 倭의 方言을 익히게 하였다.[100]

② 한어, 만주어, 몽골어, 일본어 '方言' 중에 지금 사용되는 것들을 널리 채집하고 부류별로 나누어 우리나라 언문으로 그것을 풀고 또 中州 '鄕語'를 덧붙여 그 이름을 '方言類釋'이라 하였다.[101]

(15)는 徐命膺의 『方言類釋』 '序'에 나오는 내용인데, 여기에서는 '漢語'를 '方言'으로 칭하고 있다. 이에 대해 정승철(2011)에서는 조선 시대의 '方言'은 대체로 중국의 변방어를 뜻하였지만 『方言類釋』의[102] '方

98 백두현(2004: 122) "'方言'이라는 용어는 중국 중심주의에서 비롯된 것이기는 하나 중국어와는 구별되는 제 나라 언어의 지위와 특성을 인식한 결과로 나온 것이라 할 수 있다. 그리하여 이 술어가 쓰였다는 것은 중국어와는 구별되는 모국어를 인식한 결과이며 생활에서 사용하는 언어로서의 모어 의식을 반영한 것이라고 볼 수 있다."

99 정승철(2011), 앞의 논문, 63~64쪽 재인용.

100 朝廷設置司譯院肄習漢淸蒙倭之方言.

101 博采漢淸蒙倭之方言今時所用者 分門彙類以我國諺文釋之且附以中州鄕語名曰方言類釋.

102 정승철(2011: 64)에 따르면, 『方言類釋』은 朝鮮 英·正祖 시기의 實學者인 徐命膺 등이 편찬한 4권 2책의 필사본으로 漢語 표제어 밑에 한글로 그 의미를 적고 그에 대당하는 한어(漢), 만주어(淸), 몽골어(蒙), 일본어(倭) 단어를 순서대로 한글 표기해 제시한 사전류 역학서이자 외국어 학습서다. 또한, 채영순(2010: 567~568)에 의하면, 그 序文 등에는 원래 『方言類釋』으로 되어 있던 것을 '方言集釋序', '方言集釋目錄', '方言集釋 卷一' 등으로 '類'字를 '集'字로 加筆하여 수정하였다. 그리고 『方言類

言'에 대해서는 '어느 한 나라에서 쓰는 말' 정도로 그 의미를 파악하면서 『方言類釋』의 '方言'의 의미는 이전과는 다르다[103]고 보았다.[104] 또한, 이병기(2015)에서는 조선 시대의 '方言'의 의미는 중국어와 대비되는 우리나라 말이나 일반적인 나라의 말을 지칭할 때 사용되었지만, 『方言類釋』의 '方言'에 대해서는 조선 후기로 오면서 중국어와 대비되는 '方言'의 의미가 희석된 것[105]으로 보았다.

그러나 정승철(2011)과 이병기(2015)의 이러한 관점은 애초에 '방언'의 의미를 '지역어'가 아닌, '중국의 변방어'로 보는 데에서 기인한 것이다. 앞에서 언급한 바와 같이 '方言'은 그 원의미가 '지역어'라는 점에서 『方言類釋』의 '方言'의 의미는 揚雄의 『方言』에서 볼 수 있는 의미와 차이가 없다고 생각한다. 즉, (15) ①의 '漢, 淸, 蒙, 倭의 方言'은 '한어, 만주어, 몽골어, 일본어'로 해석하면 안 되고 '漢 지역의 말, 淸 지역의 말, 몽고 지역의 말, 일본 지역의 말'로 해석해야 할 것이다.

上述한 내용을 정리하면, 우리나라 문헌에서의 '方言'의 의미는 揚雄의 『方言』에서의 지역어로서의 '方言'의 의미와 동일하다고 할 수 있다.

釋』의 매 張에는 版心題로 『奎章韻瑞』의 서명이 씌어 있음으로 보아, 韻書로서 『奎章韻瑞』를 편찬하고, 다시 이 책과 함께 묶어 참고할 수 있도록 당시 주변 4국 언어 어휘의 뜻과 발음을 일일이 기록하여, 이를 따로이 『方言類釋』이라 서명을 붙여, 실제 의사전달이 가능케 하고자 하는 의도가 있었던 것으로 보인다.

103 정승철(2011), 앞의 논문, 64쪽.

104 이러한 정승철(2011)에서의 '方言'에 대한 관점은 본고에서 旣述한 바와 같이 『方言』의 '通語'와 『論語』의 '雅言'을 바탕으로 당시 중국어에는 현대적 의미의 방언도 존재하였고 전국적인 공동어(일종의 표준어)도 존재했다고 보는 일부 중국학자들의 관점과 유사하다. 실제로 정승철(2011: 64)에서는 이러한 관점의 중국 논저를 인용하여 記述하고 있다. 다만, 조선 시대에서는 어떠한 경우든 '방언'이 현대적 개념의 방언 즉 한 언어의 분화체를 가리키는 말로서는 잘 쓰이지 않았다고 보았다.

105 이병기(2015), 앞의 논문, 172쪽.

3) 近代 轉換期의 '方言'의 意味

대한제국 시기부터 일제강점기 전까지의 소위 근대화 과정에서의 한국에서의 '方言'의 개념은 이전 시기의 그것과 차이가 없는 듯하다.

(16)[106] ① 이 ᄇᆡᆨ곳 방언으로 번역ᄒᆞ야 〈『진리편독삼자경』 63a〉
② 나라마다 방언과 의관ᄆᆞᆫ 다를 ᄲᅮᆫ 아니라 〈독립신문 1899.5.12.〉
③ 我東은 自古로 方言이 잇스되 글은 업서 〈『대한국어문법』 발문 3〉
④ 대한국 방언으로 ᄉᆡᆨ여 말ᄒᆞ면 〈대한매일신보 1908.3.10〉
⑤ 방언 方言 Idiome, accent, langage spécial d'un lieu 〈『한불ᄌᆞ뎐』〉
⑥ 방언 方言 Idiom, accent, language of a district 〈『한영ᄌᆞ뎐』〉
⑦ 각각 고을마다 방언과 의복과 풍쇽과 집짓ᄂᆞᆫ 모양이 크게 서로 ᄀᆞᆺ지 아니ᄒᆞ니 〈『사민필지』 57〉
⑧ 國內 各處 方言에 對ᄒᆞ야 '·'字 ᄀᆞᆺ치 其用에 各適ᄒᆞᆫ 者ㅣ 無ᄒᆞ니 (例)허고 京語 / 하고 鄕談 各 其 方言에 任ᄒᆞ야 呼ᄒᆞ나 記寫ᄒᆞᆯ 時에ᄂᆞᆫ 必也 (ᄒᆞ고)를 用ᄒᆞᄂᆞᆫ 故로 適當타 ᄒᆞᆷ이오. 〈『국문연구』 187〉

정승철(2011)에서는 (16) ①~④의 '방언'의 용례를 통해 근대화 과정에서의 '방언'의 개념을 기본적으로 '어느 한 나라의 언어' 정도의 의미로 파악하면서도, (16) ⑤~⑦의 용례를 고려하여 이 시기의 '方言'은 현대적 의미의 '방언', 즉 '지방어'에 상당히 근접해 있다[107]고 보았다. 또한, (16) ⑧의 '方言'을 최초의 현대적 용법으로 사용된 용례로 파악

106 정승철(2011: 67~70)에서 인용.
107 정승철(2011), 앞의 논문, 68쪽.

하였다.

그러나, (16) ①~④의 '방언'의 용례를 살펴보면 '빅곳, 나라마다(지역마다), 我東(지역), 대한국(지역)'을 '지역'의 의미로 파악할 수 있고, ⑤와 ⑥의 'lieu'[108]와 'district'[109]는 각각 'region', 'a particular area of a town or country'로 그 의미가 특정되며, ⑦의 경우도 '각각 고을마다'라는 의미가 '각각의 지역마다'로 풀이될 수 있다는 점에서 16) ①~④ '방언'의 쓰임과 같다고 할 수 있다. ⑧의 경우, 문장의 표면적으로는 '京語'와 '方言'의 비교로 볼 수 있지만, '國內 各處 方言'의 '方言'은 '京語'와 '鄕談 各其 方言'을 모두 아우르는 표현이고, 오히려 현대적 방언의 의미를 표상하는 것은 '鄕談'으로 볼 수 있다. 더욱이 '鄕談 各其 方言'의 '方言'은 鄕談이 사용되는 각 지역의 '方言'을 의미하므로 ⑧의 '方言'도 (16) ①~⑦의 그것과 의미가 동일하다고 볼 수 있다.

소위 근대화 과정에서의 한국에서의 '方言'의 개념은 이전 시기의 '方言' 즉. '지역어'의 개념을 유지하고 있었지만, 일본 근대 문화를 경험하면서 점점 개념 변화의 길을 겪은 것으로 보인다.

---

108 1) 프라임 불한사전
: 1. 남성형 명사 장소, 곳, 지역, 고장 (=endroit, position, pays, région)
2) Collins Cobuild Advanced Learner's English Dictionary
: 1. A region is a large area of land that is different from other areas of land ......

109 Collins Cobuild Advanced Learner's English Dictionary
: 1. A district is a particular area of a town or country.

4. '방언' 개념의 위상 변화와 '지역어(地域語)'의 등장

개화기 이후, 한국에서의 '方言' 개념의 변화는 '표준어'의 등장[110]과 표준어의 이데올로기화에 기인한 것으로 보인다.

서구의 표준어들이 수 세기에 걸친, 오랜 언어 표준의 과정을 통해 공용어로서의 기능을 발전시켜오다가 자본주의라는 경제 체제와 국민국가라는 정치 체제의 등장과 함께 형성되었다.[111] [112]

반면, 우리의 표준어는 정치·경제·사회적 조건이 서구의 표준어들이 형성되던 조건과는 매우 달랐지만, '현재, 중류, 사회, 서울'이라는 우리의 표준어 사정 기준은 서구사회에서의 표준어 형성의 주요소인 '근대, 부르주아, 계급, 도시(수도)'와 잘 일치한다.

한편, 프랑스혁명의 언어정책을 상징하는 바레르와 그레고와르의 보고서 이후 입말에 대한 '좋고 나쁨', 또는 '올바르고 바르지 않음' 등의 가치 판단이 부여되었다. 즉 방언에 '연방주의자, 미신, 공화국에의 증오, 반혁명, 오류, 손해, 박멸 대상'이라는 부정적인 가치를 부여함으로써, 표준 프랑스어는 상대적으로 긍정적인 인식의 대상이 된 것

110 조태린(2007: 217)에 따르면, '표준어'라는 용어가 처음 등장한 시기는 19세기 후반이다.

111 조태린(2006), 「'국어'라는 용어에 대한 비판적 고찰」, 『국어학』 48, 국어학회, 371쪽.

112 조세프(Joseph 1987: 5)에서는 '표준어(standard language)'라는 용어는 빅토리아 왕조 시대에 특권 계급에만 주어졌던 교육의 혜택 등의 여러 가지 사회적 장벽을 허물던 '자유주의 시대'의 생산물로 보았고, 피에르 부르디외(Bourdieu 1982: 28~34)에서는 표준어를 자본주의적 생산 및 재생산 체제의 규격화된 생산물의 하나로 간주하면서, 이러한 표준어의 형성이 자본주의적 물적 토대에 기반을 두는 근대적 국민국가의 수립에 필수적임을 강조하였다. 또한, 노먼 페어클라우(Fairclough 1989: 56)에서는 표준화가 자본주의가 선호하는 형식으로서의 국민국가와 밀접한 관계를 맺고 있음을 지적하였다. [조태린(2006), 위의 논문, 370쪽 재인용.]

이다. 프랑스에서 시작된 언어에 대한 이러한 가치 판단은 그 후 일본과 한국 등 다른 국가에서 표준어 정책에 영향을 주었다.[113]

우리의 표준어 제정은 일본을 거쳐 들어온 서구의 경험들로부터 영향을 받기도 하였지만, 일제강점기에 이루어졌다는 면에서 일본의 표준어 정책에 직접적인 영향을 받은 것으로 보인다.

1) 日本의 標準語 成立과 '方言'의 槪念 變化

加藤正信(1997)[114]에 따르면, 일본의 고대부터 중세전기까지는 아즈마노 쿠니(東国)[115] 방언에 대한 중심적인 태도가 보였고, 12세기 말에 가마쿠라(鎌倉) 막부(幕府)가 설립 이후에도 문화의 측면에서는 여전히 교토가 우세였지만, 이런 양상은 점차 교토의 입말이 큰 변화를 보이면서 실제 교토의 입말이 더 이상 문학의 표준이 되지 못하게 되었다. 중세후기부터는 전란 등으로 인해 교토의 세력이 약해지면서 전국 각지의 세력이 증대하였고, 이에 따라 각 지역의 방언도 가치가 올랐던 것으로 보이며, 근세 이후 에도막부(江戸幕府)의 성립(1603년) 이후, 에도를 중심으로 각 藩[116]의 독립성이 강해지면서 藩마다 독립된 언어생활을 하는 경향이 강해졌다. 더욱이, 각 지역의 방언에 대한 의식도

---

113 邢鎭義「近代國民國家와 標準語政策의 史的考察」, 『일본문화학보』 52, 한국일본문화학회, 2012, 103~104쪽.

114 加藤正信(가토 마사노부, 1997)에서는 메이지 이전 일본에서의 방언에 대한 인식을 고대, 중세전기, 중세후기, 근세이후로 나누어서 분석하였다.

115 당시 수도였던 교토(京都)보다 동쪽 지역을 가리키는 말. 당시는 문화·언어적으로 교토를 중심으로 하는 서부 일본과는 달리 동부 지역은 미개한 지역, 후진 지역으로 여겨지는 일이 많았다. [日本大百科全書(ニッポニカ) '東国(あずまのくに)' 참고.]

116 에도 시대에 특정 기준 이상의 영지를 받은 다이묘(大名)가 지배하는 영역.

높아져 각 藩에서 그 지역의 말을 방언집으로 편찬하는 것이 유행이었다.[117] 즉, 고대부터 근대까지의 일본의 '方言'은 현대의 '方言'과는 달리, 물론 일부 방언의 저평가 시기가 있었지만,[118] '지역어'로서의 성격이 강했다고 볼 수 있을 것이다. 그런데 일본의 근대화 과정에서 '표준어 제정'이 하나의 국가 정책으로 추진되면서 '方言'의 개념 변화가 발생하게 되었다.[119]

우에다 카즈토시(上田万年)[120]는 '표준어란 전국 어디에서나, 어떤 장소에서나, 누구에게나 이해되는 말로서, 도쿄에서 교육을 받은 사람들의 말'이라고 규정했고, 이는 표준어에 대한 개념이 구체적이지 않던 당시에 '도쿄어 = 표준어'의 인식이 자리 잡는 계기가 되었다.[121] 이후,

---

117 加藤正信, 「古代·中世の方言意識」, 『韓日問題研究』 5, 韓日問題研究所, 1997, 29~35쪽.

118 平山輝男(1986: 9~10)에 따르면, 일본에서 '方言'이란 말이 문헌에 등장하는 것은 平安 시대(794~1185) 초기의 저작인 『東大寺諷誦文』에서부터다. 이때의 방언은 中央語에 비해 발음·문법·어휘 등이 다른 '鄙の言葉(촌말)' 또는 '田舎の言葉(시골말)'을 가리켰다.
이에 대해 정승철(2011: 71)에서는 현대적 개념의 '방언'과 의미상으로 그리 큰 차이를 보이지 않는다고 보았다. 그러나 현대의 '方言'은 표준어와의 대비에 의해 가치 하락을 경험한 것이고, 일본 고대의 '방언'은 문화적 우세에 따른 평가로 보아야 할 것이다.

119 邢鎭義, 「近代國民國家와 標準語政策의 史的考察」, 『일본문화학보』 52, 한국일본문화학회, 2012, 105~106쪽.

120 일본에서 '표준어'라는 개념이 처음 소개된 것은 1895년 우에다 카즈토시(上田万年)의 '표준어에 대해서(標準語に就きて)'에 의해서이다. 우에다 카즈토시(上田万年)는 일본에서의 국어와 국가와 국민의 일체성을 주장하며 '국어' 이데올로기를 확립하였다. 독일에서 소장문법학파의 이론을 공부하고 돌아온 우에다가 보기에, 대일본제국의 질서정연한 '국어'는 근대 언어학의 과학 원리에 기대서만 만들어낼 수 있었고, 옛것에 매달리는 국학자, 또는 보수주의자들은 새로운 시대적 사명을 결코 감당할 수 없다고 판단한 것으로 보인다.

121 邢鎭義(2012), 앞의 논문, 105쪽.

우에다 카즈토시(上田万年)가 실질적인 주도권을 가진 일본의 '국어조사위원회'는 '도쿄어 = 표준어' 정책의 구체화를 위해 일본에서 최초로 전국 단위의 방언 조사에 착수하였고, 조사 보고서는 이후 표준어 제정의 근거 자료로서 활용되었다. 즉 방언 조사의 결과에 의해 표준어가 정해진 것이 아니라, '도쿄어 = 표준어'라는 전제 하에 표준어가 정해진 것으로, 이는 일본에서의 '표준어'는 언어적 요소에 의해 국가적 규범으로서의 지위를 얻은 것이 아니라 정치적 고려에 의한 결과물인 것이다.[122]

한편, 이 시기 일본 지식인들의 '方言'에 대한 인식은 이전 시기의 것과는 전혀 다른 양상을 보여준다. 야마다 비묘(山田美妙)는 1888년에 '언문일치론 개략'이라는 논설에서 방언 특유의 표현은 '보통어법'이 아니며, '보통어법'에 적합한 것은 오직 '도쿄어'뿐이라고 단정한다. 그는 교통의 발달로 도쿄어가 각 지방에 보급된 다음에는 전달 장애가 없어질 것이며, 따라서 "그것[속어]에 문법적 속박을 가해, 그것이 제멋대로 진보하는 것을 교정한다면 참으로 완전한 문장, 실로 충족한 언어가 간단히 만들어진다."[123]라고 주장하였다.

호시나 코이치(保科孝一)는 언어학적 원리로는 언어 간에 우열의 구별은 없으며, 언어의 내적 구조에서 보면 어떤 언어든 모두 평등하다고 보면서도, 언어의 '통용 범위'라는 관점에서는 다른 언어들과 비교해서 방언의 통용 범위가 좁다고 지적하였다. 즉, 사상 교환의 구역이 좁은

122 邢鎭義(2012), 앞의 논문, 106쪽.

123 이연숙 저, 고영진·임경화 역(2006), 『국어라는 사상: 근대 일본의 언어 인식』, 소명출판, 338~339쪽 재인용.

방언은 언어가 본래 가져야 하는 기능을 충분히 갖지 못한다는 점에서 방언은 자연적으로 배제될 것이고 능동적으로도 배제해야 한다고 주장하였다. 그리고 그는 国語의 통일을 위해서 인위적으로 표준어를 제정하고 방언을 박멸시켜야 한다고 주장하였다.[124]

도키에다 모토키(時枝誠記)는 가치 의식의 차이라는 각도에서 方言은 표준어와 동일한 가치를 가지지 않으며, 때로는 방언을 극력 박멸시켜야 하는 경우조차 있다고 보았다 또한 국가적 견지는 이들 방언을 되도록 없애려고 노력해야 한다고 보았다.[125] 즉 国語의 가치를 높이기 위해서는 国語에 속하지 않는 요소들인 방언을 배제해야 한다는 것이다.

上述한 바와 같이, 일본의 근대화 시기 지식인들의 '方言'에 대한 인식은 이념적으로는 사회진화론의 관점에서 제거되어야 할 존재였고, 한편으로는 언문일치의 성공을 위해 필연적으로 해소해야할 문제였다.

제2차 세계대전 이전 일본의 '국어정책' 중에서 표준어 제정이 가장 주요한 작업이었다. 당시 일본에서 국어정책의 임무는 각 지방의 방언들을 유일한 '국어'가 지배하는 상황으로 바꾸는 것이었고, 이를 위한 가장 효과적인 무기는 학생들의 입말(=방언)을 표준어로 바꾸는 것이었다.[126] 일례로 1904년의 '심상소학 독본편찬 취의서'에서 일본 문부성은 "문장은 구어를 많이 쓰고, 용어는 주로 도쿄 중류사회에서 쓰는 것을 채택할 것이며, 이렇게 해서 국어의 표준을 알리는" 것이 국어교

---

124 イ·ヨンスク(1996), 『国語」という思想』, 岩波書店, pp.222~223, 265~266.
125 石剛(1996), 「近代日本国語意識発達の諸問題」, 『日本文学』 45-3, p.31 재인용.
126 이연숙(2005), 앞의 논문, 342쪽.

육의 기본임을 나타내었다.

2) 日帝强占期 韓國 社會에서의 '方言'의 概念 變化

'표준어'라는 어휘는 1920년부터 쓰이기 시작하면서, 표준어를 어느 지방의 말을 정해야 하는가의 문제에 대해 다음과 같이 이 시기 대부분의 기사나 학자들은 '중앙지방', '서울' 말로 정해야 한다는 것에 대체로 같은 의견을 보인다.[127]

(17)[128] ① 勢力範圍가 모든 方言 中에 가장 偉大한 것이다 (중략) '中央都會地'의 말을 표준어로 정해야 한다 〈'동아일보' 「학예란」(1924.11.2.)〉

② 서울말로 본보기말을 삼음이 가장 편리한 일이외다. 〈김윤경 「조선말과 글에 바루 잡을 것」, 『동광』 5, 1926〉

1930년대에 들어오면서 이희승(1932), 최현배(1934) 등에서 '표준어'라는 개념이 본격적으로 소개되고 사용되었다. 이희승(1932),[129] 최현배

127 서민정(2016: 161~163)에 따르면, '표준어'라는 어휘는 양백화(梁白華)가 번역한 것으로 알려진 「胡適氏를 中心으로 한 中國의 文學革命(續)」(『개벽』 6, 1920)이다. 한국 사회에서의 '표준'과 '표준어'에 대한 당시의 글에 대해서는 서민정(2016: 161~162)을 참조.

128 서민정(2016), 「20C 전반기, 표준어에 대한 인식 검토: 표준어의 한계 극복을 위하여」, 『코기토』 79, 부산대 인문학연구소, 161~163쪽 재인용.

129 이희승(1932: 2): "標準語란것은 一國의言語의 標準을삼기爲하야 人爲的으로制定한 言語니 純理論上「概念」이란말과비슷하야 모든方言을 代表하는 말이면서 그모든方言中의어느것과 全然同一한말이아니다 卽標準語의總體는 한抽象的言語요 어느具體的言語는아니라할수있다." [서민정(2016), 위의 논문, 163쪽 재인용.]

(1934)[130] 등에서 설명하는 표준어는 방언을 대표하기는 하나 어떤 방언과도 동일하지 않고 '인위'적이고 '이상'적인 것이다.[131]

한편, 정승철(2009)에 따르면, 당시의 어문민족주의는, 사회에 유입된 社會進化論[132 133]에 큰 영향을 받고 있었다. 다만, 조선의 식민지화 이후, '근대국가'의 성립이 목표였던 어문민족주의는 그 목표를 '민족문화'의 향상으로 바꿀 수밖에 없었고, 이에 따라 이 시기의 사회진화론은 '진화론적 언어관'으로 변화하였다.

---

130 최현배(1934: 12~13): "다시 생각하건데, 중류사회의 서울말이라하더라도 역시 그대로 채용할 수는 없는 것이다. 그 소리내기(發音)와 말수잡기(語彙決定)와 말법에 더하여 자세한 조사를 하고 정확한 연구를 더하여, 틀린것은 바로잡고, 여러 가지로 흐트러진것은 한가지로 삼고, 깎을것은 깎고 기울것은 기워서, 그것에 인위적 개량(人爲的改良)을 더하여야만 한다."[서민정(2016), 위의 논문, 163쪽 재인용.]

131 서민정(2016), 앞의 논문, 163쪽.

132 서정훈 외(2013: 27~67)에 따르면, 스펜서(Hervert Spencer)는 다윈의 『종의 기원』이 발표되기 이전인 1852년에 다윈의 '자연선택'과 비슷한 개념인 '적자생존'의 개념을 정립했다. 스펜서의 사회진화론은 개인주의적이고 자유방임적인 성향이며, 19세기 말에 나타난 다양한 사회진화론의 시발점이 되었다. 19세기 말 영국은 개인주의에서 집단주의로, 자유방임주의에서 국가 간섭주의로 변하는 경향을 보이기 시작했다. '국가 간섭 지향적' 사회진화론의 대표적인 인물이 키드이다. 키드의 이론은 개인주의적 사회진화론에서 집단주의적 사회진화론으로 이행하는 과정 중 한 지점이라고 보는 것이 타당하다. 한편, 피어슨의 '집단주의적' 사회진화론은 사회주의와 다윈주의의 결합이다. 피어슨의 사회주의적 사회진화론은 개인이 아닌 집단 단위가 사회진보를 이루었으며 개인은 국가에 철저히 예속되고 국가를 숭배하는 것이 당연시 되어야 한다고 보았고, 집단 내에서는 평등을 주장한 것과 달리 전쟁의 대상인 타 집단은 우열관계에 따라 차별해야 하며 사회 진보라는 미명 아래 전쟁을 미화하였다.

133 愼鏞廈(1995: 6): 사회진화론은 사회를 구성하는 개인뿐 아니라 그러한 개인들로 구성된 민족과 국가도 생존 경쟁 속에서 '知的 優秀者(the superior intelligence)는 살아남고 知的 劣敗者(the inferior intelligence)는 도태'되는 과정을 겪으며 진화한다는 이론이었다. [정승철(2009), 「어문민족주의와 표준어의 정립」, 『인문논총』 23, 경남대 인문과학연구소, 166쪽 재인용.]

(18)[134] ① 萬一 此 方言 發達을 自由에 放任하면 一 民族의 語가 決裂하야 思想 交通이 不能할지라. 故로 標準語를 立하고 方言을 逐하나니 〈安廓(1922), 조선어원론〉

② 만들어진 말은 다른 여러 가지의 시골말(方言)에 대하여 바른 대중(標準)이 되나니, 이것이 곧 그 나라의 대중말(標準語)이란 것이 된다. (중략) 대중말은 반듯이 사람의 이상적 다듬질(理想的彫琢)을 말미암아서 생기는 것이다. 이렇게 하여 성립한 대중말은 다른 여러 가지의 시골말에 대하여 우월한 권위를 가지고 그 여러 가지의 시골말을 다스려가는 말이 되는 것이다.〈崔鉉培(1934), 중등 조선말본 길잡이 - 대중말(標準語)〉

③ 문장에서 방언을 쓸 것인가 표준어를 쓸 것인가는 길게 생각할 것도 없이 첫째, 널리 읽히자니 어느 도 사람에게나 쉬운 말인 표준어로 써야겠고 둘째, 같은 값이면 품(品)있는 문장을 써야겠으니 품 있는 말인 표준어로 써야겠고 (후략) 〈李泰俊(1939), 文章講話〉

(18) ①에서 安廓은 방언을 서울말 또는 표준어와 구별해야 하며 심지어 '축출'해야 할 것을 주장하고 있으며, ②에서 崔鉉培는 더 진화한 표준어가 방언에 비해 우월한 지위를 갖고 방언을 지배해 나감을 언급하고 있으며, ③에서 李泰俊은 '품 있는 말'로서 표준어를 문학작품에서 사용해야 함을 주장하였다. 즉, (18)의 글들에서는 '방언'은 지방어이나 표준이 아닌 것이며, 더 나아가 없어져야 할 것임을 주장하고 있다. 이 글들에는 진화론적 언어관이 전제되어 있으며,[135] '진화론적 언

134 정승철(2011), 앞의 논문, 75~77쪽 재인용.

135 정승철(2009), 앞의 논문, 173~175쪽.

어관'에서는 '방언'을 표준어보다 열등한 존재로 바라보았다. 이런 인식의 변화는 정승철(2009)에 따르면 방언의 정리와 표준어 정립을 야기한 것으로 보인다.

1930년대 어문민족주의자들은 통일된 어문의 제정과 보급을 위해 노력하였으나 '방언'은 걸림돌이었다.[136] '방언'에 대한 당시 언어학자들의 이러한 인식은 1935년 1월에 있었던 '조선어 표준어 사정위원회'의 회의 경과 보고서[137]에 그대로 나타난다. 당시 회의 결과로 표준어사정위원회의 기본적 결정권은 경기도 출신 위원들이 가지고 있었고, 이는 표준어에 '우월한 권위'와 방언을 '다스려가는' 지위를 부여한 선언이었으며, '서울말'이 공개적으로, 진화 단계상 우월한 '대중말'의 중심에 서게 되었다.[138]

한편, '普通學校用發文繼字法'(1912)에 '경성어를 표준으로 함'이라는 원칙이 천명되면서 한국어에서의 표준어 규범의 원칙이 본격적으로 논의되었다고 볼 수 있다.

(19)[139] ① 경성어를 표준으로 함 〈1차 普通學校用發文繼字法〉 (1912)
② 표준말은 大體로 現在 中流 社會에서 쓰는 서울말로 한다. 〈한글 맞춤법 통일안 '총론'〉 (1933년)
③ '말은 대체로 現在 中流 社會에서 쓰는 서울말로 한다'한 原則에 의지하였다. 그러나 가장 보편성이 있는 시골말도 적당히

136 정승철(2009), 앞의 논문, 173~175쪽.
137 「標準語査定委員會」, 『한글』 3-2, 1935, 19~21쪽.
138 정승철(2009), 앞의 논문, 174쪽.
139 邢鎭義(2012), 앞의 논문, 108~109쪽 재인용.

> 참작할 필요로 위원은 각 지방을 망라하여 조직하였으니 (후략) 〈사정한 조선어 표준말 모음〉 (1936년)

(19)의 ① '普通學校用發文繼字法'은 이후의 표준어 논의에서 '서울말 = 표준어'에 당위성을 부여하였다. 그런데 이는 당시 일본에서의 표준어 제정 과정의 '東京의 교육 받은 사람들의 말'이라는 기준을 조선총독부가 그대로 적용한 것이다.[140]

한편, 일본은 역사적, 지리적, 사회적 요인에서 '도쿄어 = 표준어'가 정착하기까지 많은 논쟁이 있었으나, 한국에서의 표준어 논의 과정에서 '서울말 = 표준어'는 거의 논쟁의 대상이 되지 않았다.[141] 또한, '현재 중류 사회에서 쓰는 서울말'이라는 ② '한글 맞춤법 통일안'의 기준은 ① '普通學校用發文繼字法'의 '현대 경성어'가 '중류사회'라는 계급적 기준으로 바뀐 것으로, 일본의 '東京의 교육 받은 사람들의 말'에서 영향을 받았음을 짐작할 수 있다.[142]

본격적인 표준어 제정 논의의 바탕이 되는 ③ '사정한 조선어 표준말 모음'에서도 이 규정 역시 일본의 표준어 제정에서 결정적인 역할을 한 『口語法』(1916)의 규정인 '주로 오늘날 도쿄의 교육 받은 사람들 사이에서 사용되는 구어를 표준으로 정하고, 그 밖에 지방에서 사용되는 구어도 널리 사용되는 것은 어느 정도 참작하여'의 내용과 유사하다.[143]

140 邢鎭義(2012), 앞의 논문, 109쪽.

141 한국의 표준어 제정 과정에서의 특이한 점은 프랑스나 일본과 달리, 이러한 과정이 방언 조사를 통한 표준어 제정 과정에서 발생되지 않고, 규범화 즉 철자법 개정으로부터 시작되었다는 점이다(邢鎭義, 2012: 107). 이연숙(1987)은 이런 점에 대해 '문자내셔널리즘'이라고 지적한 바 있다.

142 邢鎭義(2012), 앞의 논문, 112쪽.

즉, 한국어 표준어 제정 과정은 일본의 그것과 매우 유사하다는 점에서 일본의 영향을 많이 받은 것으로 이해할 수 있으며, 이는 일제강점기에 한국어에서의 '方言'의 개념 변화의 원인 중의 하나가 일본에서의 '方言' 개념이라는 것을 의미한다.

한편, 일제강점기 한국어에서의 표준어 제정 과정을 보면 한국어에서 '方言'의 인식 변화를 더 잘 확인할 수 있다.

(20) ① 이 글은 이제에 두로 쓰이는 조선말 가온대에 그 바른 본을 말한 것이니라. 이 글은 서울말을 마루로 잡았노라. 그러나 이 도본에 맞지 아니한 것은 좇지 아니하엿노니[144] 〈김두봉, 『조선말본』(1916) '알기'〉

② 곧 全 委員 七十 三人 가운데 반수 이상인 三十 七人은 京畿 出生 그중에 京城 出生이 二十 六人으로 하고 (중략) 會議時에는 한개의 낱말을 處理함에 있어서, 처음에는 다만 京畿 出生의 委員에게만 決定權이 있고, 혹시 地方 出生의 委員中으로서 거기에 대하여 異議가 있는 때에는 반드시 이를 再番理에 붙이어[145]

(20) ①의 김두봉의 말은 '普通學校用發文繼字法'(1912)의 '경성어를 표준으로 함'이라는 규정을 염두에 둔 것이다.[146] 그러나 더 중요한 것은 '바른 본'을 강조하고, 도본에 맞지 않는 것은 좇지 않았다는 김두봉

---

143 邢鎮義(2012), 앞의 논문, 113쪽.

144 최경봉(2006), 표준어 정책과 교육의 현재적 의미, 『한국어학』 31, 한국어학회, 339쪽 재인용.

145 서민정(2016), 앞의 논문, 172쪽 재인용.

146 최경봉(2006), 위의 논문, 340쪽.

(1916)의 인식이다. 이러한 김두봉(1916)의 인식은 조선어학회에서 표준어사정안을 작성할 당시의 관점과 상통하는 면이 있기 때문이다.[147] 이런 점에서 김두봉(1916)에서의 이러한 인식은 표준어가 '공통어'보다는 '바른말'로 인식된 계기가 되었다.[148]

(20) ②에서는 표준어 사정 작업이 중류 계층의 지식인들을 중심으로 이루어져 이미 그 과정에서 특정한 계층의 입장만을 반영했을 가능성이 있음을 보여준다. 조선어학회의 이러한 방언에 대한 태도는 '최현배(1936), 『시골말캐기잡책』'에서 볼 수 있다. 여기에 수록된 방언 어휘는 표준어와 쌍으로 제시되었고, 이는 표준어가 방언의 번역으로서 방언을 정제한 최종 결과물임을 보여주는 것이었다.[149] 즉, 조선어학회의 일련의 방언 관련 조사와 표준어 정책은 표준어에 가치를 부여하고, 불순한 것을 정제하기 위한 의도로 시행된 사업일 뿐, 방언의 위상이나 가치를 고려한 작업은 아니었다. 이러한 '표준어'의 위상 정립은 반대로 지금까지 '지역어'로서의 개념을 유지해오던 '方言'에 '진화적으로 열등한, 국어 통일의 장애물, 국민국가에서 제거해야 할 하등품'의 각인이 찍히는 계기가 되었다.

3) 地域語의 登場

하나의 언어를 하나의 국가와 대응시켜 생각하는 습관 속에는 근대

147 최경봉(2006: 341)에 따르면 장지영의 『조선어철자법강좌』(1930)에서 '학리에 맞고 규모가 있는 말로 표준을 삼음이 옳습니다.'라고 한 것은 조선어학회의 표준어사정 원칙이 '바른 본'을 중요시한 김두봉(1916)에서의 인식의 연장선상에 있음을 말해준다.

148 최경봉(2006), 앞의 논문, 341쪽.

149 이혜령, 「한글운동과 근대어 이데올로기」, 『역사비평』 71, 역사비평사, 2005, 347쪽.

유럽에서 시작되어 전 세계로 파급된 '언어적 근대'[150]의 이데올로기가 작용하고 있다.

현대 한국인, 중국인, 일본인들의 의식에는 '나의 모국어=○○어'라는 등식이 각인되어 언어와 국가를 동일시하고 있다. 이러한 의식은 국가 혹은 민족 이데올로기가 언어에 적용된 결과이다. 일본은 주변국의 식민지화와 군국주의를 강화하는 과정에서 일본어의 표준화를 그리고 한국과 중국은 식민지 혹은 반식민지 상태에서 벗어나기 위한 정신적 노력의 하나로 자국의 언어를 표준화해갔다. 그러한 표준화는 일국 단위의 언어를 성립시켰고 자국 내의 언어적 다양성을 배제하고 억압하는 기제로 작용했다.[151] 한국의 경우, '외국어'와 '국어', '외래어' 또는 '한자어'와 '우리말' 사이의 선긋기와 같은 접근은 내부적으로는 '표준어'와 '방언'의 구별(차별)에도 그대로 적용된다.[152]

일제강점기 '표준어'의 위상 정립 과정에서 '서울'의 상대적 개념으로서의 '地方'에서 사용하는 열등하고, 정제될 대상으로 그 가치가 변질된 '方言'에 대한 한국어에서의 인식은 해방 후에도 여전히 지속되었다. 특히 이러한 '方言'에 대한 인식은 한국의 산업화 과정에서 '서울'이 행정·경제·문화의 중심지로 더욱 확고한 위치를 다져가면서 더 심화

150 イ・ヨンスク(1996: v－vi)과 山本眞弓 編著(2004: 9~10) 참조. [박진수, 「다언어 상황과 문화 공존의 방식」, 『아시아문화연구』 24, 가천대 아시아문화연구소, 2011, 92쪽 재인용.]

151 박진수(2011: 101)에서는 하나의 국가에 단일한 하나의 언어만이 존재한다고 믿는 경향은 마치 국가의 구성원이 단일민족으로서 존재한다고 믿는 순혈주의와 크게 다르지 않으며, '하나의 국가, 하나의 언어'라는 것은 우리가 사는 세계의 현실이 아니라 근대가 품은 이상에 불과하며 그렇게 되고 싶다는 근대국가의 강렬한 욕망일 뿐이라고 지적하였다.

152 박진수(2011), 앞의 논문, 93~95쪽.

된 것으로 보인다.

해방 이후에도 장기간 조선어학회에서 작성한 어문 규정을 그대로 사용했다는 점에서 여전히 한국어 내에서의 '方言'은 열등하고 청산의 대상이었다. 국가적으로는 국민 개개인보다는 국가 위주의 정책이 1993년 문민정부가 들어설 때까지 오랫동안 지속했고, 이는 국어정책에서도 표준어 위주의 정책이 지속되었기에 한국인들의 '方言'에 대한 인식은 여전하였다.

이런 상황이 일제강점기 이후 약 50여 년동안 지속되면서 한국어 체계 내에서 표준어와 방언 간의 가치 격차는 심화하였고, 서울이 아닌 다른 지역에서 태어나 어려서부터 자연스럽게 방언을 체득하며 성장해 온 방언 화자들은 일종의 '다이글로시아(diglossia)'[153]의 상황에 놓이게 되었다. 즉, 태어나면서 한국어를 모어로서 자연스럽게 체득하게 된 한국어 화자들은 출생 지역과 성장 지역에 따라 '방언'이라고 하는 또 하나의 모어를 체득하는데, 정규 학교 교육과 각종 대중매체의 영향으로 점차적으로 '표준어'라고 하는 고위 변종을 접하면서 입말(방언)과 글말(표준어) 사이의 괴리를 경험하게 되고, 의식적 혹은 무의식적으로 자연스럽게 방언에 대한 차별적 가치관이 형성[154]된 것이다.[155] 이런 현상은 인구의

---

153 이연숙(2005: 342)에 따르면, '다이글로시아(diglossia)'란 한 언어에 고위 변종(高位變種, high variation)과 저위 변종(低位變種, low variation)이 병존할 때, 고위 변종은 문화적 위신(prestige)이 있는 공적 글말에, 저위 변종은 주로 사적 입말에 사용되는 상태를 말한다. 고위 변종과 저위 변종은 각각의 기능과 역할을 지니며, 각기 다른 언어영역을 나누어 갖게 되는데, 모든 화자는 저위 변종을 모어로 습득한 반면, 고위 변종은 특정 계층만이 교육기관에서 훈련을 통해 획득할 수 있다.

154 표준어를 배워간다는 것은 방언을 버려가는 것과 거의 동일한 과정이라고 할 수 있다. 복수 표준어로 인정되지 않는 한, 방언은 학교 교육에서 '틀린 말'이 될 수밖에 없고, 국가에서 일정한 자격을 부여하는 공적인 시험에서 '올바른 표준어' 고르기와 '틀린

수도권 집중화와 더불어 방언 화자 수의 급격한 감소를 야기시켰다.

그런데 이런 상황이 1990년대부터 반전되기 시작한 것으로 보인다. 이런 반전 요인의 하나로 국가 정책을 꼽을 수 있을 듯하다.

우선, 지방자치제도[156]의 본격적 시작이 그러한 요인 중의 하나라고 생각한다. 중앙 정부가 일괄적으로 통치하던 시대를 벗어나, 지방자치단체의 권한과 역할이 커지면서 자연히 모든 지방 자치 단체들은 궁극적으로 지역 경제의 활성화를 목표로 하는 다양한 이미지 창출 작업에 몰두하게 되었고, 그 하나의 방법으로 지역색을 잘 드러낼 수 있는 지역어를 적극적으로 활용하게 되었다.[157] [158]

지역어를 중요시하는 지방자치제도에 도움을 준 다른 국가 정책으로는 공공기관 지방 이전[159]이 있다. 공공기관과 공기업의 지방 이전은

방언' 찾기는 암기를 해서라도 풀어내야 할 문제로 끊임없이 훈련되고 있다.

155 박진수(2011: 91): "주류에 속하지 못한 비주류 집단은 자신의 언어와 문화를 포기하여 정체성을 상실하던가 아니면 사회적 차별과 억압과 불이익을 감수해야만 했다."

156 우리나라의 지방자치제도는 1949년 지방자치법이 제정된 뒤, 한국전쟁이 한창이던 1952년에 시·읍·면 의회 의원 선거 및 시·도 의회 의원 선거가 실시되면서 처음으로 시행되었다. 그러나 당시의 선거는 시·읍·면장만 주민의 투표로 뽑았기 때문에 완전한 지방 자치는 아니었다. 1960년 4·19 혁명 이후, 기초 단체장(시·읍·면장)과 광역단체장(시·도지사)까지 주민이 직접 뽑도록 지방자치법이 바뀌었지만, 다음해인 1961년에 5·16 군사 쿠데타로 인해 지방의회가 강제로 해산되었고, 이후 지방자치제도는 30여 년 동안이나 중단되었다. 1991년 구·시·군 의회 선거와 시·도 의회 의원 선거가 실시되면서 지방 자치 제도가 부활했지만, 역시 단체장을 임명하는 체제였기 때문에 완전한 지방자치제는 아니었고, 이후 관련 법령의 개정으로 1995년부터 실질적인 지방자치제도가 시행되었다.

157 김정우(2011), 「지역어와 콘텐츠」, 『우리어문연구』 41, 우리어문학회, 9쪽.

158 김정우(2011: 8)에서는 국가 전체와 같이 상대적으로 큰 범위의 공동체의 의사소통을 위해서는 표준어 중심의 정책이 필요하지만, 특정 지역으로 공동체의 범위를 제한한다면 그 안에서 사용되는 지역어의 가치가 상대적으로 높아질 수 있다고 보았다.

159 2003년 정부에서는 수도권 과밀화에 따른 문제를 해소하고 국가균형발전을 위해 추

수도권 이외의 지역에 대한 한국인들의 인식을 변하게 하였고, 해당 지역의 구성원으로 참가하게 되어 지역어를 더 접촉하게 되고, '方言'에 대한 부정적 인식을 해소시키는 계기가 된 것으로 보인다.

이러한 국가 정책의 정점은 '국어기본법'[160]의 시행이다.

(21) 제4조(국가와 지방자치단체의 책무)

① 국가와 지방자치단체는 변화하는 언어 사용 환경에 능동적으로 대응하고, 국민의 국어능력 향상과 지역어 보전 등 국어의 발전과 보전을 위하여 노력하여야 한다.

2005년에 제정된 '국어기본법'으로 인해 국가와 지방자치단체들은 공식적으로 국어와 지역어의 발전을 위해 노력을 할 수 있게 되었다. 특히, 이러한 '국어기본법'은 국립국어원에서 국어 외에 그동안 제도권 밖의 존재였던 방언에 대한 다양한 정책[161]을 시행하는 계기가 되었다고 할 수 있다. 다양한 국가 정책에 의해 한국인들의 '方言'에 대한 인식은 예전과 달라진 듯하다. 장향실(2003)에 의하면, 지방분권화, 지식과 문화의 보편화, 표준어의 광범위한 계층적 확대, 표준어의 경쟁자가 방언이 아니라 인터넷 상의 사이버 언어로 변화한 점 등의 요인을 들어

진된 공공기관과 공기업의 지방 이전 기본구상 발표하였고, 이후 16년 만인 2019년 12월에 한국과학기술기획평가원(충북혁신도시)을 마지막으로 153개 공공기관의 지방 이전이 모두 완료되었다.

160 국어기본법은 법률 제7368호로 2005년 1월 27일에 제정하였으며, 여러 차례의 부분 개정과 2011년 전문 개정이 있었고, 가장 최근에는 2017년 3월 21일에 일부 개정이 되었다.

161 현재 국어원에서는 지역어 조사 사업, 한국 방언 검색 프로그램 구축, 방언 경연 대회 등을 개최하고 있다.

방송이나 영화에서 사용되는 방언이 표준어에 비해 상대적으로 지위가 높아졌다고 한다.

그런데 '국어기본법'에서 눈에 띄는 것은 '지역어'의 표기이다. 이는 아마도 장기간 한국 사회에 존재해온 '方言'에 대한 부정적 이미지 때문에 '방언' 대신 '지역어'로 표기한 것으로 보인다.[162] 그러나 일반 언중의 '지역어'에 대한 인식 속에는 '지역어 = 방언 = 사투리'가 존재했을 가능성이 있다. 이러한 인식의 연결고리를 파쇄하기 위한 학계의 많은 노력이 있었던 것으로 보인다.

'지역어'에 대한 긍정적인 학문적 정의를 한 논의로는 차윤정(2009),[163] 이태영(2010),[164] 박민규(2010),[165] 조경순(2014)[166] 등이 있다.

162 조태린(2004: 86)에서도 국어기본법에 '方言'의 고유어인 '사투리'가 쓰이지 않은 것에 대해 '사투리'라는 용어가 지금까지 지녀온 부정적인 이미지를 극복하려는 것으로 해석하고 있다.

163 차윤정(2009: 390)에서는 지역어는 지역이라는 공간을 기반으로 한, 지역인들의 사유와 경험을 표상한 표상 체계이자 지역인들이 일상적인 의사소통을 하기 위해 사용하는 언어 즉 지역의 생활 언어를 가리킨다고 하였다.

164 이태영(2010: 87~89)에서는 문화적 측면에서 지역어를 정의하면서, 지역어에는 개인이 체험과 경험과 기억이 녹아 있어서 지역 사람들은 그 지역의 언어를 통하여 섬세한 감정을 전달하고 표현한다고 보았다. 또한, 학문적 정의를 통해 현재 표준어의 어휘 숫자가 부족한 이유는 지역어 어휘에 대해 정밀하고 종합적인 연구가 이루어지지 않아서 지역어 어휘가 어떤 역사를 가지고 있는지, 어떤 규칙으로 생성된 것인지, 표준어의 어휘와 어떤 상관성을 가지고 있는지를 밝히지 못한 데 있다고 보았다. 이런 이유로 지역어에 대한 깊은 이해와 연구를 통하여 지역어들이 갖는 공통어적 특질을 찾아 표준어를 보완하고 해당 지역의 독특한 언어는 지역어로 자리할 수 있도록 해야 한다고 주장하였다.

165 박민규(2010: 5)에서는 각 지역어에는 지역 문화와 정신이 용해되어 있기 때문에 지역어는 한국어의 역사와 한국어에 대한 언어 능력을 실증적으로 연구하는 데에 없어서는 안 될 긴요한 자료라고 보았다.

166 조경순(2014: 25)에서는 언어는 삶의 대응 방식을 담고 있기 때문에, 지역어를 사용하

이들 논의에서는 일반적으로 '지역어'는 지역이라는 공간이 그 기반이기에 각 지역어에는 지역 문화와 정신이 담겨있다는 점에서 '지역어'를 지역에 살고 있는 사람들의 일상 언어 전반을 아우르는 언어 정도로 규정하고 있다.

한편, 강정희(2010)에서는 '지역어'와 '지역 방언'이 가리키는 대상이 구별되어야 한다고 주장하였다. 즉, '지역어'는 해당 지역민들(외부에서 들어와 사는 사람들 포함)의 언어까지 포괄하기에 공시태로서 그들의 언어를 해당 '지역 방언'이라 할 수가 없다고 보았다. 이와 달리, '지역 방언'은 '지역어'보다 좀 더 좁은 범위, 즉 해당 지역에서 대대손손 말해져 온 시간성, 역사성을 머금은 언어라고 할 수 있다. 공시태로서의 '지역어'라는 용어는 이러한 접촉방언형이 이루어지지 않은 외부 지역의 언어까지 포함하게 되므로 '지역어'와 '지역 방언' 간에는 등식이 성립될 수 없다[167]는 것이다.

한편, '方言'의 '지역어'로의 대체와 언중의 인식 변화는 한국어에서만의 특수한 현상은 아니다. 일본의 경우, 1980년쯤에는 전국에서 공통어화가 완성되었는데,[168] 표준어가 전국으로 보급되고 나서 방언의 지위가 올라가기 시작했다.

이러한 경향은 일본뿐만 아니라 세계적으로 언어의 다양성을 중요시

여 읽고 쓰고 듣고 말하는 언어 생활을 영위한다는 것은 언어 현실과 문화를 알며 이에 맞게 사고하는 것을 의미한다고 보았다. 따라서 지역어는 지역에 살고 있는 사람들의 일상 언어 전반을 아우르는 언어로 지역 공동체의 삶의 문화적 가치의 원천이자 문화적 소통의 통로라고 보았다.

167 강정희, 「지역어 자원의 문화 콘텐츠화를 위한 방안」, 『어문논총』 53, 한국문학언어학회, 2010, 4~5쪽.

168 加藤正信, 「古代·中世の方言意識」, 『韓日問題研究』 5, 韓日問題研究所, 1997, p.36.

하는 분위기가 생겼으며, 방언의 가치를 인정하여 그 가치를 올리자는 주장이 많아졌다.[169] 이러한 변화를 眞田信治(2004a)에서는 세계화(globalization)와 마이크로 지역주의(micro regionalism)의 측면에서 논의하면서, 마이크로 지역주의는 세계화에 대비되는 것이 아니라 세계화의 일면으로 보아야 하며, 작은 지역사회에서의 특이성이 글로벌 사회에서 요구되는 가치[170]라고 설명했다.

상술한 바와 같이 일반 언중에게 '方言'의 '지역어'로의 대체는 결국 '方言'의 개념 변화를 야기할 것으로 보인다. 결국, 한국 사회에서 역사적으로 '특정 지역의 언어'를 의미했던 '方言'은 점차 '지역어'에게 그 지위를 물려주고, 학술적 용어로서의 개념만을 가지게 될 것으로 보인다.

5. 결론

그동안 우리 사회는 문자의 동일성에 사로잡혀 동일 표기의 어휘를 그 시대적 개념 변화와 관련 없이 이해하고 사용해왔던 것으로 보인다. 이러한 언어적 태도는 역사적 자료의 이해에 적지 않은 오류를 야기했을 것으로 추정된다.

개념이 의미하는 바는, 그것들이 관계하는 시대적, 정치·사회적 맥락과 논쟁의 맥락, 그리고 전통 등 다양한 언어적· 비언어적 맥락들에

---

169 眞田信治(2004b), 「「日本語の危機と「方言」」, 『일본연구』 19, 중앙대 일본연구소, pp.127~128.

170 眞田信治(2004a), 「「言語」と「方言」の境界-社會言語學の立場から-」, 『일어일문학』 23, p.2.

따라 변화할 수 있고, '方言'의 경우와 마찬가지로 원래의 의미와 분리될 수도 있다.

이런 면에서 역사적 자료를 이해할 때에는 그 자료에 사용된 어휘나 개념들을 단순히 사전적 의미에 국한하여 이해하지 말고 개념사적 관점에서 접근하여 이해할 필요가 있다.

앞으로 이러한 개념사적 관점에서 역사적 자료를 이해하고, 관련 논의를 지속하여 학계에 도움이 될 수 있는 연구 결과가 도출되기를 기대한다.

이 글은 2020년 3월 30일에 발간된 중앙어문학회 학회지 『語文論集』 81호에 실린 논문을 일부 수정·보완한 것이다.

참고문헌

姜玟求, 「우리나라 중세 士人의 '우리말'에 대한 인식」, 『동방한문학』 33, 동방한문학회, 2007, 7~33쪽.

강정희, 「지역어 자원의 문화 콘텐츠화를 위한 방안」, 『어문논총』 53, 한국문학언어학회, 2010, 3~18쪽.

金錫佑, 「'역사상의 중국'과 자국사 범주에 대한 중국 학계의 이해-葛劍雄의 『역사상의 중국』(2007)을 중심으로-」, 『한국고대사탐구』 8, 한국고대사탐구학회, 2011, 257~288쪽.

김승욱, 「중국의 역사강역 담론과 제국 전통」, 『역사문화연구』 63, 한국외국어대 역사문화연구소, 2017, 105~136쪽.

김정우, 「지역어와 콘텐츠」, 『우리어문연구』 41, 우리어문학회, 2011, 7~34쪽.
김한규, 「우리 나라의 이름: '東國'과 '海東' 및 '三韓'의 槪念」, 『李基白古稀紀念論叢』, 간행위원회, 1994, 1419~1470쪽.
______, 『요동사』, 문학과 지성사, 2004.
나인호, 『개념사란 무엇인가』, 역사비평사, 2011.
도현철, 「원명교체기 고려 사대부의 소중화 의식」, 『역사와현실』 37, 한국역사연구회, 2000, 99~123쪽.
박근갑 외, 『개념사의 지평과 전망』, 小花, 2015.
박민규, 「지역어 조사·보존 사업의 전개 현황」, 『새국어생활』 20, 국립국어원, 2010, 5~22쪽.
박진수, 「다언어 상황과 문화 공존의 방식」, 『아시아문화연구』 24, 가천대 아시아문화연구소, 2011, 90~105쪽.
백두현, 「우리말[韓國語] 명칭의 역사적 변천과 민족어 의식의 발달」, 『언어과학연구』 28, 언어과학회, 2004, 115~140쪽.
濮之珍 저, 김현철 외 역, 『중국언어학사』, 신아사, 1997.
서민정, 「20C 전반기, 표준어에 대한 인식 검토: 표준어의 한계 극복을 위하여」, 『코기토』 79, 부산대 인문학연구소, 2016, 156~183쪽.
서정훈 외, 『두 시점의 개념사』, 푸른역사, 2013.
손정윤 편저, 『원불교 용어사전』, 원불교출판사, 1993.
신봉수, 「동아시아 국제관계와 화이유교규범의 변화」, 〈세계정치〉 12, 서울대학교 국제문제연구소, 2009, 35~61쪽.
양세욱, 「중국 共通語의 계보: '雅言'에서 '普通話'까지」, 〈중국문학〉 45, 한국중국어문학회, 2005, 133~151쪽.
유용태, 「方言에서 外國語로: 근대 중국의 외국어 인식과 교육」, 『역사교육』 123, 역사교육연구회, 2012, 141~172쪽.
윤경진, 「고려 건국기의 三韓一統意識과 '海東天下' 인식」, 『한국중세사연구』 55, 한국중세사학회, 2018, 237~283쪽.
이병기, 「'국어' 및 '국문'과 근대적 민족의식」, 『국어학』 75, 국어학회, 2015, 165~193쪽.
이승재, 「고대의 '방언'과 그 유사 지칭어」, 『새국어생활』 11-3, 국립국어연구원, 2001, 49~63쪽.
이연숙, 「일본에서의 언문일치」, 『역사비평』 70, 역사비평사, 2005, 323~345쪽.

이연숙 저, 고영진·임경화 역, 『국어라는 사상: 근대 일본의 언어 인식』, 소명출판, 2006.

이연주, 「揚雄『方言』과 중국어에 있어 방언의 문제」, 『인문과학연구』 26, 강원대 인문과학연구소, 2010, 103~124쪽.

_____, 「揚雄《方言》의 通語와 공통어」, 『중국어문학』 59, 영남중국어문학회, 2012, 247~269쪽.

이익섭, 『방언학』, 민음사, 2006.

이춘복, 「明代 疆域에 대한 청말 혁명파의 근대적 領土인식-『民報』에 나타난 영토적 공간인식을 중심으로-」, 『중국근현대사연구』 63, 중국근현대사학회, 2014, 23~56쪽.

李春植, 『中華思想』, 교보문고, 1998.

이태영, 「지역어의 문화적 가치」, 『새국어생활』 20, 국립국어원, 2010, 87~99쪽.

이혜령, 「한글운동과 근대어 이데올로기」, 『역사비평』 71, 역사비평사, 2005, 337~355쪽.

장석재, 「西漢의 西域邊疆政策」, 『中國史硏究』 115, 중국사학회, 2018, 1~52쪽.

장윤희, 「近代 移行期 韓國에서의 自國語 認識」, 『한국학연구』 30, 인하대 한국학연구소, 2013, 49~92쪽.

장향실, 『방송 언어와 국어연구』, 월인, 2003.

정승철, 「어문민족주의와 표준어의 정립」, 『인문논총』 23, 경남대 인문과학연구소, 2009, 159~180쪽.

정승철, 「'方言'의 개념사」, 『방언학』 13, 한국방언학회, 2011, 61~84쪽.

_____, 『한국의 방언과 방언학』, 태학사, 2013.

조경순, 「지역어의 가치와 접목에 대한 고찰」, 『지역어와 한국어 연구』, 심미안, 2014, 11~39쪽.

조태린, 「'국어'라는 용어에 대한 비판적 고찰」, 『국어학』 48, 국어학회, 2006, 363~394쪽.

_____, 「표준어 정책의 문제점과 대안 모색」, 『한말연구』 20, 한말학회, 2007, 215~241쪽.

차윤정, 「지역어의 위상 정립을 위한 시론-1930년대 표준어 제정을 중심으로-」, 『우리말연구』 25, 우리말연구회, 2009, 387~412쪽.

채영순, 「『方言類釋』의 近代漢語史적 硏究價値」, 『중어중문학』 47, 한국중어중문학회, 2010, 565~591쪽.

최경봉, 표준어 정책과 교육의 현재적 의미, 『한국어학』 31, 한국어학회, 2006, 335~364쪽.

하동석·유종해, 『이해하기 쉽게 쓴 행정학 용어사전』, 새정보미디어, 2010.

邢鎭義, 「近代國民國家와 標準語政策의 史的考察」, 『일본문화학보』 52, 한국일본문화학회, 2012, 101~116쪽.

Bourdieu, P., Ce que parler veut dire: l'économie des échanges linguistiques, Paris: Fayard, 1982.

Fairclough, N., Language and Power, London–New York: Longman, 1989.

Joseph, J.E., Eloquence and power: the rise of language standards and standard languages, London: Frances Pinter, 1987.

Pulleyblank, Edwin G., Outline of Classical Chinese Grammar, Vancouver: University of British Columbia Press, 1995.

加藤正信, 「古代·中世の方言意識」, 『韓日問題研究』 5, 韓日問題研究所, 1997, pp.29~37.

山本眞弓 編著, 臼井裕之, 木村護郎クリストフ 著, 『言語的近代を超えて』, 明石書店, 2004.

石 剛, 「近代日本国語意識発達の諸問題」, 『日本文学』 45-3, 1996, pp.24~35.

時枝誠記, 『国語学原論 言語過程説の成立とその展開』, 岩波書店, 1941.

イ·ヨンスク, 『「国語」という思想』, 岩波書店, 1996.[이연숙 저, 고영진·임경화 역(2006)에 재수록.]

眞田信治, 「「言語」と「方言」の境界–社會言語學の立場から–」, 『일어일문학』 23, 2004a, pp.1~4.

________, 「「日本語の危機と「方言」」, 『일본연구』 19, 중앙대 일본연구소, 2004b, pp.125~132.

柳玉宏, 「說"通語"––揚雄《方言》術語商確」, 『蘭州學刊』 第5期, 2007.

鍾如雄·胡娟, 「楊雄《方言》"通別語"考論」, 『동아인문학』 47, 동아인문학회, 2019, pp.205~220.

제4부

—

세계 속의 지역어문학·문화 연구의 전망과 지평 – 베트남(공동연구)

역번역문에 나타난 베트남어와 한국어 False Friends 현상 연구

고상미 · 응우옌티하이장 · 백승주

1. 서론

베트남어는 유형론적으로 한국어와는 다른 언어계통에 속한다. 그러나 같은 한자권에 속해 있기 때문에 많은 한자 어휘를 공유하고 있다. 이는 베트남인 한국어 학습자들에게 한국어 학습을 촉진시키는 기제가 된다. 베트남에서는 한자 표기를 하지 않으며, 한자 교육을 따로 하지 않지만 학습자들은 베트남 한자어의 음과 의미를 바탕으로 한국 한자어를 학습하는 경향을 보인다. 이처럼 특정 한자어가 한국과 베트남에서 동일한 의미로 쓰이면 학습자가 모어를 매개로 목표어 어휘의 의미를 파악할 수 있다.

그러나 한자 어휘가 이처럼 긍정적인 전이만 일어나는 것은 아니다. 같은 한자어라고 해도 부정적인 전이를 일으켜 학습자의 오류를 유발하는 경우가 있다. 대표적인 것이 False Friends에 의한 오류이다. False Friends란 두 언어에서 겉모습(철자나 발음)이나 어원이 같거나 비슷하지만 의미나 용법(usage)이 다른 단어를 지칭한다(윤혜숙, 2003: 147). 같은 한자어를 기원으로 하더라도, 그 실제 의미는 다른 경우가 많으며 이는 언어 습득을 방해하는 요소로 작용한다.

베트남어와 한국어의 False Friends는 어떤 것들이 있는지, 그리고 그 특징과 원인을 규명한다면 이는 베트남 한국어 학습자들에게 유용한 정보가 될 것이다. 이에 본 연구에서는 베트남 한국어 고급 학습자의 역번역문에 나타난 False Friends 현상을 살펴보고 False Friends로 인한 오류의 원인을 분석하고자 한다.

역번역은 기본적으로 학습자들의 번역 능력을 향상시키기 위한 교육 기법이지만, 학습자들이 특정 어휘를 어떻게 인지하고 있는지 정확하게 포착할 수 있다는 점에서 False Friends 현상 연구에 유용하게 적용될 수 있다. 다시 말해 역번역을 이용하면 단순히 False Friedns 현상을 보이는 어휘 짝의 목록만을 제시하는 것이 아니라, 학습자들의 언어 습득 양상을 입체적으로 조명할 수 있는 것이다.

특히 역번역의 과정에서 학습자들은 단순하게 어휘를 치환시키는 것이 아니라 모어 담화공동체의 언어 사용 양식과 목표어 담화공동체의 언어 사용 양식을 넘나들게 된다. 따라서 이 과정을 살펴보면 언어 간섭이 어떠한 원인에 의해 일어나는지 복합적으로 살펴볼 수 있다.

본 연구는 이러한 역번역 활동을 통해 학습자들의 오류를 분석하고자 하는데 특히 베트남어와 한국어 사이에서 의미의 유사성으로 인한 어휘 오류에 초점을 두고 살피고자 한다.

2. 이론적 배경

1) 동형이의어와 False Friends

언어학에서 한자권 안에 있는 중국어, 일본어, 한국어, 베트남어 한자를 대조할 때 기본적으로 사용하는 한자를 형태가 같다고 보고 '동형(同形)'으로 설정하고 분석한다.[1] 그러나 과연 이들을 '동형', 즉 동철자로 볼 수 있을까? 김혜림(2003)은 중국어와 한국 한자어가 글자도 다르고 소리도 다르기 때문에 '동원기표소'라는 개념을 끌어들여 설명한다. '동원기표소'란 동일한 漢字 표기에서 유래한 것으로 한국어 중에서 한자로 표기가 가능한 모든 글자와 중국어의 모든 글자(字)가 해당되는데, 동원기표소의 시각적, 청각적 이미지는 한자 표기상의 동형성과 음성적인 유사성인 유음성(類音性)을 지니고 있다(김혜림, 2003: 603~605).[2]

도재학·허인영(2017)은 '동형이의어'라는 용어는 '한 언어 안의 단어 형식'이라는 것이 전제되는데, 다른 두 언어를 비교, 대조함에 있어서

---

1 한자어 대조 연구에서 비교 대상 한자어가 형태가 동일(동형)하다는 전제하에 연구하는 논의들이 주류를 이루고 있다. 대조 대상 언어에 따라 분류해 보면 한·중 한자어 대조 연구에는 후문옥(2003), 김수희(2005), 곽상(2006), 김민경(2007), 김홍진(2007), 박성은(2008), 왕호(2019) 등이 있다. 한·일 한자어 대조 연구에는 김창구(2003), 조혜경(2010), 박종숙(2011), 야마기와 타카코(2012) 등이 있고, 한·베 한자어 대조 연구에는 이경현(2009), 레뚜언선(2009), 부티응옥안(2011), 마이느응우엣(2015), 현김화(2019) 등이 있다.

2 김혜림(2003)은 한국 한자어와 중국어의 각각의 언어 체계 내에서 시각적 이미지와 청각적 이미지가 분명히 다르지만 일정한 규칙을 가지고 있다고 설명한다. 중국어의 간체자는 정체자를 원용한 글자로 한자에 그 뿌리를 두고 있으며, 소리 또한 한국으로 수용 당시의 중국 고대음이 다소 변형되었다. 그러나 한자음이라는 동일 원류에 뿌리를 두고 있기 때문에 청각적 이미지 역시 일정한 규칙을 동반한 유사성이 존재한다고 설명했다.

는 이 전제가 다소 느슨하게 적용된다고 지적하였다. 다시 말해 한국·중국·일본 한자어를 대조함에 있어서 현재 쓰고 있는 자형이 동일하지 않고,[3] 발음 또한 각 언어의 음운 체계가 달라서 동일하지 않다. 따라서 '동음'이나 '동철'이라는 용어는 사용할 수 없기 때문에 '유형이의(類形異義)'라는 관계 설정이 필요하다고 주장하였다(도재학·허인영, 2017: 85~87).

베트남은 1945년 호치민이 한자폐지령을 공포한 이후에 한자를 표기 문자로 사용하지 않고 있다. 한국은 일상에서 주로 한글로 문자생활을 하며 한자는 보조적으로 사용할 뿐이다. 이러한 상황에서 한국 한자어와 베트남 한자어를 어떻게 대조할 수 있을까? 김혜림(2003), 도재학·허인영(2017) 등의 연구에서 나타난 것과 같이 '한 언어 안의 단어 형식'이 아닌 '두 언어 간의 단어 형식'을 대조할 경우에는 '동형'이라는 용어를 사용해 설명하는 것은 합당하지 않다. 또한 제2언어 습득론 관점에서는 두 언어의 어휘를 단순 대조하는 것이 아니라 학습자의 모어 간섭에 의한 학습자의 오류를 분석하기 위한 연구를 하기 때문에 기존의 단순한 어휘 대조 연구에서 사용하던 '동형동의', '동형이의' 등의 용어는 적합하지 않다. 이에 따라 본고에서는 한국 한자어와 베트남 한자어를 대조함에 있어 번역학 용어인 'False Friends'의 개념을 가져와 설명하고자 한다. 'False Friends'라는 용어는 Koessler와 Derocquigny가 1928년에 출판된 'Les faux-amis ou les trahisons du vocabulaire anglais; conseils aux traducteur'에서 처음 사용하

3 중국에서는 간체자(簡體字), 일본에서는 신자체(新字體)를 쓰고 있다(도재학·허인영, 2017: 86).

기 시작한 말로, 두 언어에서 겉모습(철자나 발음)이나 어원이 같거나 비슷하지만 의미나 용법(usage)이 다른 단어를 지칭한다(윤혜숙, 2003: 147). 따라서 False Friends는 서로 밀접하게 관련 있는 두 언어 사이에서 특히 많이 나타난다.

한국어에는 'False Friends'나 'Faux-Amis'의 개념을 지칭하는 번역어가 통일되지 않았다. 연구자에 따라 '나쁜 친구들(박여성, 2002a)', '포자미(조상은, 2004)', '가짜친구(고종석, 2006)', '거짓 짝, 사이비 친구(이희재, 2009)', '가짜동족어(오경순, 2009)' 등으로 달리 사용하였다(오경순, 2009: 55). 맹주억(2004, 2005)에서는 오류를 유발하는 부정적 속성에 대한 경각심을 높이기 위하여 '박쥐말'이라고 명명하였으나 '박쥐말'은 개념을 파악하기에 모호하고 주관적이기 때문에 학술 용어로 적절하지 않다고 본다. 윤혜숙(2003)에서는 False Friends라는 용어를 번역하지 않고 원어 그대로 사용하였는데, 그 까닭은 False Friends와 대응하는 적절한 우리말을 찾기가 어렵고 번역 용어는 원어가 가지고 있는 언어학적 의미를 충분히 반영할 수 없기 때문이라고 하였다. 본고에서도 윤혜숙(2003)의 주장을 받아들여 False Friends를 번역하지 않고 원어 그대로 사용하기로 한다.

2) 한국어와 베트남어의 False Friends

베트남어와 한국어는 같은 유형의 언어는 아니지만 두 언어 모두 한자어의 비중이 높아서 False Friends를 쉽게 찾아 볼 수 있다. 예를 들어 한국어에서 '박사(博士)'는 대학원의 박사과정을 마친 사람에게 수여되는 학위를 말하는데, '넓을 박(博)' 자를 사용하므로 박사는 공부를 많이 하는 사람, 깊이 연구하는 사람을 일컫는 말이다. 그러나 베트남어에서 'bác sĩ(博士)'는 '의사'만을 지칭한다.[4] '博士'라는 동일한 한자어이지만 두 언어 간 의미가 다름을 알 수 있다.

반면에 한국어와 베트남어 중에서 공통적으로 같은 의미로 사용되는 한자어가 많이 있다. 이 때문에 베트남 한국어 학습자들은 한국어 어휘를 학습할 때 True Friends 어휘 짝을 이용하여 어휘의 의미를 파악하려는 경향이 있다. 문제는 이 어휘 짝이 True Friends가 아닌 False Friends인 경우이다. 이 경우 학습자는 오류를 발생시키게 된다.

'giao tiep'이라는 어휘를 한국어 어휘 '교접'으로 그대로 번역한 베트남의 한국어 교재를 예로 들어 볼 수 있다. 'giao tiep'은 한자어 어휘 '교접'에 해당하는데, 베트남어에서 이 단어는 '대화하다'의 의미로 사용된다. 그러나 한국어의 '교접'은 '서로 닿아서 접촉하다'의 의미이다. 이 두 어휘는 같은 한자어에서 왔지만 의미가 다른 False Friends에 해당한다.

False Friends의 생성 원인에 대한 선행 연구를 살펴보면 주로 두 어휘 간 단순한 의미 차이에 의한 것들이 주류를 이룬다. 윤혜숙(2003)은 베트남어와 한국어 사이의 False Friends를 부분적으로 속이는 False Friends와 완전히 속이는 False Friends로 나누어 의미 차이로 인해 생성된 False Friends를 설명하였다.

김혜림(2003)은 어휘 지시 의미에 기초한 성분분석법을 이용하여 한국어와 중국어 한자어의 의미를 대조한 연구이다. 의미 자질의 차이를 자질 모형을 통해 설명했다는 점에서 의의가 있지만, 그 설명이 결국

4 한국어 '박사(博士)'와 같은 의미로 사용하는 베트남어는 'tiến sĩ(進士)'이다.

사전적 의미 차이와 유사하다는 한계를 가지고 있다.

맹주억(2004)에서는 어원적 의미 대조를 통해 한국어와 중국어 사이의 False Friends 생성 원인을 설명하였다. 생성 원인은 한중 두 언어의 어휘 의미가 다른 경우, 의미 범주가 부분적으로 중첩된 경우, 한국어의 의미 범주가 중국어보다 큰 경우, 반대로 중국어의 의미 범위가 한국어보다 큰 경우로 구분하였다.

맹주억(2005)에서는 사전적 의미 대조가 한계를 가지고 있다고 지적하면서 의미 및 통사, 화용 등의 측면에서도 대조가 이루어질 필요가 있음을 주장하였다. 그에 따라 문맥적 번역의 범주를 설정하고 어감의 차이, 사회생활 환경의 차이, 인간관계의 방향성의 차이, 품사의 차이, 배합(collocation)의 차이로 나누어 False Friends의 생성 원인을 분류하였다. 그러나 기준으로 세운 것들 간의 차이가 모호하고 층위가 다른 것들이 혼재되어 있다. 다만 기존의 연구를 확장시켜 다양한 각도에서 False Friends의 생성 원인을 살펴본 것에 의의가 있다.

오경순(2009)은 형태는 같지만 어의(語義: lexical meaning)가 다른 한·일 동형한자어(同形漢字語, 僞同義語)를 '가짜동족어'로 지칭하고 번역과 관련지어 고찰하였다. 번역에서 나타나는 대표적인 언어간섭 현상 중의 하나인 '가짜동족어'를 한국어와 일본어 사이에서 어의(語義)가 전혀 다른 것뿐만 아니라 어의 폭에 차이가 있는 것도 포함시켜 가짜동족어 목록을 제시하였다. 그 다음으로 실제 번역문에서 나타난 가짜동족어의 예를 제시하였는데 이 때 한쪽 방향으로만 번역된 텍스트가 아닌 한일, 일한 번역문 모두를 제시하여 가짜동족어가 나타난 현상을 면밀히 살펴 볼 수 있었다. 그러나 한·일 가짜동족어를 조사하기 위해 사전을 사용하여 개념적 의미만을 대조하였다.

채옥자(2014)에서는 중국어권 한국어 학습자들의 한자어 사용 오류를 분석하였는데 그 중 동형이의 어휘 오류에서 부분적 의미가 다른 경우와 의미가 전혀 다른 경우로 나누어 분류하였다. 이 논의 역시 개념적 의미만을 기준으로 분석한 것으로 앞선 윤혜숙(2003), 김혜림(2003), 오경순(2009)의 논의와 같은 맥락으로 볼 수 있다.

앞서 살펴보았듯이 대부분의 선행 연구들은 개념적 의미를 대조하여 False Friends를 설명하고 있다. 그러나 개념적 의미의 대조만으로는 False Friends의 생성 원인을 모두 설명할 수 없다. 이에 따라 본고는 개념적 의미뿐만 아니라 연상적 의미까지 고려하여[5] 한국어와 베트남어의 False Friends를 분류하고, 이를 바탕으로 베트남 학습자들의 Fasle Friends 생성 양상을 살펴보고자 한다.

Leech(1981: 9~23)는 의미의 유형을 크게 개념적 의미, 연상적 의미, 주제적 의미로 나누고, 이 중에서 연상적 의미를 다시 다섯 가지로 나누었다. 연상적 의미는 그것이 나타나는 상황이나 속성에 따라서 내포적 의미, 사회적 의미, 감정적 의미, 반사적 의미, 배열적 의미 등으로 나누었다(윤평현, 2008: 53). 본고에서는 Leech(1981)의 의미 유형을 근간으로 한국어와 베트남어의 False Friends 분류 기준을 세우고자 한다. 그러나 Leech(1981)의 의미 유형 분류 중에서 감정적 의미와 주제적 의미는 제외시켰다. 감정적 의미는 화자의 개인적 감정이나 태도, 곧 정서가 언어에 반영되어 나타나는 의미인데, 주로 화자의 소리의 고저,

5 개념적 의미가 고정적이고 핵심적인 의미라고 한다면 연상적 의미는 구체적인 상황과 문맥 속에서 그 의미가 변화할 수 있기 때문에 비고정적이며 비핵심적인 의미이다(윤평현, 2008: 53).

강세, 길이, 억양 등과 같은 운율적 요소에 의하여 나타나는 일이 많기 때문에 어휘 대조에서는 알 수 없다. 또한 주제적 의미도 대조 기준에서 제외시켰는데, 이는 주제적 의미가 화자의 어순, 초점, 강조 등 화자의 의도로 인해 생성되는 것이기 때문이다. 이는 화자 개인의 문제이기 때문에 객관적인 기준이 될 수 없다. 이에 따라서 본 연구에서는 한국어와 베트남어 False Friends의 유형을 분류하기 위해 개념적 의미 차이와 연상적 의미 차이로 크게 나누고 이를 다시 세분화시켰다. 개념적 의미 차이는 의미역의 범위에 따라 한국 한자어가 의미가 넓은 경우, 베트남어 한자어가 의미가 넓은 경우, 의미가 중첩되는 경우, 의미가 완전히 다른 경우로 하위분류하였다. 연상적 의미 차이는 내포적 의미 차이, 사회적 의미 차이, 반사적 의미 차이, 배열적 의미 차이로 나누었다. 이를 표로 정리하면 다음과 같다.

〈표 1〉 한·베 False Friends 유형 분류

<table>
<tr><td rowspan="4">개념적 의미 차이</td><td>한국어가 의미역이 넓은 경우</td></tr>
<tr><td>베트남어가 의미역이 넓은 경우</td></tr>
<tr><td>의미가 중첩된 경우</td></tr>
<tr><td>의미가 완전히 다른 경우</td></tr>
<tr><td rowspan="4">연상적 의미 차이</td><td>내포적 의미 차이</td></tr>
<tr><td>사회적 의미 차이</td></tr>
<tr><td>반사적 의미 차이</td></tr>
<tr><td>배열적 의미 차이</td></tr>
</table>

3. 연구 방법

1) 실험 참여자

본 연구는 베트남 하노이 소재 대학교 학부생 15명을 대상으로 실험하였다. 실험 참여자들은 토픽 급수를 소지하고 있지는 않았으나 학부에서 한국어 5급 단계 수업을 이수한 베트남 고급학습자들이었다. 이들은 모두 여자였으며, 한국어 및 한국어문화 학부 3학년 학생들이었다.[6] 1, 2학년 때는 국내 어학당(한국어교육원)의 교육 과정과 같은 한국어 연수과정을 이수하고, 3학년부터 통역과 번역 학습을 시작하기 때문에 실험 참여자로 3학년 학생들을 선정하였다.

2) 실험 도구

역번역 활동은 기본적으로 학습자들의 번역 능력을 향상시키기 위한 교육 기법이지만, 학습자들이 특정 어휘를 어떻게 인지하고 있는지 정확하게 포착할 수 있다는 점에서 False Friends 현상 연구에 유용하게 적용될 수 있다. Sinaiko와 Brislin(1973)은 평가자가 학습자의 모어를 구사하지 못해도 학습자의 역번역문을 원문과 비교함으로써 번역을 검증할 수 있으며, Ma F.(2009)는 역번역은 독자들이 읽고 이해하는 과정에서 중요한 역할을 할 뿐만 아니라 역번역을 통하여 번역의 옳고

---

6 실험을 진행한 대학교의 한국어학부에 남학생이 없기 때문에 모두 여학생을 대상으로 실험을 진행하였다. 학생들이 학과 졸업 시에 졸업요건으로 토픽(TOPIK) 5급 이상이 필요하므로 대부분 4학년이 되어야 토픽 시험에 응시하기 때문에 현재 토픽 급수를 가진 학생이 없었다. 하노이에서 토픽 시험 고사장이 한 곳 밖에 없어서 시험 접수 자체도 힘들고 토픽 급수의 효력이 2년이기 때문에 학생들이 자주 응시하지 않는다.

그름을 확인하여 번역된 문장의 적절성을 판단하는 데에도 유용하다고 하였다. 다시 말해 역번역 쓰기 활동은 단순한 학습자들의 오류나 실수를 확인하는 것이 아니라, 학습자들이 제2언어를 어떻게 인지하고 있는지를 보여주기 때문에 학습자들의 구체적인 제2언어 습득양상을 확인할 수 있다는 장점이 있다. 따라서 본 연구에서는 역번역 활동을 통해 학습자들의 한국어와 베트남어의 False Friends 생성 양상을 살펴보고자 한다.

역벅역 활동을 위한 텍스트는 여성가족부 및 한국건강가정진흥원에서 발행한『2019 다문화가족·외국인 생활 안내-한국생활가이드북』으로 선정하였다. 이 텍스트를 실험 도구로 선정한 이유는 첫째, 한국의 문화와 한국생활을 비롯하여 의료지원, 임신·출산 및 자녀교육, 사회보장제도, 취업 등 사회 전반에 걸쳐 매우 다양한 주제를 담고 있기 때문이다. 따라서 사용되는 어휘 또한 일상 언어는 물론이고 전문용어까지 포함되어 있어서 고급학습자들을 대상으로 번역 활동을 하기에 적합하다. 둘째, 이 텍스트는 한국 정부가 인정한 전문가에 의해 번역이 되었기 때문에 번역의 정확도 및 신뢰도가 높다고 볼 수 있다.

실험 문항은 원문 텍스트에서 10개를 선별하였는데, 번역본의 정확성 및 신뢰성을 다시 검토하기 위하여 10년 이상의 경력을 지닌 베트남 번역가에게 문항 선별을 의뢰하였다. 실험 문항을 선별할 때 실험 참여자의 수준에 맞는 번역문으로 순번역이 잘 된 것을 기준으로 삼아 검토하였다. 선정된 문항의 예시는 다음과 같다.

〈표 2〉 실험 문항 예시

한국어 원문	외국인노동자, 결혼이민자 등 한국에 거주하는 외국인이 증가하고 있다. 이에 한국어 교육, 한국문화 교육, 상담 등 외국인의 한국생활을 돕기 위한 서비스가 정부와 민간단체 차원에서 제공되고 있다. 특히 의사소통이 어렵고, 한국문화가 낯설고, 한국 사람들과의 관계가 어려운 입국 초기에 외국인 지원기관을 통해 각종 서비스를 이용하는 것은 매우 유용하다.
베트남어 번역문	Chính phủ Hàn Quốc và các đoàn thể cá nhân cung cấp các dịch vụ hỗ trợ để giúp đỡ cuộc sống ở Hàn Quốc cho gia đình đa văn hoá và người nước ngoài như: giáo dục tiếng Hàn, đào tạo về văn hoá Hàn Quốc, tư vấn vv..vv. Đặc biệt, khi gặp khó khăn về vấn đề giao tiếp, lạ lập với văn hoá Hàn Quốc hay khó khăn trong mối quan hệ với những người Hàn trong thời gian đầu mới nhập cảnh thì thông qua việc sử dụng các dịch vụ khác nhau của các cơ quan hỗ trợ gia đình đa văn hoá và người nước ngoài này sẽ là biện pháp vô cùng hữu dụng cho bạn.

3) 실험 절차

먼저 한국어 원문 텍스트가 있고, 이를 전문 번역가가 베트남어로 번역한 번역문이 있는 텍스트들 중에서 하나를 연구 도구로 선정한다. 다음으로 선정된 텍스트에서 연구자가 10문항을 선별하여 베트남어 번역문 텍스트를 제시하면 실험 참여자들은 이를 한국어로 번역한다. 그런 다음 연구자가 그 결과물을 통해 False Friends로 인한 오류를 찾아내고 그 원인에 따라 False Friends를 분류하는 방식으로 연구를 진행하였다.

4. 연구 결과

앞서 2장에서 한국어와 베트남어 False Friends 유형을 생성원인에 따라 8개 항목으로 나누었는데 실험 결과에서 추출해낸 False Friends

를 그 유형에 맞춰 분류하였다. 실험 결과 개념적 의미 차이에 의해 False Friends를 생성한 사례는 한국어 의미역이 넓은 경우와 베트남어가 의미역이 넓은 경우가 있었다. 그러나 의미가 중첩되거나 의미가 완전히 다른 False Friends를 만들어내는 경우는 없었다. 연상적 의미 차이에 의해 False Friends를 만들어내는 사례는 내포적 의미 차이에 의한 경우, 사회적 의미 차이의 경우가 나타났으나 반사적 의미와 배열적 의미에 의한 False Friends는 나타나지 않았다. 베트남 학습자들의 역번역문에 나타난 한국어와 베트남어 False Friends의 예를 표로 정리하면 다음과 같다.

〈표 3〉 한·베 False Friends의 예

개념적 의미 차이	한국어가 의미역이 넓은 경우: (利用)이용/ lợi dụng
	베트남어가 의미역이 넓은 경우: (工業)공업/công nghiệp], (發展)발전/phát triển, (收入)수입/thu nhập
	의미가 중첩된 경우
	의미가 완전히 다른 경우
연상적 의미 차이	내포적 의미 차이: (勤勞) 근로/cần lao,(勞動) 노동/ lao động
	사회적 의미 차이: (司法府)사법부/ bộ Tư pháp,(部長)부장/ bộ trưởng
	반사적 의미 차이
	배열적 의미 차이

1) 개념적 의미 차이로 인한 False Friends

한국어와 베트남어에 있는 동일한 한자어이지만 두 언어에서 개념적(사전적) 의미의 차이[7]가 있는 경우가 있다. 완전히 의미가 다른 경우라면 고급학습자들이 쉽게 파악할 수 있기 때문에 오류를 일으킬 가능성이 적으나 한쪽이 의미를 포함하고 있거나 중첩되는 부분이 있을 경우, 둘 사이의 차이는 고급학습자일지라도 분별하기 어려울 수 있다. 본 실험 결과에서는 의미가 중첩되는 경우와 의미가 완전히 다른 False Friends는 나타나지 않았다.

(1) 한국어가 의미역이 넓은 경우

(1) 利用: 이용/ lợi dụng[러이 쭝][8]

〈원문〉 한국 정부와 민간단체에서는 한국어교육, 한국문화 교육, 상담 등 다문화가족, 외국인이 한국생활을 돕기 위한 서비스를 제공하고 있다. 특히 의사소통이 어렵고, 한국문화가 낯설어 한국 사람들과의 관계가 어려운 입국 초기에 다문화가족, 외국인 지원기관을 통해 각종 서비스를 이용하는 것은 매우 유용하다.

〈번역문〉 "Chính phủ Hàn Quốc và các đoàn thể cá nhân cung cấp các dịch vụ hỗ trợ để giúp đỡ cuộc sống ở hàn quốc cho gia đình văn hóa và người nước ngoài như: giáo dục tiếng Hàn, đào tạo về văn hóa Hàn Quốc, tư vấn,… Đặc biệt, khi gặp khó khăn về vấn đề giao tiếp, lạ lẫm với văn hóa Hàn Quốc hay khó khăn trong mối quan hệ với những người Hàn trong thời gian đầu mới nhập cảnh thì việc sử dụng các dịch vụ khác nhau của các cơ quan hỗ trợ gia đình đa văn hóa

---

7 개념적 의미 차이의 대조는 사전의 의미를 대조하였는데, 『표준국어대사전』과 『베트남 한자사전』을 사용하였다.

8 추출해낸 False Friends를 '한자: 한국어/베트남어[발음]' 순으로 표기하였다. 이하 동일한 방식으로 표기하였다. 베트남어의 한국어 발음을 표기한 것은 한자어의 경우 두 언어 사이에 발음의 유사성이 있음을 보여주기 위함이다.

và người nước ngoài này là rất hữu dụng."

〈역번역문〉

① 한국 정부와 개인 단체들은 다문화가족과 외국인에게 한국에서 삶을 도와주기 위하여 한국어 교육, 한국문화 교육, 상담 등 지원 서비스를 제공한다. 특히, 한국 문화를 낯설음, 대화 문제에 대한 어려움이나 한국 입국 초기에 한국인과 관계에 어려움을 겪을 때 다문화 가족과 외국인을 위한 지원 서비스를 사용하는 것이 아주 유익한다.

② 한국 정부와 개인 단체는 한국에서 살고 있는 다문화 가족 및 외국인을 위하여 한국어 교육, 한국 문화 교육 등과 같은 한국 생활 지원 서비스를 제공한다. 특히 의사소통에 어려움을 겪거나, 한국 문화에 익숙하지 않거나 조기 입국 시 한국인과의 관계에 어려움이 있는 경우 다문화 및 외국 가족 지원 기관의 여러 서비스를 사용하기가 매우 유용한다.

③ 한국 정부 및 개인 단체가 한국어와 한국문화 교육 및 상담 등등을 통해 다문화가정 및 외국인에게 한국생활에 대해 돕고 있습니다. 특히, 한국 온 지 얼마 안 돼서 소통 안 되거나 한국문화에 익숙하지 못했던 사람에게는 개인 단체의 여러 가지의 서비스를 사용하는 것이 아주 좋습니다.

(1)에서 원문의 '이용하다'라는 어휘가 역번역문에는 대다수 '사용하다'로 나타났다. 이는 한국어를 베트남어로 순번역 했을 때 번역가가 '이용(利用)하다'를 'sử dụng'으로 번역하여서 피실험자들은 그대로 '사용하다'를 썼다. '이용하다'를 한자 그대로 옮기면 'lợi dụng'인데, 'lợi dụng'은 베트남어에서 부정적인 의미만을 가지고 있기 때문이다. 한국어에서는 '이용하다'는 '대상을 필요에 따라 이롭게 쓰다'라는 긍정적 의미와 '다른 사람이나 대상을 자신의 이익을 채우기 위한 방편으로

쓰다'라는 부정적 의미 두 가지 모두 사용된다. '사용하다'는 '일정한 기능이나 목적에 맞게 쓰다'라는 의미인데 '이용하다'와 유의어라서 바꿔 써도 무방한 경우가 있으나 문맥상 분명히 다르게 써야하는 상황이 있다. 예를 들어 '부모님께 존댓말을 이용하다(?)'의 경우나, '버스를 사용하다(?)'와 같은 경우는 어색한 문장이 된다. 고급학습자들에게는 이러한 미묘한 차이도 구분해서 사용할 수 있도록 지도하는 것이 필요하다.[9]

(1)의 예시는 한국어의 의미역이 베트남어 의미역보다 더 넓기 때문에 대응되지 않으므로 '이용(利用)'과 'lợi dụn(利用)'이 False Friends가 되었다.

(2) 베트남어가 의미역이 넓은 경우

(2) 工業: 공업/công nghiệp[꽁 응옙]

〈원문〉 고용노동부는 고용정책의 총관, 고용보험, 직업능력개발훈련, 근로조건의 기준, 근로자의 복지 후생, 노사관계의 조정, 산업안전보건, 산업재해보상보험과 그 밖에 고용과 노동에 관한 사무를 관장한다.

〈번역문〉 "Bộ Lao động & Tuyển dụng đảm nhiệm các công việc liên quan đến quản lý chính sách tuyển dụng, bảo hiểm tuyển dụng, đào

9 한국어가 모국어인 화자의 경우에도 '이용하다'와 '사용하다'를 구분하지 못하는 경우가 많다. 국립국어원 온라인 가나다에도 '이용'과 '사용'의 구분에 대한 문의가 여러 차례 있었다. 국립국어원의 답변에 따르면 문맥에서 '이롭게'라는 뜻을 포함한, '이롭게 쓰다'라는 뜻이 나타나는 경우에는 '이용하다'를 쓰고, '쓰다'라는 뜻이 주되게 나타나는 경우에는 '사용하다'를 쓰는 것이 적절하다.

tạo phát triển năng lực nghề nghiệp, tiêu chuẩn điều kiện lọa động, phúc lợi của người lao động, điều chỉnh quan hệ giữa người sử dụng lao động và người lao động, y tế an toàn công nghiệp, bảo hiểm bồi thường tai nạn công nghiệp và các công việc khác liên quan đến tuyển dụng và lao động."

〈역번역문〉
① 노동 및 채용부는 채용 정책 관리와 업무 능력 개발 교육, 노동 조건 기준, 노동자의 복지, 노동자 및 노동 사용자의 관계 조정, 공업안전의료, 사고보험 및 기타 업무 등등과 관련된 업무를 담당하고 있습니다.
② 채용 및 노동부는 채용 정책, 채용 보험, 전문 역량 개발 및 역량 개발, 노동 조건, 근로자의 복지, 고용주와 근로자의 관계 조정, 공업 안전 보건, 공업 재해 보상 보험 및 기타 고용 및 노동 등에 관련 담당한다.

한국어에서 '공업'은 원료를 인력이나 기계력으로 가공하여 유용한 물자를 만드는 산업으로 제조업이나 건설업 따위의 제2차 산업을 의미한다. 그러나 베트남어의 'công nghiệp'은 한자어 그대로 직역하면 '공업'(工業)인데, 한국어 '공업'보다 의미가 넓다. 한국어에서 '공업'의 상위어이면서 좁은 의미로는 '공업'을 의미하는 '산업'과 의미역이 일치한다. 따라서 'công nghiệp'은 한국어의 '공업'과 대응되는 것이 아니라 의미 차원에서 상위어라고 볼 수 있다. 즉, 'công nghiệp'은 한국어의 '산업'과 대응되는 단어이기 때문에 공업을 비롯해 재화나 서비스를 창출하는 모든 활동인 '산업'이 들어가야 할 자리에 '공업'을 사용하게 되어 원문에서 벗어난 오류가 발생하게 되었다.

(3) 發展: 발전/phát triển[팟 찌엔]

〈원문〉 한국은 대부분의 가정에서 개인 컴퓨터를 사용하고 있으며, 인터넷이 매우 발달되어 있는 나라이다. 인터넷을 이용하면 많은 정보를 얻을 수 있으며, 인터넷뱅킹, 행정업무 등을 편리하게 해결할 수 있다.

〈번역문〉 Hàn Quốc là một quốc gia mà phần lớn mọi gia đình đều sử dụng máy vi tính cá nhân và mạng internet rất phát triển. Khi sử dụng internet, chúng ta có thể tìm được rát nhiều thông tin và giải quyết được nhiều việc như internet banking, công việc hành chính… một cách tiện lợi.

〈역번역문〉

① 한국은 대부분의 가족들이 노트북을 사용하고 인터넷이 아주 발전한 나라이다. 인터넷을 사용하면 정보를 많이 검색할 수 있고 인터넷 뱅킹, 행정 업무 등 여러 일을 편리하게 해결할 수 있다.

② 한국은 대부분의 가정 개인 컴퓨터 사용하면서 인터넷 매우 발전하는 국가입니다. 인터넷을 사용할 때 우리가 정보를 얻고 인터넷 뱅킹이나 행정업무 등 같은 일을 편하게 진행할 수 있습니다.

(3)의 베트남어 번역문에 'phát triển'이라는 단어가 들어가 있어서 모든 피실험자가 '발전하다'라는 단어를 선택하였다. '발달하다'는 한자어 그대로 직역하면 'Phát đạt'이 되며 이는 베트남에서 '번창하다'의 의미로 사용되고 있다. 베트남어에서는 'phát triển'은 '발달하다'와 '발전하다'의 의미를 다 포함하고 있어서 한국어 '발전하다'보다 의미역이 넓다. 그러나 한국어에는 '발전하다'와 '발달하다'는 유의어로 비슷한 의미를 가지고 있으나 미묘한 차이가 있기 때문에 구별하여 사용

해야 한다. 두 단어의 의미가 뚜렷하게 구분되는 것이 아니기 때문에 이런 경우에는 공기하는 명사와 묶어서 사례를 설명해 주는 것이 좋다. 예를 들어 언어, 운동 신경 등은 일정한 정도의 수준에 이르렀다는 의미로 '발달'과 함께 쓰여야 하고, 경제, 과학 등은 보다 못한 상태에서 더 나은, 더 높은 과정으로 넘어 간다는 의미로 '발전'과 함께 쓰여야 한다.[10]

(4) 收入: 수입/thu nhập[투 녑]

〈원문〉 한국은 소득에 따라 매달 일정금액의 보험료를 납부하는 건강보험 제도를 실시하고 있다.

〈번역문〉 Hàn Quốc thực hiện một hệ thống bảo hiểm sức khoẻ trong đó một người thanh toán một số tiền phí bảo hiểm hàng tháng nhất định tuỳ theo mức thu nhập và tài sản của họ.

〈역번역문〉

① 한국은 보건보험 시스템을 실행하는데 수입과 재산에 따라 매달에 일정 보험 금액을 내야 한다.

② 한국은 수입과 재산에 따라 매달 보험료를 납부하는 건강보험 시스템을 시행하고 있다.

③ 한국은 건강보험 시스템을 실행하는데 그 안에 각 개인은 수입과 재산

10 국립국어원 온라인 가나다에 '발전'과 '발달'의 차이를 묻는 질문에 대한 답변을 보면 '발전'과 '발달'의 의미 차이를 명확하게 가르는 것은 쉽지 않지만 대체적인 차이를 설명해주었다. '발전'은 보다 못한 상태에서 더 나은 상태로 넘어가는 과정에 주된 의미가 있는 반면에 '발달'은 주로 일정한 수준에 이른 상태를 가리킨다고 하였다. 즉 '발달'은 과정이 아닌 상태라는 점에서 '발전'과 구별된다.

에 따라 매달에 고정적인 보험료를 결제해야 한다.

(4)의 경우, '소득'(所得)이라는 단어가 "일정 기간 동안의 근로 사업이나 자산의 운영 따위에서 얻는 수입"의 의미를 가지고 있지만 베트남어로 그대로 번역하면 'sở đắc'이 되는데 이 어휘는 불교 용어로 '소유' 정도의 의미를 가지고 있을 뿐 현대 사회에서 일상적으로는 사용되지 않다. 완전히 의미가 달라졌다고 볼 수 있는 것이다. 베트남어 'thu nhập'은 한자어로 '수입(收入)'인데 한국어의 '소득'과 '수입'의 의미를 모두 포함하고 있으므로 한국어 '소득'보다 넓은 의미를 가지고 있다.

(2), (3), (4)의 예시는 모두 베트남 한자어의 의미가 한국 한자어의 의미를 포괄하는 상위어의 위치에 있는 것을 볼 수 있는데 이 경우는 베트남어의 의미가 더 크기 때문에 한국어와 대응되지 않아서 False Friends가 되었다.

2) 연상적 의미 차이로 인한 False Friends

언어는 사회·문화를 반영하는 거울로서 사회의 변화에 따라 언어도 변화하게 된다. 어원이 같은 한자어일지라도 다른 사회 속에 들어가 그 의미가 달라졌을 수도 있고, 사회의 모습에 따라 새로운 어휘가 생겨났을 수도 있다. 이렇듯 가변적이고 비고정적인 연상적 의미는 제2 언어 학습자들이 단순히 언어 자체만을 학습해서는 파악하기 어렵고, 목표어의 사회·문화적 맥락을 이해해야만 파악할 수 있다.

'동지(同志)'의 경우 한국에서는 목적이나 뜻이 같은 사람을 의미할 때만 사용되지만 베트남의 경우 북한에서처럼 사람의 이름 뒤에 붙여 호칭처럼 사용한다. 한국에서 이름 뒤에 '동지'를 붙여서 부른다면 쉽게 북한 사회를 떠올리게 된다. 사회 체제의 차이에 따른 어휘 사용의 다름을 보여주는 예로 볼 수 있다.

또한 어떠한 개념이나 사물의 유무에 따라 어휘 사용에도 차이를 보일 수 있다. 베트남에서는 현재도 '등롱(燈籠)'이라는 어휘는 보편적으로 사용되고 있다. 특히 베트남에서 구시가지나 전통시장, 관광지 같은 곳에서 등롱 축제나 등롱을 파는 가게들을 심심찮게 볼 수 있다. '등롱(燈籠)'은 처마 밑이나 기둥 외부에 거는 등기구(燈器具)의 일종이다. 그러나 한국 사회에서는 '등롱'이 사라졌기 때문에 '등롱'이라는 어휘도 거의 쓰이지 않게 되었다. 대신 비슷한 사물로 여전히 남아있는 것은 불교 행사에서의 '연등'이나 사극에서 볼 수 있는 '초롱', 한지 공예에서 '등불' 정도가 있다. 따라서 베트남의 'đèn lồng'을 한국어로 번역한다면 한자어 그대로 '등롱'이 아닌 '등불' 정도로 사용하는 것이 적절하다.

앞서 한국어와 베트남어 False Friends유형을 분류할 때 연상적 의미 차이는 내포적 의미 차이, 사회적 의미 차이, 반사적 의미 차이, 배열적 의미 차이로 나누었다. 그러나 본 연구에서는 반사적 의미 차이와 배열적 의미 차이로 인한 False Friends는 나타나지 않았고, 내포적 의미 차이와 사회적 의미 차이로 인한 False Friends 현상만이 나타났다.

(1) 내포적 의미 차이

(5) 勤勞: 근로/cần lao[껀 라오], 勞動: 노동/ lao động[라오 동]

〈원문〉 모든 사업장의 근로자 및 공무원, 직원은 직장가입자가 된다.

〈번역문〉 Tất cả người lao động, công chức của doanh nghiệp đều được gọi là đối tượng tham gia bảo hiểm theo doanh nghiệp.

〈역번역문〉

① 기업의 노동자, 공무원, 직원 등은 직장건강보험에 가입하는 대상이라고 합니다.

② 기업의 노동자, 공무원을 사업보험 대상이라고 한다.

③ 사업의 노동자, 공인, 공무원은 사업 보험을 사는 사람이다.

(5)에서 역번역문을 보면 원문의 '근로자'를 모두 '노동자'로 번역하였다. '근로(勤勞)'는 베트남어에서는 'cần lao' 즉 '열심히 노동하다'의 의미를 가지지만 '근로자'라는 용어는 사용하지 않는다. 대신에 노동자를 가리키는 'người lao động'을 사용한다. 베트남에서는 노동이나 근로나 다르지 않게 받아들이지만 한국 사회에서는 '노동자'와 '근로자'가 의미상에 차이가 없음에도 구별하여 사용하고 있다. '노동'이라는 어휘가 북한의 사회주의에서 주로 쓰이기 때문에 기피하거나, '노동자'는 주로 '육체적인 노동을 하는 사람'을 가리키는 어감이 있어서 '근로자'와 구별하여 사용하는 경향이 있기 때문이다. 한국에서 취업을 하거나 아르바이트를 하게 되면 계약서를 쓰는데, 이때 '근로계약서'라는 양식을 사용한다. '노동계약서'라는 양식 자체가 없다. 따라서 베트남어 'lao động'을 한자어 그대로 한국의 '노동'으로 번역하게 되면 한국어 모어 화자의 입장에서 볼 때는 어색한 문장이 되는 것이다.

(2) 사회적 의미 차이

(6) 司法府: 사법부/ bộ Tư pháp[보 뜨 팝], 法務部: 법무부/대칭되는

단어 부재

部長: 부장/ bộ trưởng[보 쯔엉], 長官: 장관/대칭되는 단어 부재

〈원문〉 외국인이 대한민국에 입국하고자 할 때에는 유효한 여권과 법무부 장관이 발급한 사증을 가지고 있어야 한다.

〈번역문〉 Người nước ngoài khi muốn nhập cảnh vào Hàn Quốc cần phải có hộ chiếu còn thời hạn và visa do bộ trưởng bộ Tư pháp cấp.

〈역번역문〉

① 외국인들은 한국에 입국하려면 유효한 여권과 사법부 부장이 발급한 비자가 있어야 한다.

② 한국에 입국하려는 외국인은 유효한 여권과 사법부 부장이 발급하는 비자가 가져야 한다.

③ 외국인들은 한국에 입국하고 싶으면 사법부 장관이 발급하는 유효 여권과 비자를 가져야 한다.

한국과 베트남의 사회·문화적으로 가장 큰 차이점은 정치체제의 차이로 인한 것이다. 베트남 헌법은 국회가 최고 대표기관이며 최고 권력기관이라고 규정하고 있지만, 실질적으로는 베트남공산당이 모든 것을 장악하고 있다. 이에 따라 입법, 사법, 행정이 베트남공산당에 의해 하나로 연결되어 있음을 알 수 있다(계경문 외, 2009: 33~34). 한국의 경우는 입법, 사법, 행정의 삼권이 분명하게 분리되어 있는 민주주의 체제이다. 양국의 정치체제의 차이로 인해 사회제도, 정부 조직 등에서 그 차이가 나타나며 개념을 지칭하는 어휘들도 다를 수밖에 없는 것이다.

(6)의 원문에서 '법무부(法務部)', '장관(長官)'이라고 하였으나 번역문에서는 'bộ Tư pháp(사법부)' 'bộ trưởng(부장)'으로 바꾸었다. 이렇게 번역한 것은 베트남 정부 조직에서 법무부와 장관이 없기 때문이다. 베트남의 사법부의 역할이 한국의 법무부의 역할에 상응하기 때문에 순번역에서는 한국어 '법무부'를 베트남어 'bộ Tư pháp'으로 바꿀 수밖에 없다. 하지만 역번역과정에서 베트남어 'bộ Tư pháp'를 한국어로 번역하는 경우 문맥에 따라 '법무부'와 '사법부' 중에서 선택해서 사용해야 한다. '장관'의 경우도 마찬가지이다. 베트남에는 장관이 없고 그에 상응하는 직책이 'bộ trưởng'인데 한자어 그대로 바꾸면 '부장(部長)'이다. 한국에서 법무부나 사법부에는 '부장'이라는 직책이 없으므로 역번역 시 베트남어 'bộ trưởng'을 한국어 '부장'으로 번역하는 것은 오류가 되는 것이다. 이러한 부분은 학생들이 두 나라 정부 조직의 차이를 잘 알지 못하기 때문에 교사가 가르쳐주어야 할 사항이다.

5. 결론

본 연구의 목적은 학문 목적 베트남 한국어 고급 학습자의 역번역문에 나타난 False Friends 현상을 살펴보고 False Friends가 나타난 원인을 규명하고 분류하는 것이었다. 이를 위해 우선 선행 연구를 정리하여 한국어와 베트남어 False Friends를 의미를 기준으로 유형화시켰다. False Friends 유형은 크게 개념적 의미 차이와 연상적 의미 차이로 분류하고, 이를 다시 세분화시켰다. 개념적 의미 차이는 한국어가 의미역이 넓은 경우, 베트남어가 의미역이 넓은 경우, 의미가 중첩된 경우, 의미가 완전히 다른 경우로 나누었고, 연상적 의미 차이는 내포적 의미 차이, 사회적 의미 차이, 감정적 의미 차이, 반사적 의미 차이, 배열적 의미 차이로 나누었다. 다음으로 역번역 활동을 통해 한국어와 베트남어의 False Friends를 추출해 내고 이를 그 생성원인에 따라 분류하고 분석하였다.

실험 결과 개념적 의미 차이에 의한 False Friends 유형 중에는 한국어 의미역이 넓은 경우와 베트남어가 의미역이 넓은 경우가 나타났다. 반면, 개념적 의미 차이의 의한 False Friends 유형 중 의미가 중첩되거나 의미가 완전히 다른 경우는 없었다. 이는 학습자들의 의미역의 차이를 인지하지 못했을 때 False Friends를 생성해낼 가능성이 더 크다는 사실을 보여준다.

다음으로 연상적 의미 차이에 의해 False Friends를 만들어내는 사례는 내포적 의미 차이에 의한 경우, 사회적 의미 차이의 경우가 나타났으나 반사적 의미와 배열적 의미에 의한 False Friends는 나타나지 않았다. 이러한 실험 결과는 내포적 의미 차이와 사회적 의미 차이를 중심으로 교사의 지도가 이루어질 필요가 있음을 암시한다.

본 연구는 베트남 학습자들이 한국어 한자어를 학습할 때 어떤 부분에서 학습의 어려움을 겪는지를 살펴보았다는데 의의가 있다. 그러나 소수의 고급 학습자들을 대상으로 한 실험이기 때문에 실험 결과를 일반화할 수 없다는 한계가 있다.

본 연구의 또 다른 한계점은 한국어와 베트남어 사이의 발음의 유사성과 False Friends의 상관성은 살피지 못했다는 것이다. 베트남 학습자들의 경우 베트남어 한자어가 한국어와 동일한 '한자어'라는 인식보다는 한국어와의 발음의 유사성을 통해 모어를 전이 시키는 경향도 있는데 이에 대한 연구는 후속 과제로 넘기기로 한다.

본 연구는 2020년 1월 16일부터 17일까지 열린 전남대학교 대학원 국어국문학과 BK21 플러스 지역어 기반 문화가치 창출 인재 양성 사업단 제7회 국제학술대회에서 발표한 원고 중 일부를 수정·보완하여 제시하였음을 밝혀둔다.

참고문헌

1. 학술자료

곽 상, 『중국인 학습자를 위한 한·중 동형 한자어의 의미 기술과 지도 방안 연구』, 서울대학교 석사학위논문, 2006.

계경문 외, 『베트남의 정부 조직과 법 체계』, 한국법제연구원, 2009.

김민경, 『한국어 한자 어휘 학습 자료 개발을 위한 기초 연구-중국어권 중급 학습자를 대상으로-』, 한양대학교 석사학위논문, 2007.

김수희, 『중국인 초급 한국어 학습자를 위한 어휘교육 연구-한자어휘를 중심으로-』, 경희대학교 석사학위논문, 2005.

김정아, 『직접쓰기, 번역하기, 역번역하기를 통한 영어 작문의 담화분석』, 전남대학교 박사학위논문, 2009.

김창구, 『한일 한자 어휘의 대조 분석과 교육적 접근-한국어 교재에 나타난 한자 어휘를 대상으로-』, 연세대학교 석사학위논문, 2003.

김혜림, 「한·중 번역에서 나타난 同源記標素의 간섭에 대한 연구」, 『중국어문학지』(14), 중국어문학회, 2003.

______, 「번역투와 포자미(faux amis)-중한 출판번역을 중심으로-」, 『중국어문학지』(30), 중국어문학회, 2009.

김혜영, 『국어 번역문과 번역 글쓰기』, 한국문화사, 2009.

김홍진, 『현대 한·중 한자어의 동형이의어·이형동의어 비교 연구-HSK 8822甲·乙급 어휘를 중심으로-』, 연세대학교 석사학위논문, 2007.
레뚜언선, 『한국어와 베트남어 한자어 대조 연구』, 영남대학교 박사학위논문, 2009.
류일영, 『영어교육에서 번역의 필요성』, 세종대학교 석사학위논문, 2001.
마이느응우옛, 『한국 한자어와 베트남 한자어의 동형이의어 교수·학습 방안 연구』, 동국대학교 석사학위논문, 2015.
맹주억, 「한국어와중국어 사이의 어휘 간섭 요인-박쥐말(Ⅰ)」, 『외국어 교육』 11(4), 한국외국어교육학회, 2004.
______, 「한국어와중국어 사이의 어휘 간섭 요인-박쥐말(Ⅱ)」, 『외국어 교육』 12(3), 한국외국어교육학회, 2005.
박노철, 「영어교육에 있어서 번역 교육의 필요성 연구」, 『영어교육연구』 28, 한국영어교육연구학회, 2004.
박성은, 『중급 단계 중국인 한국어 학습자의 한자 어휘 학습 전략 연구-의미 발견 전략을 중심으로-』, 이화여자대학교 석사학위논문, 2008.
박여성, 「번역 교육을 한 번역 라디그마의 효용성」, 『지역학논집』 제6집, 숙명여자학교 지역학 연구소, 2002.
박종숙, 『동형 유의 한자어의 번역에 관한 통시적 기술분석 연구-일한 문학 출판 번역을 중심으로-』, 한국외국어대학교 박사학위논문, 2011.
부티응옥안, 『베트남 학습자를 위한 한국어 한자어 학습 전략』, 부산대학교 석사학위논문, 2011.
사이짓보리슷 타넷, 『역번역(Back Translation)이 한국어 쓰기의 언어적 능력 향상에 미치는 효과 연구』, 고려대학교 석사학위논문, 2013.
야마기와 타카코, 『일본인 한국어 학습자를 위한 한국어 한자어 교육에 관한 연구-동형동의 한자를 중심으로-』, 서울대학교 석사학위논문, 2012.
양혜숙, 『역번역(back translation)활동을 통한 제2언어 학습자의 영어 글쓰기에 나타난 학습자 언어 연구』, 고려대학교 석사학위논문, 2010.
여성가족부, 『2019 다문화가족·외국인 생활 안내-한국생활가이드북』, 한국건강가정진흥원, 2019.
오경순, 「한일 양언어의 번역과 '가짜동족어(false friends)'」, 『日本近代學研究』 25, 한국 일본근대학회, 2009.
왕 호, 『중국인 한국어 학습자의 한자어 습득 양상 연구』, 연세대학교 박사학위논문, 2019.

윤혜숙, 「베트남 학습자를 위한 어휘 교육 방안–True friends와 False Friends 목록 활용–」, 『외국어로서의 한국어교육』 28, 연세대학교 언어연구교육원 한국어학당, 2003.

윤평현, 『국어의미론』, 도서출판 역락, 2008.

이경현, 『한국어와 베트남어 동형한자어 비교연구』, 인하대학교 석사학위논문, 2009.

이승연, 『한국어 교육을 위한 응용언어학 개론』, 태학사, 2012.

이희재, 『번역의 탄생』, 교양인, 2009.

조상은, 「TAP(Think–Aloud Protocol)에 나타난 일한번역학습자의 번역 성향」, 『통번역교육연구』 2권 1호, 한국통번역교육학회, 2004.

채옥자, 「중국어권 한국어 학습자의 한자어 오류 분석」, 『용봉인문논총 45』, 전남대학교 인문학연구소, 2014.

허 용, 「한국어 학습자들의 역번역문에 나타난 문장의 특징 연구: 한국어교육의 관점에서」, 『인하교육연구』, 인하대학교교육연구소, 2018.

현김화, 『베트남인 초급학습자를 위한 한국어 교육용 한자 목록 선정 및 학습법의 연구』, 고려대학교 석사학위논문, 2019.

후문옥, 『중국인을 대상으로 한 한국어 어휘 교육』, 연세대학교 석사학위논문, 2003.

Xu Mingyue, 『역번역이 중국인 중급 학습자의 한국어 쓰기의 조사·어미 오류 감소에 미치는 영향』, 이화여자대학교 석사학위논문, 2017.

고종석 칼럼 「말들의 풍경 17. 우리말 안의 그들의 말」, 한국일보(2006.6.27)

Brislin, R. W., Back–translation for cross–cultural research. *Journal of Cross–Cultural Psychology*, 1, 1970.

Brown, H. D., *Principles of Language Learning and Teaching*. (3rd.ed.) Englewood Cliffs, NJ: Prentice Hall, 1994.

Corder, S.P., *Error Analysis and Interlanguage*. Oxford: Oxford University Press, 1981.

Ellis, R., *Second Language Acquisition*. Oxford: Oxford University Press, 1994.

Kobayahi, H., & Rinnert, C., Effects of First Language in Second Language